CW01507892

I MORTI NON SI PREOCCUPANO

UN ROMANZO DI GIOCHI MENTALI
LIBRO 4

MEGHAN O'FLYNN

CAPITOLO 1

REID

L e scale erano un portale per l'inferno, anche se dall'esterno non si sarebbe detto. Abbastanza semplici, i gradini metallici scanalati tintinnavano come campanelli sotto le sue scarpe, le pareti di cemento scheggiate, la vernice butterata come cicatrici d'acne: imperfette, ma non intrinsecamente pericolose. Reid però poteva sentire il pericolo nelle ossa, annusarlo nell'aria, nel sapore metallico sulla lingua. Qualunque cosa stesse per affrontare non sarebbe stata piacevole. La bellezza era per gli artisti, non per i detective dell'omicidi.

L'oscurità in fondo alle scale era densa e nebbiosa, con un'umidità che rispecchiava l'aria di luglio. C'erano pochi edifici abbandonati in questa zona della città, ma il magazzino al piano superiore era stato occupato più recentemente da un'azienda di imballaggi: un'esca perfetta per un incendio. Non era stata una sorpresa quando un incendio aveva distrutto il lato sud, e nessuna azienda, nemmeno gli imballatori che avevano chiamato questo posto casa, era tornata a reclamare le macerie. Al piano di sopra, il cartone pesante, ammuffito e ancora inzuppato d'acqua

1

ricca di minerali degli idranti, rendeva l'aria calda nebbiosa come nella giungla.

Ma qui sotto... *non dovrebbe essere così buio qui sotto*. La squadra forense era già sulla scena, la porta tenuta aperta con un cuneo di legno triangolare. Per una frazione di secondo, Reid immaginò di essere nel posto sbagliato, di essere stato attirato lì per qualche motivo a lui sconosciuto. Un motivo mortale. Ma poteva sentire gli altri oltre la porta buia, lo strusciare delle scarpe, il basso mormorio delle voci degli agenti, il tintinnio degli strumenti. Era una cacofonia distintiva che componeva una scena del crimine. La sola presenza di un cadavere smorzava le voci dei vivi, divorando le anime con la stessa affidabilità dei topi che mangiano la carne di una vittima.

Dio, sperava che non ci fossero topi.

Reid raggiunse il fondo delle scale. Come se avesse anticipato la sua presenza, una luce si accese da qualche parte oltre la porta aperta. Il bagliore al sodio colpì la parete alla sua destra, poi si allontanò mentre regolavano il collo, presumibilmente per concentrarsi sulla scena e non sul grosso sedere di Reid che si chinava attraverso l'apertura nel suo completo con pochette: sempre più ordinato del necessario. Reid aveva bisogno di quell'ordine come un'ancora nella tempesta. Aveva bisogno di essere fisicamente in ordine quando il resto del mondo era un sanguinoso disastro.

Ma... uhm. Pavimenti vuoti, completamente privi di detriti: inaspettato. L'assassino aveva pulito? Se così fosse, la sua diligenza si era fermata al pavimento. Le pareti di cemento erano rigate di sporcizia, striature di nero e marrone come sbarre di prigione irregolari, scoli dalla carta imbevuta d'acqua sopra. Il faretto era attualmente puntato sull'angolo più lontano della stanza. Anche se Reid non poteva ancora vedere la vittima, poteva sentire l'odore

2

della morte al di sopra della muffa e della polvere spessa che si attaccava alla sua gola come cenere.

Fece un respiro e chiuse gli occhi per un battito più lungo di un batter di ciglia, cercando di vedere la stanza come l'avrebbe vista l'assassino. I tecnici svanirono. La luce si affievolì. L'aria ronzante divenne silenziosa.

Reid aprì gli occhi e si avvicinò, le pareti si stringevano ad ogni passo, il faretto mal puntato faceva brillare la parete posteriore in modo tale da gettare la vittima nell'ombra. Tutto ciò che Reid poteva vedere era un vago contorno, una forma amorfa seduta sul pavimento: un oggetto inanimato, privo di sostanza, speranze o sogni. Mentre i suoi occhi si abituavano, poteva distinguere le sue mani, i polsi legati sopra la testa, la corda avvolta intorno a un grosso tubo metallico del soffitto, le estremità sfilacciate pungenti nella fioca luce grigia dalla finestra lontana. Le sue braccia si muovevano, sussultando mentre lottava contro i legacci. Poteva sentire il timbro delle sue ultime urla: sentirla supplicarlo di lasciarla andare.

«Dannazione!» disse uno dei tecnici, armeggiando con il faretto, e la voce della vittima tacque mentre il resto della stanza gli tornava addosso. Ora c'erano solo il tintinnio del supporto della luce, la voce del tecnico alla sua sinistra che spolverava il terreno alla ricerca di impronte. Mentre si avvicinava alla donna morta, una forma ingombrante accanto al corpo si alzò come un'apparizione, poi entrò nel bagliore proiettato dalle tozze finestre del seminterrato.

«Ci hai messo tanto, Hanlon?»

Clark Lavigne era un bulldozer di uomo, nero con la testa calva e un sorriso pronto. Con una laurea in letteratura francese, era l'ultima persona che Reid si sarebbe aspettato diventasse un poliziotto, ma Reid l'aveva visto in azione: nessuno dovrebbe mettersi contro di lui. Nessuno intelligente. Reid di certo non lo avrebbe fatto.

Clark stava ancora aspettando una risposta, le sue sopracciglia spesse aggrottate per la preoccupazione, e con buona ragione. Reid era rimasto bloccato in una riunione per il programma scolastico estivo di suo figlio... beh, figlio adottivo. Ancora un altro *incidente*, ciascuno più sanguinoso dell'ultimo. Da pugni a unghiate a, questa volta, una matita. Il ragazzo aveva bisogno di una nuova scuola, una senza altri bambini, se si credeva al preside. «Avevo una riunione», disse Reid.

«Ah». Era una parola carica, pesante. Clark l'aveva avvertito di non prendere il ragazzo: Ezra aveva alcune tendenze psicopatiche. Anche Maggie, la sua partner psicologa, aveva avvertito che la strada verso la guarigione sarebbe stata lunga e poteva non andare come lui voleva. Sembrava che avesse ragione. Di solito ce l'aveva. Ma nessun altro si stava facendo avanti per prendere il bambino: era Reid o una casa famiglia, probabilmente il carcere minorile... o peggio.

Quando Reid non rispose, Clark continuò: «Un paio di ragazzi l'hanno trovata sulla via del ritorno da scuola. Stavano combinando guai, rompendo finestre. Non lo faranno più».

«O lo faranno ancora di più, cercando quell'adrenalina». Ezra sicuramente l'avrebbe fatto.

Clark lo fissò. Entrambi si voltarono quando la luce si spostò di nuovo, finalmente illuminando la vittima come se fosse sul palco per il suo grande debutto. Le forme amorfe si solidificarono in forma e colore e...

Clark si irrigidì. Reid fissò, il cuore che balbettava, la trachea che si chiudeva, così stretta che non riusciva a forzare un respiro. *Oh no. Oh no, no, no.*

I capelli rossi della vittima brillavano come fuoco. Ma non era una vittima qualsiasi. Aveva pensato che i suoi capelli fossero come il respiro di un drago in più di un'occasione, più recentemente quando erano sparsi sul suo cuscino. Aveva sperato in una replica una volta che suo figlio si fosse abituato all'idea, ma...

Era troppo tardi.

I suoi polmoni bruciavano, arrostiti da carboni ardenti, il petto stretto e dolorante. Reid fece un passo avanti, mosso dall'inerzia invece che dalla volontà, il mondo che lo trascinava nella sua orbita. I suoi polsi erano legati con una corda di nylon, come aveva notato prima, ma ora poteva vedere le ferite lungo la parte inferiore delle braccia. Un arrabbiato zig-zag era stato scavato profondamente in un'ascella come se l'assassino avesse giocato a *Zorro* attraverso i peli ispidi. Ferite più profonde nella pancia. Lividi coprivano i suoi avambracci e le sue gambe pallide, esposte sotto i pantaloncini di jeans. Era stata abusata prima di essere uccisa, selvaggiamente.

Ma i pantaloncini... Maggie non possedeva pantaloncini di jeans, vero? Non l'aveva mai vista in jeans. O in pantaloncini, in effetti.

Reid scivolò dall'altro lato del corpo, il cuore che gli rimbombava nelle orecchie, coprendo le voci dei tecnici. Si inginocchiò, cercando di vederle il viso. La testa pendeva mollemente di lato, i capelli ricci coprivano l'incavo della guancia, nascondendole l'occhio.

Reid allungò una mano guantata e delicatamente scostò i capelli rossi dalla tempia appiccicosa, tenendo la massa rappresa come una tenda.

«Merda», disse Clark.

Reid deglutì a fatica, ma non distolse lo sguardo. La guancia era un miscuglio di sangue rappreso e tessuto gonfio, la carne squarciata fino al muscolo, la ferita così profonda che i bordi si aprivano come labbra esponendo lo zigomo bianco pallido. E i suoi occhi...

Lo fissavano, vitrei e spalancati - blu. Non marroni.

Le sue spalle si rilassarono. I polmoni si allentarono. Reid inspirò un respiro metallico. *Non è Maggie. Grazie a Dio, non è Maggie.* Ma il suo petto rimase teso. Questa donna era comunque la bambina di qualcuno, la moglie di qualcuno, l'amica di qualcuno. E quello che l'assassino le aveva fatto...

Aggrottò la fronte, immergendosi nel suo sguardo spento. Poteva vedere i suoi occhi, ma non perché le palpebre fossero aperte. Sottili tagli uniformi correvano lungo la carne appena sotto ogni arcata sopraccigliare. E basandosi sulla quantità di sangue che le rigava le guance, era ancora viva quando lui l'aveva fatto. Respirava ancora quando le aveva tagliato le palpebre, quando l'aveva mutilata.

«Sai a chi assomiglia, vero?» disse Clark. «I suoi capelli, la sua corporatura...»

Reid non riusciva a distogliere lo sguardo, né aveva bisogno di rispondere. La somiglianza con Maggie era lampante. Qualsiasi idiota l'avrebbe notata. Non sembrava una coincidenza.

E nemmeno questo magazzino sembrava la fine.

Reid sbatté le palpebre guardando le guance insanguinate della vittima, la carne scavata dalle ossa, le profonde lacerazioni penetranti nell'addome. Il sospettato ci aveva messo del tempo. Si era goduto ogni minuto ascoltando le urla di questa povera donna.

I peli sottili sulla nuca di Reid si rizzarono. No, non era finita. Questo era un gioco per il loro assassino.

E stava solo iniziando.

CAPITOLO 2

Maggie Connolly si spostò i brillanti riccioli rossi sulla spalla sinistra e scrutò la strada, l'autostrada immersa nel buio. Il finestrino dell'auto le portava sotto le narici l'aria dolce della notte. Ma tutto ciò che riusciva a sentire era l'odore del club. Il tanfo umido delle scale del seminterrato, il modo in cui la sala principale pulsava con l'energia sensuale di una danzatrice del ventre, ritmica e seducente, intrisa di eccitazione come se, concentrandosi, si potesse diventare pura energia, liberi di essere assorbiti. Ecco perché ci era andata, naturalmente: aveva voluto cedere a tutto ciò. Lasciarsi andare, anche solo per un'ora.

Le sue dita si strinsero sul volante. *Ricomponiti, Maggie.* Ecco ciò di cui aveva bisogno. Rifocalizzarsi sulla sua vita e smettere di comportarsi come se stesse dirigendo un film intitolato *Sono Emersi Alcuni Fattori di Stress, Ora i Miei Pensieri Sono Intrappolati in una Spirale Emotiva: Un'Autobiografia.*

Maggie sospirò. Non erano solo fattori di stress quotidiani; lo sapeva. Due mesi prima, il corpo del suo fratellino era stato scoperto dopo ventiquattro anni. Non era cosa da poco. Sua madre, una detenuta, aveva lasciato il paese - Maggie non era ancora sicura di dove fosse andata. La segretezza che circondava il trasferimento era sicuramente intenzionale, per proteggerla dal dover mentire o dall'agonizzare sul se dirlo o meno al suo partner detective. E Alex, la sua migliore amica... era lei la ragione per cui Aiden era morto. E il suo altro migliore amico, Sammy, sapeva dove si trovava il corpo di Aiden. Anche lui le aveva mentito.

Il suo dolore era palpabile, anche adesso. La sofferenza. E sebbene l'incessante acutezza di quei tradimenti avesse iniziato a diminuire, si era scoperto che la mancanza di panico assoluto era solo un'altra opportunità per scherzi cosmici - perché qualcos'altro andasse storto. Non sarebbe andata al club stasera se suo padre non si fosse gravemente ferito la settimana scorsa. Una scivolata sotto la doccia, un'anca rotta e fratture composte alle ossa della gamba inferiore. Avrebbe potuto essere peggio - avrebbe potuto essere un altro ictus - ma questo era già abbastanza grave. Terribile, in effetti. Ora era in ospedale, ma sarebbe stato dimesso e riportato al villaggio per pensionati entro pochi giorni. E poi?

Dalla padella alla brace che era la sua vita. Ma anche un mucchio di spazzatura emette abbastanza calore per cuocere un hot dog se ci si avvicina abbastanza. Forse stava pensando agli hot dog solo perché aveva appena mangiato un sacco di salsicce per colazione insieme ai pancake di Denny. Ma questo non aveva davvero aiutato. Non l'aveva aiutata a dimenticare.

Non come il club.

Abbassò ulteriormente il finestrino e lasciò che l'aria le asciugasse il sudore dal viso. La sua distrazione oggi era stata un uomo alto con spalle massicce, i polsi legati alla testiera, le caviglie legate ai piedi del letto, le cinghie di cuoio luccicanti alla luce delle candele. Poteva ancora sentire il pelo ruvido che scendeva lungo i suoi addominali scolpiti, vedere le maniche di tatuaggi che coprivano le sue braccia e si estendevano sulla scapola per dipingere la sua schiena: teschi rossi e neri con serpenti che si contorcevano e si dimenavano mentre lei faceva di lui ciò che voleva. Le ricordavano i tatuaggi del suo ex fidanzato - un uomo che avrebbe potuto sposare, se non avesse guidato la sua auto fuori dal ponte di Fernborn. Nei due anni dalla sua morte, aveva visto il volto di Kevin più spesso che no nelle maschere di questi sconosciuti. E ogni volta che risaliva in macchina dopo, era come perderlo di nuovo.

Un clacson suonò e Maggie sobbalzò, con il cuore in gola. Rientrò nella corsia centrale - la sua corsia. *Bel lavoro, Mags; un incidente d'auto avrebbe reso questa settimana* così *migliore.* Strizzò gli occhi guardando nello specchietto retrovisore, i fari di chi aveva suonato brillavano, sempre più luminosi, poi improvviso buio mentre si spostava nella corsia di sinistra e sfrecciava intorno alla sua Sebring decappottabile - una Scion squadrata. Osservò il rossore delle sue luci posteriori mentre sfiorava il suo paraurti anteriore, intensificandosi mentre cercava di decidere se poteva infilarsi tra lei e il camion già troppo vicino ai suoi fari, e poi la cessazione del bagliore rosso mentre premeva di nuovo sull'acceleratore. Di solito, sarebbe stata lei a sfrecciare intorno agli altri veicoli, ma apparentemente il correre del suo stupido cervello dopo questa lunga, stupida giornata su questa stupida strada non era abbastanza per battere una stupida Scion in una stupida gara.

Maggie azionò l'indicatore di direzione e si spostò nella corsia più a destra. Ancora due uscite, e sarebbe stata quasi a casa... beh, tecnicamente, a casa di suo padre. Aveva deciso di vendere la sua casa, ora solo un appezzamento di terra coperto di cenere dopo che un serial killer aveva dato fuoco all'edificio. Ma suo padre non avrebbe mai più vissuto nella casa dove lei era cresciuta. Suo padre a volte ricordava la casa, ma non aveva idea che Maggie fosse *cresciuta*, e di solito non registrava di aver avuto un figlio. Dimenticare di aver perso un figlio era un effetto collaterale della demenza per cui molti dei suoi pazienti in lutto avrebbero ucciso. Ma non c'era una pillola per la dimenticanza. Nessuna terapia così efficace da poter rimuovere completamente il dolore per la perdita di un figlio.

La sua uscita si avvicinava, e lei prese la svolta, poi frenò in fondo alla rampa. Il semaforo dipingeva il dorso delle sue nocche di color bordeaux, un livido rossastro orribile. I suoi occhi bruciavano per la stanchezza. Da quando le ossa di suo fratello erano state trovate in quel pozzo, spesso si svegliava nel buio, terrorizzata e bagnata di sudore, vedendo il puntino di luce lontana come l'avrebbe visto suo fratello, sentendo la ferita da coltello nel suo petto. Questo era un altro motivo per cui era tornata al club nel seminterrato. Il buio in quel seminterrato non era per dormire - non per ricordare. Insonni di tutto il mondo, unitevi.

All'improvviso, poteva sentire l'odore del sudore nel naso. Poteva sentire il modo in cui quell'uomo gemeva quando stringeva le cinghie, vedere il modo in cui i suoi occhi rotolavano all'indietro. Sentire il modo in cui le sue labbra sfioravano i suoi seni. Anche la vecchia cicatrice sul retro della sua testa faceva male, dolorosa e cattiva, i serpenti tatuati di lui che tremavano insieme ai loro corpi. Era strano quanto piacere e dolore fossero intrecciati certe notti, quanto strettamente si tessessero insieme, come se l'uno senza l'altro fosse troppo noioso per suscitare alcuna sensazione.

Il semaforo cambiò.

Maggie premette l'acceleratore, le labbra dell'uomo ancora calde contro la sua pelle, i suoi occhi ancora brucianti, il cuore che martellava al ritmo del pulsare della cicatrice alla base del suo cranio. La cicatrice era un ricordo del giorno in cui lei e Kevin si erano innamorati, allo stesso tempo il giorno migliore e peggiore della sua vita. Perché quello era stato anche il giorno in cui suo fratello era stato preso - il giorno in cui Aiden era stato assassinato. Ucciso da coloro che amava.

Inghiottì il nodo in gola. Poteva respirare, ma Maggie si sentiva ancora come se stesse annegando.

Il quartiere di suo padre era tranquillo a quest'ora della notte, la strada verso casa sua carica di ombre - mancava un lampione all'angolo. Le luci del garage illuminavano abbastanza bene la facciata anteriore, luccicando umide contro la porta del garage verniciata e i cespugli sempre-verdi spinosi, ogni punta spinosa come un ago di fuoco. Parcheggiò nel vialetto.

Se doveva restare, avrebbe dovuto decorare la casa secondo i suoi gusti, almeno modernizzare le lampade e rimuovere la carta da parati. Ma non era pronta a cancellare suo padre. E...

Non era pronta nemmeno per *quello*.

Maggie scese dall'auto e chiuse la portiera con un calcio, aggrottando le sopracciglia alla vista della scatola sul portico, grande quanto una cassetta per il pane e con un pesante fiocco di velluto. Se fosse stata da parte di Sammy, avrebbe pensato che fosse un'altra fontana urinante, compagna di quella che aveva nel cortile sul retro, che pervertiva l'integrità di diversi personaggi di *Sesame Street*. Ma Sammy non le aveva fatto alcun regalo ultimamente, l'aveva a malapena chiamata dal giorno in cui aveva scoperto che lui sapeva da tutti questi anni chi avesse ucciso suo fratello.

E sebbene non ci fosse alcun biglietto, sapeva da chi proveniva la scatola.

Dannazione, Tristan. Gli aveva detto di smettere di mandarle regali. Per il suo compleanno, erano stati fiori e un braccialetto di diamanti. Nell'anno e mezzo precedente, aveva ricevuto biglietti aerei, pass per concerti per vedere il suo artista preferito, persino consegne dei suoi panini preferiti: pastrami. Ma nonostante gli avesse detto di smetterla, e successivamente avesse ignorato del tutto i regali, l'uomo non si era fermato. Certo, probabilmente era grato che lei avesse aiutato la polizia a dimostrare la sua innocenza; quando si erano conosciuti, lui era stato suo paziente e un sospettato in una serie di omicidi. Il vero assassino aveva dato fuoco alla casa di Maggie. Forse era per questo che conservava ancora i regali: restituzione.

Ma la gratitudine era un motivo in più per rispettare i suoi confini. Era pur sempre un ex paziente.

Maggie fissò la scatola con sguardo torvo, il vento le arruffava i capelli, gli uccelli notturni stridevano. Ultimamente non aveva affrontato la questione dei regali, non aveva parlato affatto con Tristan da quando il caso dell'omicidio di suo fratello era stato chiuso; non aveva più lavorato con la polizia su altri casi di serial killer da allora. Ma nonostante la sua assenza evidente dal gruppo, i regali erano aumentati nelle ultime settimane.

Fissò la scatola, il fiocco di velluto rosso che ondeggiava nella brezza. Il calore le salì al petto. Si reggeva su un filo: la sua vita stava andando a pezzi, e non era compito suo occuparsi delle buffonate di Tristan. Gli aveva già detto di smettere. Non avrebbe supplicato. Forse un giorno, quando sarebbe stata meno esausta, avrebbe donato i pacchetti indesiderati in beneficenza.

O... li avrebbe aperti.

Maggie deglutì a fatica. Sapeva che era malato, ma le scatole non aperte erano la prova che qualcuno si preoccupava per lei ora che i suoi migliori amici se n'erano andati, insieme alla maggior parte della sua famiglia. Una volta aperta, avrebbe dovuto vedere il regalo stesso in relazione al donatore; il regalo sbagliato e avrebbe dovuto accettare che lui non la conosceva davvero, che non poteva tenere a lei tanto quanto pensava. Ma per ora... il cartone marrone era un simbolo. Per quanto contorto fosse, la scatola stessa la stava già aiutando a sentirsi meno sola.

Ossessivi Anonimi, arrivo.

Maggie si chinò per recuperare il regalo, più leggero di quanto si aspettasse, e infilò la chiave nella serratura. Avrebbe gettato la scatola nell'armadio mentre si dirigeva verso la camera da letto.

Insieme alle altre.

CAPITOLO 3

La notte trasudava come pus da una ferita infetta, pesante e oscura e orribile. Suo fratello, morto. Sua madre, scomparsa. Kevin, un uomo che l'aveva amata fin dall'infanzia, un uomo che avrebbe potuto sposare - un giorno - morto, a causa sua. Stava perdendo suo padre lentamente ma inesorabilmente; la demenza sembrava peggiorare ogni giorno, e ogni giorno la necessità di trovargli una sistemazione più adeguata diventava più pressante. Alex, una delle sue migliori amiche, aveva ucciso suo fratello quando aveva tredici anni, e Sammy, l'altra sua migliore amica, aveva aiutato a coprirlo. Entrambe le avevano mentito. Come aveva fatto a non accorgersene? Bella psicologa che era.

Tutte le strade avevano portato qui, e non c'era nessun vaso d'oro, solo insonnia punteggiata da occasionali incubi. Almeno aveva la sua carriera e il suo socio in affari. Owen era sempre stato un po' schizzinoso, ma non aveva pugnalato nessuno della sua famiglia e non l'aveva gettato in un pozzo, quindi aveva questo a suo favore.

Poi c'era Reid. Il suo collega detective, l'unico altro

uomo di cui si era fidata, era stato passionale per una notte... poi aveva chiuso tutto a causa del suo figlio adottivo. Ezra aveva iniziato a comportarsi male quando l'aveva sorpresa a sgattaiolare fuori di casa. Provava risentimento verso un bambino delle elementari? *Sì*. Era sbagliato? Anche questo sì, soprattutto perché il ragazzo era stato suo paziente all'epoca. Ma non più - era riuscita a trasferirlo in un altro studio. E si stava ancora tenendo lontana dall'orbita romantica di Reid; la facilità con cui Reid si era allontanato da lei le aveva pugnalato il cuore. Certo, l'aveva chiamata un paio di volte, ma tra il lutto per la perdita di suo fratello, sua madre e la maggior parte dei suoi amici, non aveva l'energia per le complicazioni. Doveva essere per forza così? Avrebbero potuto gestire una relazione senza il fisico. Avrebbero potuto fare sesso telefonico senza che lei andasse a casa sua. La gente mentiva ai bambini su Babbo Natale, non potevano mentire sul fatto che stessero scopando?

Ridicolo, Maggie. Sei solo sola. L'uomo che amavi ti ha fatto la proposta, hai detto di no, e lui si è buttato giù da un ponte con la macchina. Ti mancano i tuoi amici anche se hanno avuto un ruolo nell'omicidio di tuo fratello. Che razza di sorella sei?

Inghiottì a secco una Benadryl, ma servì solo a rendere le coperte più accoglienti - a far scivolare nelle sue narici il sottile profumo muschiato del cologne di Kevin, a rendere la sua spalla calda come se lui la stesse abbracciando. A far bruciare i suoi occhi perché lui non c'era. Nelle note dei rami contro i vetri delle finestre, sentiva il respiro sussurrato dei suoi amici - ex amici - nella stanza con lei. Quando i tempi erano duri, lei, Sammy e Alex si erano sempre riunite in una delle loro case, guardando film ridicoli. Soffrendo insieme per alleggerire il peso.

Ora, soffrivano tutte da sole. Almeno Sammy aveva Imani. Anche lei aveva Imani, ma era la moglie di Sam - il padre dei figli di qualcuno aveva la priorità sull'amicizia. Maggie a volte si sentiva come se avesse perso Imani in un divorzio.

Quando il sole ingrigì le finestre, la sua bocca era gessosa, le sue mani erano umide e il suo petto era teso per l'esaurimento. Una doccia non aiutò molto. Ogni goccia d'acqua colpiva la sua carne troppo forte - pungente - e aveva solo un asciugamano pulito. Niente più dentifricio. Merda. Anche la sua cucina era un disastro, ma almeno il tè chai profumava deliziosamente.

Forse aveva bisogno di iniziare a prendere un antidepressivo. Solo per un mese o giù di lì, finché non si fosse rimessa in carreggiata. I problemi nella sua vita stavano accadendo principalmente al di fuori di lei - stavano accadendo a lei, e quindi fuori dal suo controllo - ma avrebbe indirizzato qualsiasi paziente in questa situazione da uno psichiatra settimane fa. Una pubblicità della sua infanzia le saltò in mente: *Questo è il tuo cervello sotto l'effetto di droghe... domande?* Il cervello drogato nella pubblicità era un uovo rotto, ma a volte i farmaci erano il guscio. Certo, la metanfetamina era più come un candelotto di dinamite dentro un pollo, ma i produttori degli annunci anti-droga non erano particolarmente attenti alla loro metafora. La maggior parte delle cose aveva più senso quando non ci si pensava troppo.

Maggie si vestì con cura e deliberatamente con una camicetta di seta bianca, pantaloni neri e una giacca a scacchi rossi e neri su cui si poteva giocare a scacchi. Ballerine rosse completavano il suo caratteristico outfit nerd-chic, se si poteva dire che avesse uno stile. Stava afferrando il telefono quando vibrò.

Un messaggio. Da Tristan:

«Ehi. Cosa fai oggi?»

Niente con te, buffone. Non aveva detto nulla del regalo la sera prima, di nuovo; ovviamente, lui avrebbe chiamato ora per ricordarle che esisteva. Il giorno del suo compleanno, le aveva mandato un messaggio *mentre* stava aprendo il regalo sul portico. Non era sicura se lui - Maestro Tech Bro - avesse effettivamente un modo per guardarla, ma sapeva che una volta aveva tracciato il suo cellulare per scoprire dove fosse. Il fratellastro di Reid non era altro che fastidiosamente persistente, ma almeno sapeva cosa voleva. Almeno era disposto a lottare per lei, a differenza di Reid, che era stato più che disposto a mollarla perché infastidiva suo figlio.

Non vuoi qualcuno che supera i limiti in quel modo. Anche se i regali erano... carini. *No, Maggie - devi smettere con questa storia.* I suoi pollici si fermarono sui tasti, poi digitò:

«Devo pulire il mio armadio. Buttare via un sacco di scatole non aperte.»

La risposta arrivò immediatamente:

«Strano. Ma va bene. Vengo io da te, ok?»

Bravo a non cogliere l'allusione. Maggie scosse la testa, poi si diresse in cucina per prendere le chiavi. Piatti sul bancone, piatti nel lavandino, pizza vecchia di una settimana ancora nella scatola, il formaggio andato a male. *Dopo.* Era a metà di un'altra risposta - «Non venire qui, sono occupata» - quando sentì l'auto. Socchiuse gli occhi, ascoltando lo scricchiolio della ghiaia, il basso ronzio di un motore. I suoi capelli si rizzarono. Perché preoccuparsi di mandare un messaggio se sarebbe venuto comunque, qualunque cosa lei dicesse? Maggie cancellò il messaggio mentre il bussare risuonava per la cucina.

Toc-toc, toc.

Maggie doveva andare al lavoro, quindi a meno che non sgattaiolasse fuori dalla porta del garage, non facesse una corsa verso la sua Sebring, per poi guidare attraverso il prato del vicino in stile *Hazzard*, non poteva scappare senza vederlo. Lanciò un'occhiata alla porta del garage, esitò, poi scacciò il pensiero.

Maggie ficcò il telefono nella giacca con forza sufficiente da far stridere la cucitura. I suoi passi di marcia contro il linoleum suonavano arrabbiati, forse anche un po' appiccicosi. La maniglia della porta era fredda. «Tristan, io-»

Si bloccò. Il suo petto si strinse, un singolo scoppio di muscolo che contrasse rubandole il respiro.

Reid era in piedi sulla sua soglia, con un sopracciglio inarcato, il viso tirato e stanco. Era invecchiato di dieci anni dall'ultima volta che l'aveva visto. I suoi occhi color ambra erano attraversati da ragnatele sanguigne.

Ecco cosa succede quando non ti scopi una rossa - astinenza. L'altra parte del suo cervello rispose immediatamente: *Forse è stato stare con te in primo luogo che gli ha succhiato la vita. Guarda solo cosa hai fatto a Kevin.*

Merda. Forse avrebbe dovuto scusarsi. No, aspetta... non era stata lei a rovinare tutto. Allora perché l'impulso di abbracciarlo era così forte? Perché era... sola? Giusto. Sola.

Reid tirò su col naso, il suo sguardo fisso sulla casa dietro di lei come se cercasse il suo fratellastro, o forse un altro uomo, come se fosse affar suo. «Mi dispiace deluderti».

Cosa? Ah, sì, lo aveva chiamato Tristan. «Non mi hai delusa. Voglio dire, non lo sono. Io...» Erano passate settimane dall'ultima volta che si erano parlati, ma il suo tempismo era peggiore di quello di uno scoiattolo sotto cocaina che cerca di attraversare una strada trafficata. E guardando il viso di Reid, sentiva una forte energia da scoiattolo, il potenziale per uno scoppio di movimenti terrorizzati e frenetici fino a quando qualche parte del corpo non finisse schiacciata. Un figurativo schiacciamento del cuore sarebbe stato in linea con la giornata, ma aveva molto da fare e preferiva iniziare. Inoltre, non voleva guardare i suoi occhi iniettati di sangue più del necessario.

Si schiarì la gola. «Stavo andando in ufficio. Può aspettare questo»-*qualunque cosa sia*-«?»

«Vorrei tanto che potesse», disse lui. Finalmente incrociò il suo sguardo, e i peli sulla nuca di Maggie si rizzarono. La tristezza si nascondeva dietro le sue iridi, ma era intrecciata con qualcosa di ben più elettrico del rimpianto per la loro relazione. Paura.

Era successo qualcosa.

Qualcosa di terribile.

CAPITOLO 4

Maggie fece un passo indietro e lo invitò ad entrare in cucina, poi cambiò idea ricordandosi dei piatti ammucchiati nel lavandino, e lo diresse verso il soggiorno. C'erano alcune coperte e magliette sul divano, ma almeno non c'era odore di pizza vecchia di una settimana - salsa di pomodoro ammuffita, parmigiano andato a male. «Ezra è-»

«Si tratta di un caso. Avrei bisogno del tuo aiuto per un profilo.»

«Oh.» Non aveva fatto consulenze su un caso da mesi, non da quando aveva sepolto suo fratello. Non era che le mancasse, esattamente - una volta che sei stato quasi assassinato un paio di volte, inizi a dare priorità alla vita rispetto al lavoro, non importa quanto tu sia un amante del brivido. Ma alcune notti, mentre fissava il soffitto, si chiedeva se non potesse fare qualcosa di più vitale per l'umanità che stare a letto a pensare a come tutto fosse andato così terribilmente storto. «È per questo che Tristan mi ha mandato un messaggio?»

Reid alzò le spalle, guardando a destra e a sinistra

mentre entrava nel soggiorno. I suoi corti capelli castani avevano bisogno di una spuntatina, ma il suo completo blu navy era stirato, come sempre. «Probabilmente. Hanno chiamato anche lui per questo caso.»

«Oh.» Diede un'occhiata all'orologio sul suo cellulare. Aveva pazienti in programma per il pomeriggio, ma se avesse saltato il lavoro d'ufficio questa mattina, avrebbe avuto due ore. Poteva finire le sue note sui casi stasera. Cosa avrebbe fatto invece? Dormire? *Come se fosse possibile.*

Maggie si sedette sul divano, con la schiena premuta contro il bracciolo destro. «Allora, cosa sta succedendo?»

Reid spostò una pila di fumetti sul tavolino accanto ai contenitori di cibo thai vecchi di due giorni e si sedette all'altra estremità del divano, cercando di stare il più lontano possibile da lei. Non lo biasimava. La maggior parte delle persone intorno a lei moriva o scompariva, ed era difficile non prenderla sul personale. «Stai bene, Maggie?»

«Sto bene.»

Il suo ginocchio non toccava il suo, ma era abbastanza vicino da irradiare calore nella sua coscia. Pungente. Scomodo. Ma anche caldo - così caldo. Gli occhi di Reid si strinsero. «Così hai detto l'ultima volta che hai effettivamente risposto al telefono. Ma non sembri stare bene. Sembri... fuori fase.»

Alex ha ucciso mio fratello, Sammy mi ha mentito per vent'anni, mio fratello è morto, mio padre sta morendo, mia madre se n'è andata, sono completamente sola - sto benissimo. Ma lui non la stava guardando. Aggrottò la fronte guardando il tavolo, la limonata diventata acida.

Il suo petto si riscaldò; forse avrebbe dovuto assumere qualcuno per venire a pulire. «Sto solo jonglando con molte cose, non ho avuto tempo di preoccuparmi di riordinare.» Forzò un sorriso, poi si strinse nelle spalle. «Possiamo andare avanti? Ho dei pazienti.» Ed essere così vicina a lui le faceva male al petto. Era una cosa sentire la mancanza di persone che non dovevi vedere, ma un'altra essere di fronte alle cose che avevi perso.

Lui si voltò e annuì, una sola volta, come se avesse preso una decisione su una domanda che lei non aveva fatto. «Circa due ore fa, i vicini hanno trovato un uomo morto nel garage della sua casa. La sua gola era stata tagliata con un frammento di metallo dal suo banco di lavoro. È morto per dissanguamento.»

Lei osservò i suoi occhi, la preoccupazione incisa nelle rughe intorno ad essi in modo affidabile come se avesse avuto una lacrima tatuata con inchiostro d'umore che appariva solo quando era turbato. Un cadavere era preoccupante, certo, ma lui aveva a che fare con cadaveri tutto il tempo come detective dell'omicidio; non tutti avevano lo stesso effetto.

Maggie annuì perché continuasse, ma la stanza sembrava improvvisamente più piccola, il suo ginocchio più vicino, l'aria stessa si stringeva come un cappio intorno alla sua gola. *Wow, Maggie, non stai esagerando un po'?*

«Non era il primo,» continuò Reid. «Un altro corpo è stato trovato due giorni fa. Vittima femminile, scoperta nel seminterrato di un magazzino bruciato sulla Klington. Legata, con i polsi legati sopra la testa. È stata picchiata, poi tagliuzzata con un pezzo di vetro. Ferite superficiali sulle braccia, ma quelle sull'addome, sulla gola e sul viso erano profonde - fino all'osso. Come la seconda vittima, è morta per dissanguamento.»

Maggie aggrottò la fronte. Una vittima pugnalata con un pezzo di vetro, una con un frammento di metallo. L'assassino era sicuro delle sue capacità di creare armi del delitto usando qualsiasi cosa fosse disponibile sulla scena. E lui - molto probabilmente un lui basandosi sul tipo di armi, la prossimità richiesta - non aveva preferenze sul genere delle sue vittime. Questo avrebbe reso più difficile determinare dove potesse colpire successivamente.

La cicatrice sulla sua testa pulsava, un dolore profondo e pulsante. Questo era un po' troppo vicino per essere confortevole. Lei aveva pugnalato il ragazzo che le aveva morso la testa con un pezzo di vetro - con un oggetto trovato.

Reid tirò fuori il suo cellulare. Il lavoro di polizia moderno coinvolgeva più foto su iPhone che fascicoli dei casi, e lei aveva lavorato con lui abbastanza volte da sapere cosa significava quell'azione. La sua schiena si raddrizzò, le spalle rigide - preparandosi per il sangue.

Come previsto, lui scorse le sue immagini, toccò una, poi girò il telefono verso di lei. L'aria si assottigliò. Maggie si era aspettata un corpo, sangue, un po' di gore, ma non si aspettava... questo.

La donna era legata, le braccia sopra la testa, il viso coperto dai capelli. Lividi sulla gamba destra, ferite profonde all'addome, tre tagli distinti nell'ascella. Vestita - pantaloncini di jeans e canottiera. Nessun bottone slacciato, nessun tessuto strappato. Nessuno stupro, a meno che non l'avesse rivestita dopo, ma non pensava fosse questo il caso.

«Nessun segno di aggressione sessuale, giusto?» Maggie non riusciva a distogliere gli occhi dai capelli rossi della donna. Riccioli della stessa tonalità dei suoi. Della stessa lunghezza dei suoi. Sembrava sbagliato. Inquietante. Un presagio. *Sei solo stanca, Maggie - Reid non vede se stesso in ogni uomo morto con i capelli castani.*

Reid scosse la testa. «Nessuno, anche se con quel coltello...»

«Piquerismo,» disse lei. Quando lui alzò un sopracciglio, continuò, «Un coltello o altro oggetto appuntito serve come oggetto di penetrazione e quindi come fonte di grati-ficazione sessuale. In quei casi, ci si aspetterebbe di vedere ferite da coltello, ma meno segni di aggressione sessuale.» Indicò la ferita aperta nella pancia, il sangue coagulato intorno all'ombelico della vittima che nascondeva le lesioni.

«È quello che aveva Dylan, vero?»

Dylan. Il fratello di Alex, quello che aveva aggredito Maggie e le aveva morso la testa - quello che lei aveva pugnalato. «Non posso essere sicura riguardo a Dylan, ma ho un forte sospetto. Invece di una lama, usava i denti per penetrare la carne - non è insolito con questo disturbo.» Sbatté le palpebre guardando di nuovo la foto, vedendo il suo viso in quello della donna morta, sentendo quelle ferite nella pancia come sentiva il dolore alla testa. Ma almeno sapevano che non era Dylan. L'uomo era morto, lo era da ventiquattro anni. La maglietta di Alex era stata trovata con il corpo decomposto di Dylan, inzuppata di sangue da dove l'aveva premuta sul viso. «Come Dylan, mi aspetterei che questo assassino si senta sessualmente inadeguato. Forte storia di abbandono, rifiuto. Vita familiare traumatica.»

Reid si schiarì la gola. «Era una scena del crimine diffi-cile. All'inizio pensavo che fosse-»

«Me.»

«Sì.» Reid ritirò il telefono e, non appena l'immagine fu fuori dalla sua visuale - quei capelli rosso brillante - la stanza si espanse, poi si contrasse di nuovo come se stesse respirando. Maggie fece lo stesso, riempiendo i polmoni, ma servì a poco per alleviare la pressione nel petto. Perché doveva starle così vicino? Il suo ginocchio era in fiamme.

«Mi preoccupo per te, Maggie. Anche se siamo stati... fuori contatto.»

Fuori contatto? Era così che lo chiamavano? Se sua

madre fosse stata lì, avrebbe detto a Maggie di saltargli addosso. Ma l'impulsività era il motivo per cui la mamma aveva dovuto scappare in un altro paese. E Maggie non poteva negare di avere un po' di quella ricerca del brivido nel sangue. Chi altri avrebbe scelto di inseguire serial killer quando già possedeva uno studio di psicologia redditizio?

Il silenzio si prolungò. Reid corrugò la fronte. Poi scosse la testa come se il suo cervello fosse un Etch A Sketch e stesse cercando di cancellare i suoi pensieri. «La piqueurismo spinge le persone a fare questo?» Reid girò di nuovo il telefono verso di lei. Un'altra foto della donna: uno scatto dell'obitorio. Pulita, pallida, una ferita aperta su una guancia, nera e arrabbiata, e i suoi occhi...

Maggie deglutì a fatica. Le iridi blu e vitree della donna fissavano la fotocamera - attraverso la fotocamera. Niente palpebre. «Forse, ma è più comune accoltellare gli occhi, quindi potrebbe prendere le palpebre come souvenir. La seconda vittima aveva le palpebre rimosse?»

Reid annuì. «Sì. Ma le sue sono state tagliate post mortem.»

Il che significava... quelle della donna erano state rimosse mentre era ancora viva? Lo stomaco di Maggie si rivoltò, ma indicò i tagli incisi nell'ascella. «Cosa significa quel numero due?»

Reid alzò un sopracciglio. «Pensavo assomigliasse più alla lettera *z*. Ma ho supposto fosse casuale.»

«Le altre ferite hanno uno scopo», disse lei. «Rientrano nella sua condizione. Ma le ferite all'ascella sono superficiali, esitanti. Ci sono graffi superficiali sull'altra vittima?»

Lui scosse la testa.

Lei annuì. «Forse sono accaduti durante la lotta. Le ascelle non sono un posto comune per accoltellare; è più comune vedere ferite intorno agli organi sessuali. Ma non è una regola fissa.» Maggie alzò il viso e incontrò gli occhi di

Reid. «La vittima maschio nel garage è stata picchiata o legata?»

«No. Sembra che l'assassino abbia aspettato nel garage finché non è entrato, poi lo ha colto di sorpresa. Gli ha tagliato la gola da dietro - lo schema degli schizzi sul finestrino del camion mostra che nessuno era in piedi davanti a lui.»

«Le vittime si conoscevano?»

«No.»

«Ma questa è chiaramente una situazione seriale. Gli attacchi in rapida successione, le somiglianze nel modus operandi.»

«Ma ci sono differenze significative tra i casi», disse lui.

Maggie lo guardò negli occhi. «Gli attacchi con oggetti trovati sul posto non sono insoliti, e l'incertezza su come si svolgerà l'attacco potrebbe essere parte del brivido. Le differenze nelle scene del crimine potrebbero essere dovute alla capacità fisica dell'assassino, alla discrepanza tra le vittime. Forse l'assassino voleva prendersi più tempo con la vittima maschile, ma sapeva che non avrebbe vinto in una lotta, quindi gli ha tagliato la gola invece, e ha completato il resto del suo schema post mortem. E sebbene sia strano che una vittima sia maschio e l'altra femmina, penso che questo parli semplicemente di un diverso tipo di criterio nella selezione delle vittime.»

«Come?»

Lei alzò le spalle. «Forse erano entrambi d'intralcio a qualche obiettivo più grande. Forse erano entrambi coinvolti in qualche attività specifica che l'assassino ritiene inaccettabile. Ma deve esserci qualche connessione.»

Reid annuì. «Tutto ciò ha senso. Ma c'è dell'altro. Ed è per questo che sono qui.»

Era qui per un profilo; questo è quello che aveva detto. È quello che stavano facendo. Il suo ginocchio era caldo, i loro ginocchi si toccavano ora - si era avvicinata quando stava guardando le foto. Si allontanò leggermente, appoggiando il gomito sul bracciolo del divano. «Non tenermi sulle spine.»

Reid scorse di nuovo il suo cellulare e, di nuovo, girò lo schermo verso di lei. «Lo riconosci?»

Un primo piano di un uomo morto, il viso rivolto verso il soffitto. Presumibilmente l'altra vittima. Sarebbe stato bello in vita, con una mascella forte, un mento con fossetta e un cranio rasato. Occhi torbidi, scuri sotto le palpebre mancanti. «No, non lo riconosco.» Fece una pausa. «Perché dovrei?» Non le aveva mai chiesto prima se riconosceva un sospettato, vero?

Le sue spalle si rilassarono - un evidente sollievo. «Dovevo chiedertelo, vista la tua somiglianza con la vittima femminile.»

«Inoltre, il pericolo mi segue ovunque, giusto? Dovevi assicurarti che non fossi io il collegamento?»

«Non sono ancora sicuro che non lo sia.» Le sue labbra si strinsero. «Lavori con molti criminali condannati, sia in prigione che dopo il rilascio. I capelli rossi, soprattutto di quella precisa lunghezza e consistenza, non sono comuni, un fatto che ho verificato con Tristan questa mattina.» E quella ferita sulla guancia della vittima; una ferita che rispecchiava quella che lei aveva inflitto a Dylan. Aprì la bocca per dirlo, ma lui stava già passando alla foto successiva - il lato posteriore del corpo. Zoomò.

La carne sullo schermo era un pasticcio sanguinolento, una sezione scuoiata di carne che andava dalla parte anteriore del bicipite fino alla parte posteriore del braccio. Un morso spiccava sopra la pelle mancante, posizionato proprio sulla scapola.

«Questo morso è esattamente nello stesso punto di

quello di Alex», disse Reid. Dylan - era quello il collegamento. Aveva morso anche sua sorella.

La cicatrice sotto i suoi capelli pulsava mentre fissava l'immagine, con il cuore in gola; non riusciva a distogliere lo sguardo dall'inchiostro intorno al quadrato mancante. Una lingua biforcuta sopra la ferita. Una coda simile a un verme sotto.

«Il tatuaggio... una volta erano serpenti», disse dolcemente. «E teschi.» Teschi neri e rossi.

Reid si irrigidì. «Quindi, riconosci-»

«Io... sì.»

«Dal tuo lavoro in prigione?»

Non riusciva a elaborare. Maggie non riusciva a trovare l'aria. Stava fissando la foto, ma nella sua mente poteva vedere i serpenti tatuati contorcersi come avevano fatto la notte scorsa. Sulla carne di un uomo mascherato molto vivo.

CAPITOLO 5

N o. *Non può essere.*
La mano di Reid rimase immobile, le punte delle dita pallide contro il telefono, le nocche serrate. «Pensavo avessi detto che non lo conoscevi.»

«Non ho riconosciuto il suo viso.»

Lui aggrottò la fronte. «Mh.» Era una parola carica di significato, e lei sapeva perché - la maggior parte delle persone riconoscerebbe qualcuno che conoscono dal viso e non dalla... pelle nuda. *Tatuaggi.* Giusto, tatuaggi. «Come lo conosci?» chiese Reid.

«Io...» *Me lo sono scopato ieri sera in un club del sesso underground di cui non ti ho mai parlato, perché siamo stati letteralmente una coppia per un solo giorno.* Quello non contava nemmeno come coppia. Era stato solo un'avventura di una notte. Colleghi con benefici.

Quando lei rimase in silenzio, lui scosse la testa. «Maggie, devi darmi qualche indizio qui. Conosci la vittima maschile. E con le somiglianze fisiche della donna a... beh, te...»

Lei deglutì il groppo in gola. «Pensi che tutto questo riguardi me.» *Era* tutto su di lei - c'erano dubbi?

Maggie si appoggiò più pesantemente contro il bracciolo del divano come se, mettendo spazio tra sé e Reid, potesse anche mettere spazio tra sé e la sua teoria che lei fosse al centro di tutto. Come poteva succedere di nuovo? Era statisticamente impossibile - una probabilità astronomicamente remota.

Lavori con la polizia, Maggie. Lavori nelle prigioni. Dai la caccia ai serial killer. Ogni volta che prendeva un caso con Reid, aumentava la probabilità che un altro assassino le desse la caccia.

Ma quei morsi, le coltellate... la coltellata alla guancia. Qualcuno stava riproducendo i casi del suo passato - i suoi anni da adolescente, molto prima che si coinvolgesse con il dipartimento di polizia.

Questa era una questione personale.

Maggie fissò il tavolino, i suoi pensieri correvano. Quando aveva tredici anni, lei e Kevin erano andati in un edificio per uffici abbandonato il giorno prima che fosse demolito. Avevano passato qualche ora a giocare - lanciando mattoni attraverso le finestre interne, disegnando sulle pareti macchiate dal tempo. Ma quando Kevin era uscito, il fratello di Alex era entrato e l'aveva attaccata, l'aveva immobilizzata e le aveva morso il retro della testa. Era scappata colpendolo al viso con un pezzo di vetro. Poteva ancora vederlo sporgere sotto lo zigomo, trafiggendogli la lingua. Poteva ancora sentire l'odore del suo sangue che si mescolava al suo in un bouquet metallico nauseante che le si attaccava in gola. Ma Dylan... non poteva essere Dylan stesso.

Maggie si voltò finalmente verso Reid. «Tristan ha detto che Dylan era morto.» Era stato scoperto tre settimane dopo l'attacco nello stato vicino, decomposto da tre settimane. Nessun record dentale da confrontare; Dylan non aveva radiografie registrate. Ma la causa della morte era rivelatrice. Era morto per un'infezione - dalla ferita che lei gli aveva inflitto, con la maglietta di Alex ancora premuta contro il viso. Era stato cremato in breve tempo.

Il baritono di Reid la riportò indietro, la sua voce stanca e roca. «Non sto dicendo che Dylan non sia morto. Un John Doe trovato con quella stessa identica ferita facciale a poche ore da Fernborn, con la maglietta di Alex... è stato sufficiente perché dichiarassero ufficialmente Dylan come il ragazzo morto dopo ventiquattro anni di non identificazione.»

«Ma allora che diavolo significa con i morsi? La coltellata al viso? Pensiamo davvero che si tratti di un imitatore?» D'altra parte, non lo era, non veramente. Dylan non aveva ferito un solo uomo che lei sapesse. Aveva preso di mira solo femmine - persone più piccole di lui.

Reid scrollò le spalle. «Qualcuno che copia crimini di cui ha letto è più probabile che Dylan che finge la sua morte.»

Lei aggrottò la fronte. Non aveva torto. Dylan avrebbe dovuto tagliare il viso di qualcuno che nessuno avrebbe cercato, qualcuno che gli somigliasse molto, trattenerlo per assicurarsi che si infettasse, aspettare che morisse... era molto per un sedicenne ferito. Inoltre, era stato ricoverato per le sue ferite, e attaccare e sottomettere un altro adolescente che, per definizione, doveva avere la stessa altezza e peso... Dylan era stato anche in grado di farlo, poche ore dopo essere fuggito dall'ospedale?

Reid tirò su col naso. «È un'ipotesi azzardata, ma farò controllare di nuovo a Tristan. E non capisco perché Dylan ti avrebbe ignorato tutti questi anni. Quel livello di pazienza si adatta al tuo profilo di lui?»

No. Non lo faceva - di questo era sicura. Dylan era

stato sadico, ma era tornato a Fernborn per una ragione logica: per spostare la sua prima vittima ed evitare di essere scoperto. Quando lei e Kevin lo avevano interrotto, l'aveva attaccata, e poi aveva aggredito sua sorella, Alex, in un accesso di rabbia. Qualcuno così instabile, così volatile... «No, Dylan non avrebbe aspettato fino ad ora. Se fosse stato ossessionato da me, furioso per quello che è successo, sarebbe tornato subito.» Se avesse voluto ferirla in effigie per ventiquattro anni, avrebbero trovato altri corpi, e probabilmente in un posto dove lei l'avrebbe notato.

«Inoltre, sappiamo che aspetto ha Dylan. Un ragazzo con un enorme taglio attraverso il viso è piuttosto difficile da non notare. E anche se in qualche modo avesse finto la sua morte e fosse riuscito a ottenere una chirurgia plastica davvero buona, è difficile cancellare ogni traccia di chi eri. Non impossibile, ma...»

Maggie scosse la testa. «C'è un'altra spiegazione - un altro elemento scatenante per chiunque abbia fatto questo. Forse... la pubblicità intorno alla morte di mio fratello?» Mentre Dylan non avrebbe avuto bisogno della recente attenzione mediatica per spingerlo all'azione, nelle settimane successive alla scoperta delle ossa di suo fratello, qualcuno aveva rilasciato i dettagli del suo attacco da adolescente insieme a quelli di Alex. Qualcuno all'interno del dipartimento di polizia - doveva essere - anche se non erano mai riusciti a capire chi. Maggie sospettava del detective Birman, l'uomo che aveva indagato sul caso di Aiden e poi era scappato con sua madre, quel piccolo stronzo rancoroso.

Reid si appoggiò indietro, gli occhi sulla stanza - il tavolo. «È quello che pensavo anch'io. Un imitatore. Hai parlato con Alex ultimamente?»

La mia migliore amica che ha ucciso mio fratello? No, grazie.

Scosse la testa, ma il suo petto ebbe uno spasmo solo a sentire il nome di Alex - aveva un vuoto lì dove una volta aveva degli amici. Dove una volta aveva un fratello. Una mamma. Ma non era per questo che lui stava chiedendo: probabilmente voleva sapere se Alex avesse notato qualcosa di strano. Alex era stata sui giornali per settimane in relazione alla morte di Aiden. Era una storia sensazionale, ad essere onesti - se c'è sangue, fa notizia, e c'era stato molto sangue.

«Ho parlato con Imani la settimana scorsa». La moglie di Sammy non aveva fatto·nulla di male, ma era ancora difficile starle vicino: le faceva sentire la mancanza di Sammy. Maggie si schiarì la gola e continuò: «Ha detto che Alex riceveva ancora lettere da detenuti pedofili e assassini di bambini, alcune delle quali di natura congratulatoria. Come quelle che ha ricevuto qualche mese fa, subito dopo la chiusura del caso». Non mostravano mai questa parte in *Scooby-Doo*; le conseguenze in cui Shaggy e Velma dovevano affrontare lettere minacciose da persone che sostenevano il proprietario malvagio del parco divertimenti. «Suppongo che il nostro sospettato mi avrebbe scritto se fossi io il fulcro, ma è difficile dirlo. E ovviamente, qualcuno in prigione non sta facendo questo».

«Ma forse qualcuno recentemente rilasciato. Controllerò». Annuì. «Quindi, o abbiamo un imitatore, qualcuno attratto dalla pubblicità dopo la scoperta del corpo di tuo fratello, oppure hai un diverso tipo di stalker: qualcuno che vuole assicurarsi di ottenere la tua attenzione». Reid tirò su col naso e incrociò la caviglia sopra il ginocchio opposto. Il silenzio si prolungò. Quando finalmente incontrò il suo sguardo, disse: «Possiamo tornare alle vittime?»

Preferirei di no. Ma annuì.

«Conosci la donna? Si chiamava Cara Price».

Maggie scosse la testa.

«Come conoscevi Joel Oliver?»

Ah, il momento della verità. Anche questa parte la saltavano in *Scooby-Doo*. D'altronde, cani dei cartoni animati in un club del sesso sarebbero un tipo di cartone animato completamente diverso. «Appartengo a un... club esclusivo. Ci siamo incontrati lì».

Reid socchiuse gli occhi. «Okay. Dov'è questo club? Un indirizzo sarebbe utile». Toccò il suo cellulare, il blocco note.

«Non è così semplice. È un...» Abbassò lo sguardo: non voleva guardarlo negli occhi per questa parte. «Bondage, stanze per giochi, gruppi, qualunque cosa ti piaccia, c'è qualcuno che cerca qualcosa di simile». Alzò la testa. «Per quanto ne sappia, è l'unico nello stato, quindi alcune persone guidano per ore per... be'».

Le sue sopracciglia si sollevarono fino all'attaccatura dei capelli al rallentatore, come se ogni movimento incrementale riflettesse un nuovo pezzo di comprensione. «Appartieni a un club del sesso?» Le sue parole furono lente, attente, come se credesse che lei potesse dire di no se l'avesse formulato in modo perfetto.

«Ero lì ieri sera. Ero con la vittima. Sessualmente. Sono sicura che ci siano» - *che schifo, che schifo, che schifo* - «fluidi su di lui. Avrai bisogno del mio DNA per escludermi».

La mascella di Reid cadde, molto più velocemente del movimento delle sue sopracciglia. «Sei...» La sua frase si spense. Non sembrava riuscire a trovare le parole per finire la frase.

«Seria? Sì».

Lui sbatté le palpebre guardando il telefono: almeno non la stava più guardando. «Avrò bisogno di descrizioni. Nomi di chiunque fosse lì che potrebbe conoscere quest'uomo».

Di nuovo, scosse la testa. «Non conosco nessun nome. Non ho mai visto nessuno dei loro volti. E loro non possono vedere il mio. Indossiamo tutti delle maschere. Se avessi chiesto alla vittima» - *Joel* - «se mi conosceva, avrebbe detto di no».

Reid rimase seduto, silenzioso e immobile, con gli occhi fissi sul suo cellulare. Il silenzio si prolungò così a lungo che lei credette momentaneamente che fosse andato in catatonia, ma poi disse: «Perché lo faresti?» Alzò gli occhi ai suoi e poi incrociò di nuovo l'altra caviglia sopra il ginocchio opposto: pietà nel suo sguardo.

Fottuta *pietà*? Il suo petto si fece caldo, anche la gola.

Reid sospirò. «Non sapevo che la faccenda di tuo fratello ti avesse colpito così duramente», disse. «Voglio dire, ovviamente lo ha fatto, ma continuavi a dirmi che stavi bene, che era scomparso da molto tempo, che avevi già elaborato il lutto. Ora, questo club, non pulire casa tua... sei chiaramente in un brutto momento. Lascia che ti aiuti».

Così puoi andartene di nuovo non appena Ezra si arrabbia per questo? «Non sono la dannata domestica. E non ho bisogno del tuo aiuto». Non si trattava del fatto che la sua casa fosse in disordine. La stava giudicando. Forse era geloso.

Il suo sguardo si fissò nel suo. «Questo tipo di autodistruzione-»

«Non si tratta di Aiden. Vado in quel club da anni. È sicuro, è facile. È solo fantasia. Uno sfogo. A volte, non vuoi le complicazioni emotive».

«Le complicazioni», disse lentamente. «Come con me?» I suoi occhi si ammorbidirono, ma il suo petto era stretto dalla furia.

«Sì», rispose bruscamente. «Come con te. Quindi possiamo lasciare perdere questo club e tornare al profilo? Ho molto da fare oggi». Avrebbero dovuto tornarci alla fine: il club era probabilmente l'ultimo posto in cui qualcuno aveva visto Joel vivo, ma preferiva sbattere la testa contro la porta piuttosto che elaborare tutto questo con Reid che la guardava. Forse Clark avrebbe potuto occuparsi di quella parte della sua dichiarazione.

Le narici di Reid si dilatarono, ma disse: «Va bene. Questo... cambia il profilo? Perché avrebbe ucciso un uomo con cui eri stata, ma anche uccidere te in effigie? È geloso, vuole ucciderti, o un po' entrambe le cose?»

Le sue spalle si rilassarono leggermente. Era una domanda maledettamente buona: una domanda valida. E sebbene il regno psicologico fosse il suo dominio, non era una domanda a cui avesse ancora una risposta. «Come ho detto prima, è possibile che sia impotente, o altrimenti limitato nella sua potenza sessuale. L'assassino è probabilmente una vittima di abusi infantili ed è estremamente sensibile al rifiuto. Stai cercando un maschio bianco tra i trenta e i quarant'anni, e qualcuno che ha già ucciso in passato basandosi sull'apparente facilità con cui ha portato a termine i crimini». Reid annuì in accordo, e lei continuò: «Ha un modello di attaccamento fratturato. Se ha relazioni intime, sono cariche di turbolenze. Non sarà in grado di accettare affetto o darlo in modo significativo».

«Quindi, di nuovo... perché ce l'ha con *te*?»

«C'è qualcosa nella mia storia, forse nella morte di Aiden, che ha risuonato con lui. Forse ha perso un fratello. Se vede se stesso in me, si identifica con me, potrebbe sia incolparmi di non aver protetto mio fratello e allo stesso tempo provare un po' dell'affetto e del perdono che vuole per sé».

«Motivazioni contrastanti... questo spiegherebbe la differenza tra le vittime. Ma uccidere un uomo con cui hai dormito sembra più gelosia».

«Forse dovresti guardarti le spalle anche tu».

Reid inarcò un sopracciglio - *troppo presto?* - e Maggie si schiarì la gola. Merda... avrebbero davvero dovuto dare un'occhiata al club, e non solo perché Joel l'aveva visitato la notte in cui era morto. Solo qualcuno in quel club poteva sapere che lei era stata con Joel. Ma forse non sapevano di Reid. Era quello l'unico motivo per cui era ancora vivo? «Ti parlerò del club. Ma se la sua fissazione si è evoluta oltre, e chiaramente è così... mi aspetterei altri comportamenti da stalker.»

«Hai notato comportamenti da stalker?»

A parte i continui regali di tuo fratello? No. «Ho sempre la tendenza a sentirmi osservata, ma niente di insolito.»

Reid annuì. Ma i suoi occhi sembravano ancora feriti.

Lei si alzò in piedi. «La cosa logica da fare è organizzare dei pattugliamenti. Fatemi sorvegliare, vediamo se riuscite a far uscire allo scoperto questo tizio. Sorvegliate anche la mia strada. Chiunque sia, non si accontenterà di sostituti per sempre - dovrà almeno passare in macchina davanti a casa mia. E avete già avuto due omicidi in meno di una settimana.»

Reid si alzò, più lentamente, e scrutò il suo salotto disordinato. Di nuovo. *Stronzo.* Lei aprì la bocca per far notare la sua irritazione, per ricordargli che i geni tendono ad essere disordinati, che non ci si poteva aspettare che qualcuno facesse tutto, ma lui stava già portando il cellulare vibrante all'orecchio. «Hanlon.»

Maggie incrociò le braccia, osservandolo. Due mesi fa, avevano il potenziale per essere qualcosa di diverso - qualcosa di grande. La vita, le relazioni... erano fragili come il vetro. Una mossa sbagliata, e tutto andava in frantumi.

«Maggie!» disse Reid, e lei sbatté le palpebre. I suoi occhi erano spalancati, il cellulare già di nuovo in tasca. Le stava parlando? Come per confermare i suoi sospetti, lui continuò: «Mi hai sentito?»

«Scusa, cosa?»

«Sembra che non dobbiamo mettere una pattuglia su di te. Hanno preso il nostro assassino: Harry Folsom.» Reid incontrò il suo sguardo. «Ed è uno dei tuoi.»

CAPITOLO 6

È uno dei tuoi.

Maggie aveva un forte mal di testa quando si mise al volante per dirigersi verso il distretto. Era passata dall'ufficio per dare una rapida occhiata al fascicolo di Harry, ma non aveva trovato nulla che suggerisse che fosse capace di commettere quei crimini. Figlio di un padre violento e di una madre manipolatrice, era finito in prigione dopo aver spinto la sua ragazza dal balcone. Ma l'avvocato del caso aveva creduto ci fossero circostanze attenuanti; che Harry fosse stato maltrattato dalla sua partner, una donna con una storia di violenza e, a detta di tutti, una sociopatica. Che si fosse solo difeso per proteggersi. È allora che avevano chiamato Maggie come consulente - e lei aveva concordato con la valutazione dell'avvocato. Maggie non aveva creduto che Harry fosse una minaccia per qualcuno, forse solo per se stesso.

Maggie sospirò, le nocche le facevano male intorno al volante. Un ex paziente. Aveva forse sostenuto il rilascio di un uomo che avrebbe dovuto trascorrere il resto della sua vita naturale in prigione? Aveva trattato l'uomo che ora stava uccidendo donne che le assomigliavano, assassinando uomini con cui aveva fatto sesso?

Mise bruscamente l'auto in parcheggio e si diresse a grandi passi verso il distretto, con la camicia che le si appiccicava alla schiena. Maggie fece un cenno di saluto a Clark Lavigne mentre gli passava accanto, un detective robusto con cui Reid lavorava a volte. Un bravo ragazzo - un po' troppo bravo per lei. O forse semplicemente non sembrava il tipo che nascondesse qualcosa.

La stanza di osservazione grande come un armadio si trovava quasi alla fine di un corridoio asettico, collegata alla sala interrogatori da uno specchio a due vie. «È imbullonato al pavimento - Clark gli ha messo le manette», disse Reid quando Maggie si mise accanto a lui e guardò attraverso il vetro.

Harry Folsom era già seduto al tavolo in acciaio inossidabile, le dita intrecciate in una stretta palla sul piano del tavolo, i braccialetti di metallo che luccicavano ai polsi. Spalle larghe, mascella squadrata e ben rasata, nessun tatuaggio che facesse capolino da sotto le maniche della maglietta. Abbastanza alto da poter tagliare la gola di Joel senza aiuto. Le sue nocche erano bianche - nervoso. Tutto in lui così... *pallido*.

«Vuoi che entri con te?» chiese Reid.

Tenne gli occhi fissi su Harry mentre diceva: «Sarà più efficace se entro da sola».

Lui annuì, ma lei poteva sentire la tensione nel suo bicipite contro il suo gomito. Non gli piaceva l'idea che lei fosse in una stanza con un assassino. Da sola con qualcuno che la voleva morta.

Ma Harry voleva davvero farle del male? Con che tipo di movente avevano a che fare? Era stato rilasciato più di un anno fa, il che era un lungo periodo per mettere in pausa una vendetta omicida. E mentre poteva esserle sfuggito uno stalker - erano subdoli per natura - le sarebbe davvero sfuggito un uomo che riconosceva a vista?

Aggrottò la fronte. Harry si adattava davvero al profilo? Non lo aveva trattato da otto mesi. Perché ora? E non c'era modo che fosse stato in quel club - non permettevano l'ingresso a nessuno con precedenti penali. «Quindi è semplicemente entrato oggi e ha confessato?»

Reid annuì. «Ha detto di aver visto le notizie e che lo facevano sentire male».

Lo facevano sentire male - che maniaco omicida che era. Ma il senso di colpa era coerente con la personalità di Harry. Il senso di colpa era il motivo per cui aveva confessato di aver ucciso la sua ragazza. Lei gli aveva conficcato un coltello nel fianco, e lui non aveva detto a nessuno che lo aveva aggredito finché gli agenti non avevano visto la ferita.

Con un ultimo cenno a Reid, Maggie lasciò la stanza di osservazione e spinse la porta della sala interrogatori, iperacuta della luce fluorescente brillante, del modo in cui rimbalzava sullo specchio lucido. Un'impronta di mano nell'angolo in basso a destra del vetro sembrava di cattivo auspicio, come se un fantasma intrappolato dentro quel pannello stesse cercando disperatamente di fuggire.

Harry sbatté le palpebre quando lei si sedette di fronte a lui. Riconoscimento, ma non il fuoco che si sarebbe aspettata da un uomo che aveva ucciso una donna che le assomigliava, un uomo che era andato a letto con lei... non che avessero dormito molto. «È passato del tempo, Harry».

«Sì». Deglutì a fatica, la barba sotto l'orecchio sinistro luccicava - un punto che aveva mancato con il rasoio. «Volevo essere buono».

La frase risuonò nella sua memoria - l'aveva usata spesso durante le sessioni, sia dentro il carcere che dopo il rilascio. Aveva sempre solo voluto essere buono. «Lo so. E lo sei stato per anni, vero? Lavoravi come meccanico l'ultima volta che abbiamo parlato. Avevi persino una nuova ragazza. Pensavo che le cose andassero bene. Era incinta, no?» Ed era passato così tanto tempo... ormai avrebbero un bambino, giusto?

Gli occhi di Harry si strinsero, la sua fronte si corrugò in una maschera di angoscia. «Isabelle è morta».

Morta. Harry l'aveva uccisa anche lei? Cara era la seconda vittima, non la prima? «Come è morta Isabelle, Harry?»

La tensione sul suo viso si allentò; i suoi occhi marroni diventarono vuoti. *Occhi marroni, niente a che vedere con quelli verdi di Dylan.* Non che avesse pensato che fosse... *Cristo, Maggie, smettila di pensare.*

«Incidente d'auto», sussurrò praticamente Harry. «Tre settimane fa».

Maggie studiò il suo viso. Era vero? Sembrava di sì, basandosi sul suo sguardo fermo, sul tono muscolare uniforme della sua fronte. La morte della sua ragazza era stata il fattore scatenante di questa nuova serie di omicidi? Questo spiegherebbe perché avesse aspettato così tanto dopo il suo rilascio per passare alla modalità omicida. «Parliamo di questa settimana, Harry. Sembra che tu abbia avuto giorni piuttosto movimentati».

Lui abbassò lo sguardo sul tavolo e studiò le punte delle dita. Le manette luccicavano. «Ho fatto alcune cose», mormorò ai suoi pugni. «Ho fatto del male alle persone».

«E poi hai confessato. Devi esserti sentito piuttosto male per questo». Aspettò un attimo per vedere se avrebbe risposto, e quando non lo fece, continuò: «Voglio sapere esattamente cosa è successo. La tua versione, proprio come volevo la tua versione quando eri in prigione». Allora aveva creduto che non fosse un assassino a sangue freddo.

Anche se si fosse sbagliata, ora dovrebbe avere la sua fiducia.

Lui si leccò le labbra. Il silenzio si prolungò.

«Harry?»

Lui alzò lo sguardo. I suoi occhi erano diventati vitrei, con lacrime che brillavano agli angoli. Lei aspettò ancora qualche respiro, incontrò il suo sguardo e disse: «Dimmi perché hai ucciso Joel». Usando il nome, umanizzando la vittima, avrebbe dovuto almeno darle qualche segno di rimorso.

Ma il viso di Harry rimase inespressivo - indifferente. Se lo sarebbe aspettato da uno psicopatico, ma non aveva mai considerato Harry tale. «Joel aveva una ragazza», disse finalmente Harry. «Ti avrebbe fatto del male come stava facendo a lei».

Joel... era morto perché era un traditore? Perché Harry stava proteggendo i suoi *sentimenti* dopo un'avventura di una notte in un club del sesso? «E la donna, Cara? Mi assomigliava, Harry. Come se fossi io quella che volevi ferire». Il che non aveva senso se avesse ucciso Joel per motivi protettivi.

Lui tirò su col naso. Girò un palmo in su, poi l'altro, studiando le sue impronte digitali o forse la parte inferiore dei suoi polsi - cicatrici sbiadite dalla parte carnosa del palmo fino a metà dell'avambraccio. Harry deglutì con difficoltà. «Credo... di essermi arrabbiato».

«Perché?» Gelosia? Rabbia verso le donne in generale a causa degli abusi subiti dai genitori e dall'ex? Quella rabbia si era semplicemente trasferita su Maggie, un'altra donna con cui si era mostrato vulnerabile?

«Non lo so». La sua voce era spenta, intrisa di disperazione. La sua spina dorsale si illuminò di spine, graffiandole la schiena. Stava rispondendo alle sue domande, ma non stava visualizzando i crimini nella sua mente. Non c'era gratificazione sessuale nel ricordo. Cercò di immaginarlo in piedi sopra Cara, mentre affondava quella lama nella sua carne, ma riuscì solo a vederlo in piedi in un angolo, che guardava, attonito, come l'aveva sempre immaginato mentre fissava il corpo della sua ex. Era di parte a causa della loro precedente relazione? Forse. Ma continuava a sembrarle sbagliato.

«Sei stata l'unica ad essere gentile con me», riuscì finalmente a dire con voce strozzata. «L'unica che ha creduto in me. È davvero così sbagliato voler proteggerti? Volevo solo *proteggerti*.»

Maggie osservò una lacrima scivolare dal suo occhio sinistro e rotolare sulla guancia. Stava dicendo le cose giuste, quello che pensava di *dover* dire. Ma durante il trattamento, le aveva raccontato di aver spinto la sua ragazza dal balcone. Che aveva chiamato la polizia dopo essersi assicurato che fosse morta. Che si era tolto quel coltello dal fianco perché si sentiva così in colpa per quello che aveva fatto che non voleva incolpare lei. Ma una risposta - aveva *sempre* avuto una risposta immediata. E ora... aveva iniziato con *Non lo so*?

«Cosa hai fatto loro?» chiese lentamente.

«Li ho accoltellati». I muscoli agli angoli degli occhi di Harry tremavano, nervosi come se avesse un disturbo nervoso. Stava mentendo - stava mentendo. Ma su cosa? Erano certamente stati accoltellati. «Li ho accoltellati», ripeté. «Li ho uccisi entrambi».

Ma il tatuaggio di Joel era stato rimosso. Era stato morso. Cara era stata legata. Le loro palpebre erano state strappate via. Questo era molto più che una semplice accoltellamento. Poteva sentire gli occhi di Reid che le bruciavano la tempia. «Con cosa hai accoltellato Joel?»

«Non me lo ricordo».

I suoi polmoni erano troppo piccoli. Di nuovo con il

Non lo so. Ma entrambi i crimini erano stati commessi con oggetti trovati sul posto - era possibile che non avesse registrato quale arma avesse afferrato nel mezzo della frenesia. E se si fosse dissociato, se le sue risposte traumatiche si fossero attivate, dimenticare l'evento era nel regno delle possibilità.

«E Cara?» chiese. «Ti ricordi con cosa l'hai accoltellata?»

La sua fronte si corrugò. «Vetro».

Sì. Aveva ragione su Cara. E quello era qualcosa che solo l'assassino poteva sapere. Allora perché la sua confessione continuava a sembrarle sbagliata? «Quante volte hai accoltellato Joel?»

Scosse la testa. «Non voglio parlarne».

«Va bene, Harry». Le mani di Maggie dolevano, e abbassò lo sguardo sulle sue dita intrecciate. Non si era resa conto di aver messo anche lei i pugni sul tavolo, che stava rispecchiando la postura di Harry. «So che volevi solo proteggermi - lo apprezzo». Si sporse in avanti, sopra le sue mani, lo sguardo fisso sul suo viso. «Dimmi in che altro modo li hai puniti. Come mi hai protetto».

«Li ho uccisi». La sua voce si incrinò sull'ultima parola. Le lacrime scorrevano liberamente sugli incavi delle sue guance e gocciolavano sul collo. «Che Dio mi aiuti». Sollevò le mani giunte alle labbra, gli occhi al soffitto - pregando. «Mi dispiace tanto. Dio, mi dispiace così tanto».

Era *dispiaciuto*; non ne dubitava nemmeno per un momento. Ma era dispiaciuto per questo? I suoi occhi tracciarono di nuovo la sua mascella, la chiazza di barba che era riuscito a tralasciare mentre si recava alla stazione di polizia. «Ferirli ti ha fatto sentire come quando hai ucciso Sara?» Cara, Sara... i nomi erano simili. Era questa parte del motivo scatenante?

Harry si immobilizzò. Quando abbassò di nuovo lo sguardo su di lei, i suoi occhi erano diventati spenti.

«Ti è piaciuto uccidere Sara?» chiese. «Il balcone ti ha dato solo un assaggio di sangue? Ne volevi di più?» *Dai, Harry, reagisci. Mostrami cosa mi sta sfuggendo.*

Deglutì a fatica e sbatté le palpebre, l'opacità nel suo sguardo si indurì come pietra. La sua mascella era così tesa che era certa che avrebbe rotto i molari. Le sue mani con i braccialetti luccicanti tornarono sul tavolo di acciaio inossidabile. «Pensavo che se fossi stato buono, avrei ottenuto qualcosa», sussurrò. «Volevo di più anche per il mio bambino». Il suo bambino... il suo bimbo - il bambino di Isabelle.

«Dov'è tuo figlio?»

«Al sicuro», disse con voce strozzata. Le lacrime gocciolavano dagli angoli dei suoi occhi. Harry lasciò cadere la testa tra le mani, la fronte a pochi centimetri dal tavolo. Le sue spalle sussultavano. «Voglio tornare in prigione», singhiozzò Harry. «Rinchiudetemi e basta. Lasciatemi... tornare».

«Harry-»

«Non voglio parlare più. Ho finito. Sono così... solo fuori. Non voglio essere più solo». Le sue parole erano a malapena comprensibili. Ma lei ci credeva, le sentiva nel dolore pulsante nel suo midollo. Anche lei si sentiva sola. Questo era ciò che accadeva quando le persone che componevano il tessuto della tua vita improvvisamente svanivano.

Maggie lasciò la stanza degli interrogatori sentendosi più turbata di quando era arrivata. Stava mentendo? Aveva solo bisogno di un modo per tornare in prigione? Se fosse davvero colpevole, avrebbe frainteso tutto dell'uomo dal giorno in cui si erano incontrati.

Reid era ancora in piedi nella stanza di osservazione

dove l'aveva lasciato, gli occhi su Harry, il viso teso. Si voltò verso di lei quando entrò e si staccò dal telaio della finestra. «Prima che tu lo chieda, abbiamo controllato l'incidente della fidanzata. È stato sicuramente un incidente stradale - investita da un camion che ha ignorato uno stop. Nessun gioco sporco».

Annuì, desiderando che fosse più di un sollievo. «Harry non sembrava sapere dei morsi».

«Potrebbe averlo fatto nel fervore del momento. Potrebbe non essere stata una decisione consapevole, giusto?»

«Ma *avrebbe dovuto* essere una decisione consapevole se fosse stato legato a me. Anche la posizione del morso, che rispecchia esattamente quello di Alex... è troppo perfetto per essere stato impulsivo». La cicatrice sul retro della sua testa doleva, pulsando sordamente come un'unghia infetta. «E Joel è stato morso post mortem - dopo che il fervore dell'uccisione era finito».

Reid aggrottò le sopracciglia. «Potremmo non comprendere appieno perché l'ha fatto, ma il procuratore distrettuale ha tutto ciò di cui ha bisogno per metterlo dentro. Non ha un alibi. Ha confessato gli omicidi. Sa come è stata uccisa Cara, un dettaglio che non è stato reso pubblico. Ha lasciato suo figlio alla caserma dei pompieri il giorno in cui ha ucciso Cara - ha pianificato tutto. Lo interrogherò di nuovo, ovviamente, e verificherò i suoi movimenti nelle notti di entrambi i crimini. Ma al momento, sembra essere il nostro uomo». Alzò un sopracciglio. «Non sei d'accordo?»

Lei fissò attraverso il vetro. Harry stava ancora singhiozzando con la testa contro il metallo. «C'era sangue sulle sue scarpe?»

«Ha detto di essersi sbarazzato dei suoi vestiti».

«Entrambe le volte? Il tizio è un meccanico, non esce a

comprarsi stivali nuovi ogni tre giorni». Non riusciva a distogliere lo sguardo dalla finestra. «E Harry non è mai stato ossessionato da me prima d'ora, non ha mai perseguitato nessuno. Non fa parte del suo profilo. E come diavolo farebbe a sapere di quel club?» Suggeriva un livello di furtività di cui non lo immaginava capace.

«Stiamo ancora cercando di capire, ma se ti ha seguita-»

«Perché mi avrebbe seguita per poi non entrare?» Se qualcuno l'avesse seguita, se l'assassino sapesse del club e avesse scelto Joel per questo... doveva essere stato *dentro* per vedere con chi era stata. Lo stomaco le si contorse.

«Forse è entrato. Forse Harry stesso era qualcuno con cui tu...» Si schiarì la gola, con un'espressione addolorata. «Qualcuno con cui sei stata?»

Lei scosse la testa. «Ci vuole tempo per fare domanda, per essere controllati. Non puoi semplicemente entrare. E niente ex detenuti. Qualsiasi precedente penale è una squalifica automatica».

«D'accordo, forse ha pagato qualcuno per avere informazioni. Forse ha indovinato basandosi su chi usciva dal club più o meno alla stessa ora». Lei aprì la bocca per protestare - gli ingressi e le uscite erano coordinati, non era così facile - ma lui continuò: «Assecondami, ok? C'era qualcuno che sembrava particolarmente infatuato di te? Qualcuno che rifiutava le avances degli altri o... qualsiasi cosa succeda lì».

Sesso, Reid - ecco cosa succede lì. Ma aveva ragione. E anche se non aveva un nome, si era avvicinata più di quanto avrebbe dovuto a un membro ricorrente. Aveva immaginato il volto di Kevin al posto del suo più volte di quante volesse ammettere. Quello di Tristan, anche, e voleva ammetterlo ancora meno.

Reid la stava ancora osservando. Lei sbatté le palpebre.

«C'era un uomo», si sforzò di dire. «L'ho visto spesso nel corso dell'ultimo anno. Ma non riesco a immaginare che mi stesse perseguitando. Ero io che dovevo... sceglierlo. Lui non aveva la possibilità di corteggiarmi». Oh cavolo, era forse parte della sua frustrazione? Forse *era* lui l'assassino.

Reid aggrottò la fronte. «Perché?»

«Avevo il braccialetto rosso».

Lui sostenne il suo sguardo per un attimo più lungo di un battito di ciglia, poi scosse la testa. «Quindi è una cosa da sottomessa? È così che stabilite chi è il dominante nell'incontro?»

Lei annuì. «Voglio dire... più o meno, sì».

«Ma... se l'assassino avesse osservato nell'ultimo anno, avremmo molti più cadaveri, giusto?»

Quella non era una domanda su Harry. Era sulla sua vita sessuale - avrebbe potuto chiedere direttamente il suo "conteggio di corpi". Lei alzò le spalle. «Se mi stesse perseguitando, tu saresti morto. Quindi c'è questo».

I suoi occhi si indurirono come scaglie di rame lucido. Arrabbiato. Quando parlò di nuovo, la sua voce era tesa come se cercasse di trattenersi. «Intendevo solo dire che se fosse stato in quel club, penseresti che avrebbe attaccato altri uomini nell'ultimo anno. Perché iniziare con Joel?»

C'era una spiegazione - una logica. Le mani le pulsavano. Allentò i pugni, ma poteva sentire i solchi nel palmo delle mani, minuscole ferite a forma di mezzaluna causate dalle sue unghie. «Forse prima di Joel... ci andavo a letto io».

Reid guardò di nuovo attraverso la finestra. Harry stava ancora singhiozzando, con la testa tra le mani.

«Nell'ultimo anno, c'era un uomo che ho scelto più e più volte. Alto, spalle larghe, ma il suo viso era sempre coperto dalla maschera - tutta la testa era nascosta sotto il cuoio. Non ho idea del colore dei capelli o altro. Potevo vedere le sue labbra, ma non potrei identificarle in un confronto. Non ha mai detto una sola parola». Deglutì a fatica. «Ieri, per la prima volta in mesi... ho scelto qualcun altro».

«Joel?»

Lei annuì. «Sì».

«E quell'altro uomo, quello che hai rifiutato... pensi che potrebbe essere questo tizio?» Il tono nella sua voce completava la frase: *Ci andavi a letto quando ci andavi a letto con me?*

Invece di rispondere a quella domanda non detta, Maggie fissò attraverso il vetro. Spalle larghe. Forte. Nessun tatuaggio. Non aveva mai visto il suo viso, quindi... poteva essere. Cioè, se avesse rubato l'identità di qualcun altro per ottenere l'ammissione, cosa che sembrava ancora troppo subdola per Harry. «Voglio dire, forse. Non posso esserne sicura».

Riportò lo sguardo su Reid. «Continuo a non pensare che sia lui. Non ha senso».

«Maggie, ti ho detto che avrei indagato ancora un po', ma ha confessato, e-»

«Ha la barba sotto l'orecchio».

«E allora? Probabilmente ce l'ho anch'io».

«Ma tu non sei sospettato di una serie di crimini che richiedevano una precisione attenta».

Reid si bloccò. «Non stava facendo neurochirurgia - ha accoltellato le sue vittime ripetutamente. Selvaggiamente».

«Ha anche rimosso con cura le loro palpebre. Quelle ferite erano uniformi, costanti. Non ha graffiato gli occhi, non ha lacerato la carne agli angoli. Era un lavoro preciso. Lo stesso vale per l'aver attentamente rimosso quei tatuaggi dal braccio di Joel. Per non parlare del fatto che è stato attento nell'entrare e uscire da ogni scena del crimine. Nessun testimone. È finito in prigione la prima volta perché ha chiamato lui stesso la polizia, ha detto all'operatore del 9-1-1 che l'aveva uccisa anche se in realtà era stato un incidente».

«O così ti ha detto dopo».

«Così io *credo*. Questo tizio non ha alcuna capacità di evitare l'autoincriminazione. E ora, perché sbarazzarsi dei suoi vestiti, due volte, e poi venire qui a confessare? Perché andare in quel club per un anno e non avvicinarmi mai fuori da lì? Se voleva vedermi, non aveva nemmeno bisogno di pedinarmi - doveva solo prendere un appuntamento. E se voleva andare in prigione, avrebbe potuto chiamare la polizia dalla scena del crimine come ha fatto la prima volta. Non doveva nemmeno uccidere Joel - sarebbe stato rinchiuso altrettanto a lungo solo per Cara. Niente di tutto questo ha senso». Il suo stomaco si contrasse, contorcendosi in nodi di acciaio fuso duri e affilati come i bordi del tavolo. «Penso che abbia confessato perché è spaventato. *Questo* si adatta al suo profilo. Questo si adatta all'Harry che conosco».

«Spaventato? Di cosa?»

«Di prendersi cura di un bambino da solo, forse? La libertà non è tutto oro quel che luccica, non per tutti. La prigione gli ha dato una struttura. Lo ha nutrito, vestito, gli ha tolto le responsabilità - ha eliminato la pressione sotto cui era stato per tutta la sua vita. Si è sempre visto come un fallimento, ed è così che è finito con la sua ex. Essere incarcerato gli ha permesso di esistere senza dover essere una delusione ogni singolo giorno della sua vita».

Reid scosse la testa. «So che non vuoi che sia lui. So che avresti... dei sentimenti al riguardo visto che hai convinto una commissione per la libertà vigilata che non era una minaccia». *Sentimenti? Intendi senso di colpa?* «Ma sa più di quanto dovrebbe - sa come è morta Cara, per esempio. E per molti aspetti, quest'uomo si adatta al tuo profilo.

È bianco, ha l'età giusta, un'infanzia traumatica, problemi con le donne, anche se non è impotente...»

Sì, se l'assassino era al club, non era impotente. Ma ciò non significava che non si *sentisse* impotente. Poteva essere in grado di usare il suo pene, ma non ottenere soddisfazione senza una lama.

Reid si voltò da lei e fissò il loro confesso assassino, il suo sospettato. «Ha un figlio. Non mentirebbe e abbandonerebbe quel bambino se non fosse costretto».

Lo farebbe se pensasse che il bambino stesse meglio senza di lui. Maggie strinse le labbra, ma l'acido che le si contorceva nelle viscere si rifiutava di placarsi.

Harry quadrava sulla carta, ma era troppo facile, decisamente troppo facile. In ogni episodio di *Scooby-Doo*, il primo sospettato era sempre quello sbagliato. Era così che funzionava.

Maggie non riusciva a liberarsi della sensazione che stesse mentendo.

Odiava che sembrasse una falsa partenza.

CAPITOLO 7

Quando arrivò in ufficio, era impossibile mettersi in pari con le scartoffie, ma forse era meglio così: non sarebbe comunque riuscita a mettere pensieri su carta. Le immagini dal cellulare di Reid la perseguitavano. Negli anni di lavoro con la polizia sui casi di serial killer, ne aveva viste di peggiori, o almeno altrettanto brutte. Ma questa volta era diverso. Il corpo della rossa lampeggiava nella sua mente come un'animazione intermittente, in movimento, con la testa che si sollevava finché non guardava Maggie dritto negli occhi con quelle orbite scorticate. Maggie vedeva il proprio volto tanto spesso quanto non lo vedeva, i propri iridi che la fissavano da dietro quegli occhi senza palpebre. Tutto questo riguardava lei. La vittima avrebbe potuto benissimo essere Maggie stessa.

Poteva ancora finire come Cara.

Reid pensava di aver preso l'uomo giusto, ma Harry non le sembrava un sospettato credibile. Quel club del sesso aveva scosso la fiducia di Reid nel suo giudizio:

poteva sentire la distanza tra loro. Sentiva la sua sfiducia come aghi sulla pelle.

Ma non era la prima volta, vero? Reid non si era fidato di lei quando il sospettato era il suo fratellastro, e lei aveva dimostrato l'innocenza di Tristan nonostante tutto. Avrebbe dovuto fare lo stesso anche in questo caso? Se la polizia credeva di aver preso il colpevole, non avrebbero cercato un altro sospettato. Maggie stessa poteva essere in maggior pericolo a causa della confessione di Harry: avrebbe dovuto menzionarlo a Harry mentre era ancora nella sala interrogatori.

Sarebbe tornata. Doveva tornare. Anche se Reid le aveva assicurato che stava ancora indagando, lavorando per confermare la confessione di Harry, non pensava di poter lasciare la questione in sospeso finché non avessero avuto una verifica. E sì, forse era bello stare vicino a Reid. Forse era semplicemente bello stare vicino a... qualcuno. Chiunque.

Maggie si accomodò sulla sedia dietro la sua scrivania, con lo stomaco attorcigliato e gli occhi pieni di sabbia. Il pupazzo a testa oscillante di Bert sulla sua scrivania le annuiva: un regalo di Kevin ai tempi delle medie. Lui aveva Ernie sul cruscotto quando aveva guidato la sua auto nel fiume. Il Tuffo dell'Uomo Morto: così Sammy aveva sempre chiamato il ponte di Fernborn, e non le era mai sfuggito che tuffarsi fosse un atto intenzionale.

Merda. Avrebbe dovuto chiamare Sammy e Alex? Sammy lavorava per l'ufficio del procuratore distrettuale, quindi il pettegolezzo lo aveva sicuramente già raggiunto, stile "voci di corridoio". Ma Alex...

Maggie piantò i gomiti sulla scrivania e appoggiò la testa pesante sui pugni, un gesto che rispecchiava così da vicino il pianto di Harry sul tavolo d'acciaio che le bruciarono gli occhi. Harry era davvero colpevole? Qualcun altro era in pericolo? Lei lo era? Nonostante la sua storia fosse stata usata come modello per gli omicidi, l'assassino l'aveva lasciata in pace.

La porta dell'ufficio la strappò dai suoi pensieri. *Si va in scena.*

I suoi primi due pazienti passarono velocemente. Un nuovo ricovero, seguito da J.D., un ex detenuto con un tatuaggio a forma di lacrima. Riuscì a mantenere la concentrazione su di lui, ma ogni volta che intravedeva quella lacrima, vedeva gli occhi lacrimosi di Harry, le sue spalle che tremavano. E se si fosse sbagliata anche su J.D.? E peggio ancora, se *non* si fosse sbagliata su Harry? Se l'assassino fosse ancora là fuori, ancora assetato di sangue?

Ma solo perché poteva sentire la minaccia come una nebbia minacciosa, non significava che fosse reale. Si era certamente sbagliata in passato. E non desiderava altro che sbagliarsi questa volta.

Nonostante due ore rigorosamente cariche di tensione, il suo stomaco brontolava quando accompagnò J.D. alla porta, la testa pulsante, le costole tese per lo stress di - *non so, magari* - uno dei suoi pazienti che aveva ucciso due persone a causa sua.

Ma uno stomaco brontolante non aspetta nessuno. Maggie ordinò dei tacos per lei e Owen dal locale in fondo alla strada, sperando che lui avesse fame, e scarabocchiò appunti per distrarsi mentre aspettava. Per lo più fallì. I suoi occhi continuavano a vagare verso il tavolo sotto la finestra, verso il guanto da baseball di suo fratello e una foto di lei e Aiden, entrambi sorridenti. Le cose erano più semplici allora. Era una gran secchiona, ma aveva Sammy, aveva la sua famiglia, e non era al centro di nessuna follia omicida.

Vedi? Semplice. Tutto ciò che voleva era un anno in cui nessuno morisse a causa sua. Era chiedere troppo?

Quando finalmente arrivò il bussare del fattorino, pagò il ragazzo delle consegne con il suo ultimo ventone, poi bussò alla porta dell'ufficio di Owen mentre tornava alla sua scrivania. Con Sammy e Alex fuori dai giochi, lei e Owen avevano preso l'abitudine di pranzare insieme quasi tutti i giorni. Forse lui lo faceva perché si sentiva dispiaciuto per lei, ma stava attraversando un divorzio tumultuoso. Entrambi avevano bisogno di una tregua, entrambi avevano bisogno di un amico.

Owen sembrava di buon umore quando entrò nel suo ufficio, anche se aveva gli occhi tesi agli angoli e il bianco iniettato di sangue. Si accasciò sulla sedia, ma sorrise luminosamente quando lei aprì la borsa e gli passò una tortilla rigida e un piatto.

«C'è un nuovo registro di terapeuti», disse lui, chinandosi per mettere il pollo nella sua tortilla. «Ha un'interfaccia per abbinare i terapeuti ai pazienti in base alla specialità, ma ha alcune funzioni aggiuntive. I pazienti possono restringere la ricerca in base a molti altri fattori che non sono disponibili sugli altri siti».

La conversazione era così banale, così *normale*, che sembrava uno schiaffo in faccia. Ed era esattamente ciò di cui aveva bisogno: qualcuno che la tirasse fuori dalla sua testa. Maggie diede un morso al suo taco, masticò, poi disse: «Quindi se vogliono una psicologa donna che ama *Dungeons & Dragons* e ha un senso dell'umorismo contorto» - *e uno psicopatico alle calcagna* - «possono cliccare sul mio profilo e chiamare l'ufficio?»

Owen annuì. «Più o meno. C'è molto potenziale per nuovi clienti». Ma lei sapeva cosa stava pensando: *Clienti che non sono in libertà vigilata*. Owen odiava quando lei trattava i detenuti... o gli ex detenuti. Era sempre preoccupato, anche quando non aveva un maniaco alle calcagna. E doveva ancora dirgli di Harry.

Lei *non* voleva dirgli di Harry.

«Figo», disse. «Devo creare il mio profilo, o ne farai uno per tutto l'ufficio?»

«Per tutto l'ufficio, intendendo tu e io?» Ridacchiò, anche se non raggiunse del tutto i suoi occhi blu. Con i suoi capelli platino, aveva un vero e proprio look da surfista incrociato con un professore di teologia. «Me ne occupo io. Copierò semplicemente il tuo profilo da uno degli altri siti. Mi servirà come distrazione».

Uh-oh. Mise da parte il suo piatto. «Come stai? Intendo, a parte il fatto di reimparare com'è essere un uomo single?» Owen stava combattendo contro sua moglie in tribunale, ma sembrava che il suo fidanzato-avvocato avesse vinto... per ora. Stava trasferendo i suoi figli in California, lasciando Owen a volare avanti e indietro per vedere le sue figlie in età elementare. Maggie non conosceva bene Katie, ma sospettava che la donna avesse frequentato il miglior avvocato che potesse trovare solo per fregare Owen. In realtà, era stata la moglie di Owen a informarla dell'esistenza del club, ma Owen era rimasto scandalizzato solo a sentirne parlare.

«È stato... duro», disse lui. «Lo sai. Almeno le ragazze tornano a casa tra un paio di giorni per l'estate». Afferrò un'altra tortilla, ma non fece alcuna mossa per riempirla. Probabilmente stava cercando di mantenere un'espressione impassibile per il resto dei suoi pazienti. «Com'è andata la tua mattinata?» chiese.

«Bene». *Bugie.*

I suoi occhi si restrinsero. «Sei sicura? Ho visto una pattuglia nel parcheggio».

Lei abbassò il piatto sulla scrivania. «Tu... hai visto?»

«Sì». Diede un morso, deglutì, poi continuò: «Non riuscivo a distinguere dalla finestra, ma sono abbastanza sicuro che fosse Reid. Pensavo fosse qui per te, ma poi non è entrato. Voi due... state bene?»

Reid aveva detto che pensava che Harry fosse il loro uomo... ma era comunque passato in macchina. Il suo petto si riscaldò, parte della tensione si dissipò, ma era ancora infastidita. Perché Reid non le diceva semplicemente che le credeva? Che sapeva che non era pazza? E... in realtà non era una grande notizia se pensava che ora avesse bisogno di protezione. Lanciò un'occhiata alla scrivania. Bert la fissava.

«Ancora ai ferri corti, eh? Mi dispiace». Owen diede un altro morso al suo taco. «Allora, se non era qui per vederti... mi dirai perché sta sorvegliando il nostro ufficio?»

Se proprio devo. Sospirò. «Harry Folsom, un uomo che ho curato, ha ucciso una donna che mi somigliava la settimana scorsa, e qualcun altro che conosco»-*conoscevo*-«ieri. Ha usato dettagli del giorno in cui mio fratello è scomparso, del mio attacco, negli omicidi. Ora è in custodia». Ma se Reid era stato qui, se Reid la stava sorvegliando... era vero che l'assassino era stato catturato? Il tempo l'avrebbe detto.

«Porca miseria, Maggie». Gli occhi di Owen si spalancarono, il bianco chiaramente visibile intorno alle iridi. Il tipo era "scioccato", come direbbero i figli di Sammy. Dio, le mancavano. Le mancava anche Sammy. *Sì, devo chiamarlo per informarlo di questo*. Probabilmente Reid l'aveva già fatto.

«Lo so. Ma la polizia se ne sta occupando-»

«Intendi dire che Reid se ne sta occupando». Fece l'occhiolino. Non gli piaceva che lei lavorasse con pazienti pericolosi - o precedentemente pericolosi - ma si era ammorbidito nei confronti di Reid, probabilmente per lo stesso motivo di Sammy: il detective sembrava avere a cuore i suoi interessi e più di una volta l'aveva tenuta lontana dai guai.

«Sì. È questo che intendo».

Owen aggrottò la fronte. «Ma se lo hanno in custodia, perché Reid passava in macchina come uno stalker?»

«Non sono sicura che Harry sia colpevole. Ha confessato, ma sembra più un capro espiatorio».

«Mi fido del tuo giudizio, Mags». Solo sentirlo dire ad alta voce le fece allentare le spalle. *Grazie, amico.* «Quindi cosa hai intenzione di fare? Voglio dire, non mi piace l'idea che tu lavori a un altro caso di serial killer-»

Ovviamente non ti piace. «Ti capisco. Al momento, il mio piano è di chiamare Reid dopo il lavoro e vedere cos'altro hanno scoperto». E dargli i dettagli che poteva sul club. Non sarebbe andato lontano da solo, non su quel fronte, con i dati bloccati, inclusi i suoi. Ma lei poteva avere più fortuna della polizia. «Ho bisogno di un po' di tempo per elaborare. L'ho scoperto solo questa mattina, sono andata a intervistare il tizio, poi ho avuto i pazienti, e stasera devo andare in ospedale-»

«Oh, cavolo, mi ero dimenticato di tuo padre». Si appoggiò allo schienale e incrociò la caviglia sul ginocchio opposto, molto simile a come faceva Reid. Eccetto che quando lo faceva Reid, significava che era stressato. Quando lo faceva Owen, in genere stava solo cercando di mettersi comodo. «Come sta?»

«Sarà dimesso nei prossimi giorni, ma non sono sicura di come se la caverà nell'appartamento. Sembra essere...»

«In declino», concluse Owen quando lei non lo disse. Annuì.

«Dimmi solo cosa posso fare per aiutare», disse lui. «Qualsiasi cosa tu abbia bisogno».

«Vuoi chiamare Alex per me?» Non aveva realizzato il pensiero finché non fu pronunciato ad alta voce.

Lui alzò un sopracciglio. «Certo, immagino. E dirle cosa?»

«Io... non lo so nemmeno». Che un paziente che potrebbe avere una cotta per lei aveva ucciso due persone, ma che era in custodia? Che nonostante qualcuno stesse copiando crimini legati al suo passato, nessuno aveva preso di mira le persone a lei vicine, o Maggie stessa? Anche se lei e Alex fossero state in buoni rapporti, la conversazione sarebbe stata imbarazzante. «Riferiscile solo quello che ti ho detto su Harry, immagino».

Owen la fissò. «Lo farò, certo che lo farò, ma sei *sicura* di non volerla chiamare tu stessa? Voglio dire... capisco se non vuoi, ma non voglio nemmeno che tu soffra - non voglio che tu prolunghi questo dolore se c'è spazio per una riconciliazione. E questo sembra molto...» Si morse il labbro. «Scusa, io-»

«Non devi scusarti. Sembra che mi stia punendo più di loro, vero?»

Lui strinse le labbra. Ma non disse altro. Non doveva.

Maledetti psicologi.

CAPITOLO 8

Nessuna pattuglia l'aspettava nel parcheggio quando finalmente lasciò l'ufficio - non era sicura se fosse una cosa buona o cattiva. O Reid aveva cambiato idea e aveva prove che Harry avesse commesso i crimini, oppure non gli importava cosa le sarebbe successo.

Erano davvero queste le uniche opzioni? Certo che no. Ma era troppo stanca per capire quale fosse la verità - troppo distratta. Le foto dal telefono di Reid la seguirono fino all'ospedale, sedute accanto a lei tra le sue orecchie, sussurrandole che ogni semaforo rosso poteva essere quello in cui uno sconosciuto sarebbe strisciato fuori dal sedile posteriore e le avrebbe premuto un coltello - o denti affilati come rasoi - contro la gola.

Ma arrivò all'ospedale senza incidenti, il parcheggio libero da occhi indiscreti, anche se questo non impedì alla sua spina dorsale di formicolare. L'uomo che aveva fatto questo era dietro le sbarre, o almeno stava cercando di convincersene finché non avesse avuto più prove del contrario. E anche se fosse stato vero, non era sicura che si sarebbe sentita meglio. Come aveva potuto non accorgersi di quanto fosse malato? Forse era terribile nel suo lavoro. Forse avrebbe dovuto lasciare - il suo studio, le consulenze per la polizia, soprattutto il carcere.

Ma c'erano alcune cose da cui non poteva semplicemente allontanarsi. Suo padre era una di queste.

L'ospedale era tranquillo a quell'ora della sera - anche i medici dovevano mangiare, e la cena di solito veniva servita presto in quel reparto. Come per dimostrare il suo punto, il vassoio mezzo vuoto era parcheggiato su un carrello metallico con le ruote accanto al letto di suo padre, l'angolo molle di un sandwich al tacchino posato accanto a un cartone di succo vuoto.

Suo padre era seduto in posizione reclinata, i capelli bianchi striati di arancione rossastro che potevano sembrare sangue se si socchiudevano gli occhi. Lei teneva gli occhi ben aperti, molto simili a quelli di una rana, ma ogni battito di ciglia ricordava a Maggie che la donna nel seminterrato avrebbe potuto essere lei. Le sue palpebre potevano essere in un barattolo da qualche parte, sembrando unghie finte... con ciglia.

Suo padre lanciò un'occhiata quando si avvicinò. «Quel sandwich era terribile», le disse, indicando il vassoio. «Fammene uno con prosciutto e quei peperoni gialli». Esigente. Ma nessun segno di riconoscimento.

«Posso chiedere un altro sandwich», disse lei allegramente - troppo allegramente, così dolciastra che le facevano male i denti. Maggie si fermò ai piedi del materasso e appoggiò la mano sulla pediera vicino alla sua gamba sana. L'altra gamba era fasciata e ingessata dalla coscia al tallone, tre volte la dimensione della prima. Non riusciva a vedere le sue dita dei piedi sotto la coperta, ma era abbastanza sicura che quelle sul lato opposto fossero ancora blu e verdi - livide. «Come ti senti?»

Lui sorrise, ma i suoi occhi rimasero tesi agli angoli. «Hanno detto che posso tornare a casa presto, il che è un bene. Sono sicuro che mia moglie senta la mia mancanza».

Maggie mantenne il sorriso incollato sul viso, ma le faceva male la mascella. Una giornata di brutti ricordi - piuttosto brutta. I suoi genitori avevano divorziato molto tempo fa, e sua madre aveva lasciato il paese pochi giorni dopo che le ossa di Aiden erano state trovate in un pozzo. Ma suo padre... ancora sorridente. Sorridendo attraverso il dolore perché sua moglie sentiva la sua mancanza.

In momenti come questo, Maggie quasi desiderava l'oblio che la demenza offriva. Suo fratello, ancora vivo, sua madre e suo padre, ancora insieme, la mamma a casa che aspettava il suo ritorno. Maggie stessa, gloriosamente intatta invece di un guscio con i suoi pezzi taglienti incollati alla rinfusa, levigati da un sadico finché non sembravano lisci. Ma qualsiasi esame attento rivelava la verità - il dolore. Sembrava stare bene, ma si sentiva a pezzi.

Suo padre inclinò la testa. In attesa di una risposta.

«Che bello», si sforzò di dire. «Sono sicura che non vedi l'ora di tornare a casa». Si spostò, il palmo che si attaccava alla pediera di plastica. Bleah. Si pulì la mano sui pantaloni.

«Salve».

Maggie sobbalzò, girandosi verso la voce - acuta e amichevole, ma i suoi nervi erano tesi come corde di violino.

Dorothy Cosgrave non sembrò notare il nervosismo di Maggie. La direttrice del villaggio per pensionati dove viveva suo padre le aveva sempre ricordato un po' Rosie di *The Wedding Singer*. Oggi sfoggiava unghie color gomma da masticare, rossetto rosa scuro e ombretto beige pesante, increspato dove si era insinuato nelle rughe lungo le palpebre. «Signorina Connolly...»

Dottoressa. Ma Maggie non si preoccupò di correggerla. Stava immaginando come sarebbe apparsa Dorothy senza quell'ombretto, senza le palpebre. Maggie inspirò, sbatté le palpebre e mise da parte il pensiero degli occhi senza palpebre di Dorothy, ma non le piacque comunque il modo in cui Dorothy la stava guardando adesso. Il suo sguardo era teso - angosciato.

Fantastico. Cos'altro? Maggie aprì la bocca per chiedere cosa non andasse, ma Dorothy la precedette.

«Ho sentito che suo padre verrà dimesso tra due giorni». Dorothy annuì verso il letto. Maggie guardò, ma suo padre aveva chiuso di nuovo gli occhi, come se la voce di Dorothy lo avesse annoiato fino a farlo addormentare immediatamente.

Maggie si voltò di nuovo. «Non ho parlato con i medici oggi, ma l'ultima volta che ci siamo sentiti, stavano pianificando di dimetterlo domani. Devo ancora parlare con loro della riabilitazione. Avrà bisogno di fisioterapia».

«Sì, ho sentito qualcosa del genere...» La sua voce si spense. Non era questa la notizia di cui Dorothy era venuta a discutere.

«Cosa c'è? È successo qualcosa-»

«Dobbiamo trasferirlo in una struttura di assistenza a tempo pieno - permanentemente». Dorothy raddrizzò le spalle. «Se lo spostiamo dall'appartamento prima delle dimissioni, può affrontare la convalescenza lì».

Convalescenza lo faceva sembrare una fragile donna dell'era di *Orgoglio e pregiudizio* che aveva bisogno di qualche mese per riprendersi dai vapori. Ma il cuore di Maggie affondò comunque. Aveva aspettato questo giorno per molto tempo - anni, se doveva essere completamente onesta. Il villaggio per pensionati era stato in grado di prendersi cura di lui con un costo aggiuntivo per la pianificazione e la consegna dei pasti, e controlli extra insieme alle visite di routine di Maggie. Ma la demenza era una bestia. Mentre lui le sfuggiva mentalmente, stava anche sfuggendo a se stesso - al suo autocontrollo, alla sua capacità di valutare l'ambiente circostante, alla sua capacità di prendersi cura dei suoi bisogni.

Dorothy la stava ancora osservando.

Maggie sospirò. «Immagino che abbiate già iniziato con la documentazione?»

Dorothy annuì. «Il processo di transizione sarà difficile, ma non possiamo ospitare-»

«Ho detto che lo so», sbottò Maggie, e gli occhi di Dorothy si spalancarono, abbastanza da nascondere il suo ombretto increspato - di nuovo senza palpebre. Maggie aveva avuto ragione su come sarebbe apparsa senza di esse. «Scusi», si corresse Maggie. «È solo che... è stata una lunga giornata. Se vuole iniziare, firmerò tutto ciò di cui ha bisogno. Ma avrò bisogno di tempo per sgomberare l'appartamento e trasferire le cose dall'altra parte della strada». *Subito dopo aver verificato che l'assassino in custodia sia l'assassino che stiamo cercando.* Doveva tornare al distretto stasera?

«Sarebbe meglio se potessimo occuparcene prima che venga dimesso dall'ospedale», disse Dorothy.

Il che avvenne entro due giorni. Maggie rimase a bocca aperta.

Dorothy distolse lo sguardo.

Semplicemente perfetto. Ma la donna aveva ragione; sarebbe stato molto più facile spostare le cose di suo padre se lui non fosse stato lì a urlarle contro per tutto il tempo. «Va bene. Io»-*pregherò per un miracolo*-«me ne occuperò».

«Per domani? Se non puoi farlo da sola, farò in modo che il personale-»

«No, lo farò io». Quell'appartamento era tutto ciò che gli rimaneva: le uniche cose che riconosceva ancora. L'idea che qualche estraneo toccasse le sue cose senza la massima cura quando aveva già perso così tanto... non poteva fargli questo. Non avrebbe voluto che qualcuno lo facesse a lei. «Lo farò entro domani», ripeté. Tanto non avrebbe dormito comunque.

Dorothy annuì, e le sue spalle si rilassarono, apparentemente soddisfatta. Maggie si irritò vedendo la sua faccia compiaciuta, anche se probabilmente non era giusto. La donna stava cercando di fare il suo lavoro. Ma... uhm. Il personale del villaggio per pensionati e della casa di cura adiacente non andava di routine all'ospedale; Maggie non aveva mai visto il personale dell'ufficio della struttura qui.

«È venuta qui solo per chiedermi di spostare le cose di mio padre?» disse Maggie. Avrebbe potuto essere una telefonata.

Dorothy scosse la testa, ma il suo sguardo si fece più acuto. «Certo che no. Abbiamo sei pazienti ricoverati in questo momento. Volevo controllare quelli che non hanno famiglia. E suo padre, naturalmente, anche se lui è fortunato ad aver avuto qualche visita in più». Sollevò un sopracciglio.

Controllare quelli che non hanno famiglia: era una frecciatina? Maggie non era andata al villaggio per pensionati nelle ultime due settimane. Ma sei pazienti? Maggie aggrottò la fronte. «È un numero elevato di ricoveri considerando le dimensioni della vostra struttura».

Dorothy annuì. «In effetti, tre volte più del solito. Per qualche giorno, ho persino pensato che qualcuno avesse messo qualcosa nel succo». Rise, ma la gola di Maggie si seccò. I suoi occhi si spostarono sulla bottiglia di plastica sul vassoio di suo padre. La bottiglia vuota. Gli occhi chiusi di suo padre. Il suo petto continuava ad alzarsi e abbassarsi, su e giù, su e giù. Era davvero possibile un avvelenamento? L'assassino - Harry o qualcun altro - aveva preso di mira suo padre prima di uccidere gli altri questa settimana, ma semplicemente non era riuscito a ucciderlo? Papà non era mai caduto così prima d'ora, e alcuni farmaci avrebbero potuto spingerlo oltre il-

«Sto scherzando, cara», disse Dorothy, posando le dita sul braccio di Maggie. «Sembri terrorizzata. Stai bene?»

No. Non sto assolutamente bene. La mano di Dorothy era fredda e secca, come cartacea. Come se fosse morta da giorni, con il vento che aveva mangiato l'umidità dalla sua carne. «Sono solo stanca».

«Bene, non ti ruberò altro tempo», disse Dorothy, voltandosi per andarsene, ma Maggie le afferrò il braccio. Cos'altro aveva appena detto? Qualcosa riguardo a...

Dorothy sbatté le palpebre, e Maggie lasciò andare la mano. «Mi scusi, ha detto che ha avuto... altre visite?»

«Sì». Dorothy guardò verso di lui e annuì. «Ha menzionato che un uomo è venuto a trovarlo questo pomeriggio».

«Un uomo, quale uomo?» Odiava l'asprezza nella sua voce, il panico.

Dorothy aggrottò le sopracciglia. «Non ne ho idea; non l'ho visto. Suo padre l'ha menzionato di sfuggita. Certamente non sembrava angosciato, quindi non era qualcuno con cui fosse in contrasto».

Lo stomaco di Maggie si contorse, inquieto, gusci di tacos che lottavano con pollo e peperoncini. Questo strano uomo era collegato al caso? Forse qualcuno stava osservando per vedere a chi tenesse. Forse la sua presenza qui stava mettendo suo padre in pericolo.

Devo chiamare Reid.

«Ha visto qualcun altro in giro?» chiese Maggie. «Guardie, civili, altre persone che non sembrano dover essere qui?»

Gli occhi di Dorothy si allargarono di nuovo, quelle

magiche palpebre che scomparivano. «Guardie? Perché dovrebbero esserci-»

«Nessun motivo», controbatté Maggie. «Ma se per caso dovesse sentire chi era con mio padre, mi farebbe una chiamata? Chiederò agli infermieri mentre esco, solo per vedere se hanno intravisto-»

«Era Kevin».

Entrambe si voltarono verso il letto. Gli occhi di suo padre erano ora spalancati, sicuri, ma si sbagliava. Ovviamente si sbagliava.

«Ah sì. È così che suo padre l'ha chiamato», disse Dorothy. «Kevin. Mi dispiace, me l'ero dimenticato».

Kevin. Il suo cuore sprofondò. Forse era solo un inserviente che aveva scambiato per il suo fidanzato morto. Suo padre continuò: «Voleva sapere se poteva portare mia figlia al ballo della scuola. Gli ho detto che non ero il suo custode, che doveva chiedere a *lei*. Tutte queste stronzate misogine». Scosse la testa, disgustato.

Dorothy inclinò la testa, poi si voltò verso Maggie. «Chi è questo Kevin?»

Ma Maggie non riusciva più a guardare l'ombretto screpolato di Dorothy, il suo viso così impregnato di pietà, non poteva più tollerare la certezza nello sguardo di suo padre. Era così sicuro, ed era così in errore.

Forse era da lui che l'aveva preso.

CAPITOLO 9

l killer fissava il Bronco di Reid, il SUV che zigzagava nel traffico. Naturalmente, lui non si considerava così - un killer. Era una parola troppo semplice.

Era un amante, non un combattente, anche se non aveva problemi a combattere quando necessario. Era la legge della giungla: uccidere o essere uccisi. In fondo, erano tutti animali.

Reid fece una sbandata, e il camion dietro di lui suonò il clacson. Una piccola luce brillò vicino all'orecchio del detective - il suo cellulare. Reid era al telefono con Maggie? Cosa le stava dicendo? Che il mondo era pericoloso, che lui era l'unico che poteva proteggerla?

L'idea era ridicola. Il detective riusciva a malapena a vedere ciò che aveva davanti. Mentre Reid era perso nel suo mondo, occupandosi di assassini e del suo moccioso di figlio, questo re della giungla era stato in quel club.

Con Maggie.

I suoi jeans erano una prigione, la sua eccitazione sfregava dolorosamente contro la cerniera. Si sarebbe sorpresa quando avrebbe scoperto con quanta cura aveva orchestrato quegli incontri, quanto era stato meticoloso nell'assicurarsi che lei scegliesse lui ogni volta? Doveva scoprirlo, prima o poi... no? Forse no. Non aveva ancora deciso. Era flessibile - si *doveva* essere flessibili. Nell'amore e nella morte. Un pezzo di vetro, un tubo di metallo, una scheggia di metallo, tutto era efficace. C'erano centinaia di modi per risolvere un problema se si era intelligenti. Non era mai stato così intelligente, ma suo padre aveva sempre detto che era astuto. Subdolo. Era stato sufficiente per avvicinarsi a lei.

Ma la furtività non era più abbastanza.

Aveva assaporato il corpo di Maggie. Ora, voleva che lei si arrendesse a lui, mente, corpo e anima. Era un modo sdolcinato di pensare, sciocchezze new age in un altro contesto, eppure sembrava giusto. Il possesso non era un atto forzato. Si poteva piegare qualcuno alla propria volontà attraverso il dolore e la manipolazione. Ma il possesso era più complicato. L'atto di arrendersi si sentiva sottile come garza sulla pelle, una pellicola emotiva che ti rendeva più leggero. La vera sottomissione era anche profonda e densa e vischiosa, abbastanza potente da annegare i tuoi dispiaceri - da soffocare l'odio che si nascondeva dentro di te.

E lei era quella che poteva darglielo - potevano darselo a vicenda. Ne era sicuro. Non era mai stato innamorato, ma era certo che poteva provare quel sentimento per Maggie. Forse lo provava già. Forse avrebbero persino avuto dei figli, avuto una vita - una vita vera.

Non si era mai preoccupato per nessuno come si preoccupava per lei. E se avesse fallito qui, fallito con Maggie-

Il Bronco di Reid sbandò di nuovo, e le sue dita si strinsero sul volante. *Stronzo.* Amante, combattente, sarebbe stato tutto animale se fosse stato chiuso in una stanza con il detective. Gli avrebbe affondato una lama nel ventre. Ci avrebbe infilato il dito dentro, aprendo la ferita, allargando, strappando finché la sua mano non fosse stata dentro le viscere di Reid fino al polso.

Ma ora non era il momento. Allentò il piede dall'acceleratore e lasciò che la sua auto si allontanasse. Due auto dietro, quattro, cinque finché non stava seguendo una Caprice rossa con un adesivo sul paraurti che diceva Blue Lives Matter. Sembrava un presagio - come una presa in giro. No...

Una *sfida*.

Se avesse dovuto uccidere Reid, l'avrebbe fatto con attenzione. Sebbene l'uomo si fosse dimostrato una fonte di supporto poco affidabile, Maggie non avrebbe voluto che morisse. Forse un incidente d'auto o una sparatoria - eliminato valorosamente nell'adempimento del dovere. Non vedeva motivo di permettere loro di collegare la morte di Reid alle altre. La sua assenza da sola era uno stress sufficiente per renderla vulnerabile.

E lo sarebbe stato - lo era stato prima. Nessuno aveva mai sospettato che il suo omicidio più utile fosse stato altro che un incidente.

Il camion davanti a lui frenò bruscamente, e lui fece lo stesso, la cintura di sicurezza gli si conficcò nella spalla come per trattenerlo fisicamente. Sì, avrebbe dovuto esercitare il controllo. Maggie gli aveva insegnato questo - *pazienza*. Aggrottò la fronte, fissando le luci posteriori del camion. Poteva controllare i suoi impulsi più oscuri. Per tutto il tempo necessario.

Era tutto un mezzo per raggiungere un fine - non era un mostro.

Era semplicemente innamorato. E questo non era male, vero? Un milione di canzoni erano state scritte su questa cosa, e con lei, finalmente le capiva. L'amore era un balsamo contro il male. L'amore era la salvezza.

La notte in cui aveva incontrato Maggie, la notte in cui aveva sentito il suo sudore per la prima volta, era la notte in cui era cambiato per sempre. Da allora stava inseguendo quell'ebbrezza.

L'amore lo avrebbe salvato - *lei* lo avrebbe salvato. E lui l'avrebbe salvata a sua volta.

Che se lo aspettasse o no.

CAPITOLO 10

«Pensi davvero che qualcuno stia avvelenando i residenti nella casa di riposo di tuo padre-»

«Ho detto che non lo so, va bene?» La voce di Maggie uscì tesa, il panno la soffocava mentre prendeva l'uscita per la casa di suo padre troppo velocemente, troppo bruscamente. Le gomme stridettero. Lei sobbalzò in avanti. La cintura di sicurezza la riportò indietro. Ma tutto ciò che sentiva era... intorpidimento. Esaustione.

«Indagherò», disse Reid, la sua voce resa metallica dal ricevitore. «Dorothy ha detto quando sono avvenuti tutti questi ricoveri in ospedale?»

Maggie scosse la testa. Perché non glielo aveva semplicemente chiesto, o non aveva chiamato Reid mentre era in ospedale? Avrebbe potuto far parlare Dorothy direttamente con lui.

«Maggie?»

Oh. Stava scuotendo la testa al telefono? *Brillante.* Azionò l'indicatore di direzione e si schiarì la gola. «Scusa. No, non mi ha dato le date. Ma sembrava che fossero tutti recenti, e non avevo sentito nulla in giro per l'ospedale prima che cadesse». *Perché non c'eri - eri occupata a leccarti le ferite a casa, lasciando tuo padre a cavarsela da solo in quell'appartamento, motivo per cui è caduto in primo luogo.* La mascella le faceva male.

«Chiamerò Tristan tra poco, poi passerò dal villaggio per pensionati sulla strada di casa. Se Dorothy non ci sarà, parlerò con chiunque sia presente e... merda».

La sua voce la riportò alla realtà proprio mentre l'auto davanti a lei rallentava. Svoltò a destra, aspettando che Reid spiegasse, che finisse la frase. Quando lui si limitò a respirare nel suo orecchio, lei disse: «Reid? Tutto bene?»

«Sì, solo... sto guidando. Ho i brividi».

Tirò su col naso come per scacciare quella sensazione, ma sicuramente sapeva che non era così semplice.

«Qualcuno ti sta seguendo?»

«Se lo stanno facendo, se ne pentiranno. Ho una pistola».

«Reid, non è il momento di scherzare». Era sempre stata dell'opinione che non ci fosse mai un momento sbagliato per scherzare, ma la notte fuori era densa di minacce, ogni albero e edificio sulla strada un potenziale nascondiglio. «Forse dovresti chiamare i rinforzi o qualcosa del genere? Owen ti ha visto fuori dall'ufficio oggi, quindi ovviamente sai che c'è di più in questa storia di Harry-come-assassino».

Una pausa. «Non ero fuori dal tuo ufficio oggi».

I suoi sensi si allertarono, le mani tremavano mentre svoltava nel quartiere di suo padre. «Non... c'eri?» Allora chi aveva visto Owen nel parcheggio? Il silenzio si prolungò. Maggie fece l'ultima svolta a destra nella strada di suo padre e si fermò dolcemente nel vialetto.

«Maggie, cosa sta succedendo?» disse finalmente Reid. «Perché pensavi che io fossi-»

«Owen ha visto una pattuglia nel parcheggio prima. Almeno pensava fosse una pattuglia; pensava fossi tu».

«Se era uno dei nostri, andrò a fondo della questione», disse Reid. «Ma il capo mi riderebbe in faccia se presentassi un'altra richiesta di sorveglianza dopo quello che è successo qualche mese fa».

Ah, giusto. Reid era nei guai dal caso di suo fratello; aveva organizzato una sorveglianza 24 ore su 24, costato al dipartimento un sacco di soldi in straordinari degli agenti, e l'assassino si era rivelato essere il suo migliore amico. Maggie non era mai stata in pericolo.

Forse sarebbe stato lo stesso - un'altra non-emergenza.

Ma... se non era un poliziotto nel parcheggio, significava che il veicolo era sospetto. Che significava pericolo. Giusto? A meno che non fosse qualche persona a caso fermatasi a controllare una mappa.

Perché Owen aveva pensato che fosse Reid? Quali cose erano sospette e quali erano solo malintesi? Non ne aveva idea. Il che significava che probabilmente avrebbe dovuto indagare su tutto. *Cavolo.*

Aprì con un calcio la portiera dell'auto, scrutando la strada, la casa, le ombre, con il cuore che le martellava nelle tempie. Nulla si muoveva. «Mio padre... è possibile che un uomo sia andato a trovarlo in ospedale, ma non sono sicura se fosse un vero visitatore o un inserviente. Papà pensava fosse Kevin».

«Chiederò a Tristan di scoprirlo. L'ospedale ha le telecamere, quindi dovrebbe essere un compito facile».

«Grazie. Inoltre, voglio parlare di nuovo con Harry». Il prato era morbido sotto le sue scarpe, come camminare su cuscini. Dio, era stanca.

«Bene», disse lui. «Stavo per chiederti se saresti passata in centrale».

«Tu... volevi?» Maggie si bloccò a metà dei gradini, ma non a causa di Reid.

La scatola davanti alla sua porta era senza segni, come sempre, e stasera, sembrava particolarmente inquietante. Maggie salì l'ultimo gradino sul portico. Inquietante? No, solo un altro regalo. Ma oggi, le sue dita prudevano per aprirlo. Non poteva sopportare altre sorprese - aveva bisogno di sapere cosa c'era dentro. A differenza degli altri problemi che le vorticavano nel cervello, questo era un mistero che poteva risolvere rapidamente.

«Sì, un altro interrogatorio è giustificato», continuò Reid. «Abbiamo trovato il sangue di Joel nell'edificio dell'appartamento di Harry. Anche quello di Cara. Ha gettato i suoi vestiti, ma non ha pulito lo scivolo della spazzatura. E c'erano alcune gocce di sangue dentro il suo appartamento. È una prova del DNA che lo collega a entrambi gli omicidi».

Quindi... era *davvero* Harry? *Dannazione*. Non c'era da meravigliarsi che Reid non la stesse sorvegliando - perché non avevano bisogno di una pattuglia. «Ci sono telecamere nelle scale? Intorno all'edificio? Voglio dire, e se qualcun altro fosse entrato nel suo appartamento?»

«Niente telecamere», disse Reid lentamente. «Nessun segno di effrazione - ho controllato. Ma forse dirà a te più di quanto ha detto a me. L'ho tenuto in interrogatorio per un'ora, e non ha detto una sola parola».

Maggie si accovacciò accanto al pacco e infilò la chiave sotto il bordo del nastro adesivo. Quando non rispose, Reid chiese: «Ci sei?»

«Sì, sono qui». *Psicologa da strapazzo a tua disposizione.* Strappò il nastro lungo la linea con la chiave.

«Quindi... domani?» chiese lui.

Lei annuì di nuovo, si riprese, disse: «Sì. Sarò lì domattina».

Il nastro sull'altro lato del pacco si tagliò nettamente. Le linguette si aprirono. *Mah.* Maggie aggrottò le sopracciglia guardando il contenuto della scatola. Stoffa? Una maglietta? Bilancò il telefono contro la spalla e tirò il regalo alla luce del portico.

L'acido le salì in gola, bruciandole l'esofago, pungendole il cuore. Non una maglietta - un aquilone di Bert ed Ernie. Kevin le aveva regalato il pupazzo a testa oscillante di Bert per la sua scrivania quando erano adolescenti. Aveva ancora Ernie sul cruscotto quando aveva guidato la sua auto nel fiume. Ernie lo aveva guardato morire. E questo... era come se qualcuno le avesse dato un pugno nello stomaco.

«Dannazione, Tristan», mormorò. Diamanti e biglietti per concerti erano una cosa, ma cercare di intromettersi in uno scherzo privato, qualcosa condiviso tra lei e il suo *quasi* fidanzato morto...

«Sono ancora io», disse Reid.

«Mi dispiace. Devo andare». Il telefono era già morto prima che riuscisse a premere il pulsante, ma non riusciva a capacitarsi di ciò che significava. Non poteva distogliere lo sguardo dall'aquilone - così perfetto, se fosse stato da parte di Kevin. E non lo era.

Non lo era.

I suoi occhi bruciavano, ma il fuoco nel suo petto era più caldo, più luminoso. Questo era troppo. Era doloroso, offensivo.

Le dita di Maggie erano artigli intorno al cartone. Era stata disperata, sola - aveva commesso un errore non affrontando questo comportamento in modo più deciso. Era stato... stupido. Ma era ora di porre fine a questo gioco. Reid poteva ancora lavorare con Tristan come stava facendo stasera, ma lei aveva finito. Era stanca che tutto nella sua vita fosse fuori dal suo controllo.

Maggie entrò in casa e si diresse verso la camera da letto. Aveva qualcosa che doveva restituire prima di tagliare i ponti con Tristan per sempre.

CAPITOLO 11

Tristan rispose al cellulare al primo squillo, ma il trambusto in sottofondo la fece esitare. Apparentemente era a una cena di lavoro - poteva raggiungerlo lì? Avrebbe trovato il tempo durante il dessert.

Va bene. Non è che avesse altro da fare. Non è che dovesse trasferire suo padre dalla sua casa attuale a una nuova. Non è che avesse una vita e dei pazienti. Ma il pensiero di starsene seduta a casa, a rimuginare e ripensare, immaginando come avrebbe potuto gestire Harry diversamente in modo che non uccidesse una donna che le somigliava, come avrebbe potuto salvare l'uomo che era finito morto sul pavimento del suo garage, era insopportabile. Non c'erano risposte giuste: o era una pessima terapeuta oppure lei e le persone che conosceva erano ancora in pericolo.

Ma anche se qualcuno avesse incastrato Harry, nessun assassino nel pieno delle sue facoltà l'avrebbe attaccata in pubblico. E non le sfuggiva che i piatti sporchi nel lavandino, i vestiti sul pavimento, potessero essere tutti collegati al suo attuale stato d'animo. Era giù di morale negli ultimi due mesi, giù da quando aveva perso i suoi amici e perso sua madre e perso suo fratello, tutti in modi diversi, ma nella stessa settimana. Era più spericolata? Non proprio; era sempre stata un po' in cerca di emozioni forti. Ma di certo non le importava tanto quanto sembrava che dovesse. Quando sentiva gli occhi su di sé, si guardava intorno, ma non sembrava capace di farsi prendere dal panico se non nelle circostanze sbagliate... come quando qualcuno faceva una battuta sul veleno. Probabilmente aveva mandato Reid a caccia di fantasmi mentre lei andava in giro di notte a urlare contro il suo fratellastro.

Il ristorante era a soli venticinque minuti da casa sua, e Maggie trascorse quel tempo discutendo con se stessa sul modo migliore di gestire la situazione. Avrebbe dovuto farlo al telefono?

Ma no, se l'avesse fatto al telefono, non avrebbe potuto lanciargli il braccialetto in faccia.

Vuoi solo stare con qualcuno che vuole stare con te, Maggie. Tristan potrebbe farti infuriare, ma non hai nessun altro con cui parlare. Se fosse stata in buoni rapporti con Sammy e Alex, le avrebbero sicuramente detto di non andare - di richiedere un ordine restrittivo, di chiamare e insultarlo, di mandare un dannato video mentre gettava il braccialetto nel fiume.

Forse *dovrebbe* chiamare. Non Alex, solo Sammy. Le aveva mentito, ma stava cercando di proteggerla. Non aveva ucciso Aiden.

Quanto ci voleva per perdonare una cosa del genere? Per quanto tempo era destinata a rimanere sola? Non è che potesse farsi nuovi amici, non amici come Sam. Ogni giorno era un altro giorno di punizione per un crimine che non aveva commesso.

Sospirò. *Dannazione.* Owen aveva ragione. Capiva perché fosse arrabbiata, ma non voleva che prolungasse la sua sofferenza. E stava iniziando a sembrare che fosse proprio quello che stava facendo.

Era così stanca di non avere controllo.

È per questo che stai davvero andando a vedere Tristan, Mags. Abbassò lo sguardo sui diamanti che brillavano sul suo polso sinistro. Non l'aveva mai indossato da quando glielo aveva dato, sperando che se ne accorgesse e capisse l'antifona - non aveva mai detto una parola al riguardo. Ma dal dirgli di smetterla all'ignorare completamente i regali, aveva fatto di tutto. A parte ottenere un ordine restrittivo, non sapeva più cosa fare.

Ma restituirli... avrebbe fatto una scenata. Lo avrebbe fatto vergognare di se stesso. Lo avrebbe costretto a lasciarla in pace, o *avrebbe* coinvolto la polizia, lasciando che Reid si occupasse di suo fratello. Ne aveva abbastanza. Finalmente avrebbe preso il controllo di questa assurdità e avrebbe messo fine a questo gioco malato che stavano facendo entrambi.

Perché poteva farlo.

Il ristorante era immerso nella luce delle candele. Le note tintinnanti del pianoforte nell'angolo profumavano l'aria di un'atmosfera vagamente aristocratica, anche se quella sensazione poteva derivare dagli uomini in completo e cravatte di potere, i loro Rolex che brillavano più dei diamanti sul suo polso.

Tristan stava mangiando un soffice dessert al cioccolato al tavolo d'angolo - da solo. Completo nero, senza cravatta, la camicia aperta sul collo. Alzò lo sguardo mentre lei si avvicinava, poi si alzò dalla sedia e indicò il posto di fronte a lui. «Ti sei fatta bella.»

Lei diede un'occhiata al suo outfit - camicetta di seta bianca, pantaloni neri, una giacca a quadri rossi e neri, lo stesso che aveva indossato al lavoro. *Sei qui per urlargli contro, Maggie, non cadere nelle sue sciocchezze.* Raddrizzò le spalle.

«Tu invece ti sei vestito proprio da stronzo. Cosa sei, Elon Musk?»

Lui ridacchiò e si rimise a sedere. «Elon non riempirebbe questi pantaloni così bene.»

«Ho ricevuto il tuo regalo.» *Ecco, Maggie, vai dritta al punto.*

Lui alzò un sopracciglio. «Ah sì?»

«Non è appropriato. E mandare qualcosa così intimamente legato a Kevin è uno schiaffo in faccia. Un pugno nello stomaco. Un calcio nei-»

«Ok, è una situazione alla Mike Tyson, ma senza la zeppola.» Scosse la testa. «Ma non capisco perché pensi sia stato io.»

Diceva sul serio? «Sei sempre tu.»

«Ah sì?»

«Perché rispondi a ogni domanda con un'altra domanda?»

«Lo faccio?» Sorrise e sorseggiò il suo vino - rosso. Come sangue vecchio.

Le sue narici si dilatarono, i denti si serrarono in una smorfia che sperava la facesse sembrare pronta a Mike-Tysonizzargli la faccia. «Devi *smetterla.*»

Lui mise da parte il bicchiere. «L'ho fatto.»

«Tristan-»

Lui incontrò i suoi occhi, un verde brillante che scintillava nella luce soffusa. Un colore così simile a quello di Dylan. *Perché stai pensando a Dylan adesso, Maggie?*

«Volevo farti dei regali,» disse. «Ho persino guardato delle DeLorean. La persona che ha distrutto la tua auto ce l'aveva con me, e la macchina era un danno collaterale. Non sembrava giusto.»

Maggie incrociò le gambe e si appoggiò allo schienale della sedia, gli occhi fissi su di lui. Sostituire la sua auto che lui aveva contribuito a distruggere - che era stata rovinata mentre lei lo proteggeva - in effetti aveva senso. Non era a corto di contanti.

«Ma mi hai detto di smetterla,» continuò Tristan. «Qualche fiore per il tuo compleanno non sembrava un gran che, ma ti sei incazzata.»

«I fiori no, ma-» Sollevò il polso. Lui guardò il gioiello, poi riportò gli occhi su di lei. Nessun segno di riconoscimento.

La stanza si fermò - il pianoforte tacque. Le sue vertebre si fusero insieme, una fredda barra di metallo. «Non lo riconosci?»

Lui scrollò le spalle. «Dovrei?»

«Me l'hai dato tu.» Sganciò il braccialetto, poi lo posò sul tavolo dove luccicava come glitter versato. «L'ho portato qui solo per restituirtelo.» *Allora perché l'hai indossato, Maggie? Avresti potuto lasciarlo nella scatola.*

Di nuovo, abbassò lo sguardo sul braccialetto, poi lo riportò sul viso di lei. «Non ti ho dato nessun braccialetto. Ti ho mandato dei fiori per il tuo compleanno. Tutto qui.»

«C'era un braccialetto di diamanti dentro il bouquet... il bouquet da parte tua.»

«Maggie, non ho motivo di mentire su questo. Se c'era un braccialetto nei miei fiori, qualcun altro deve averlo messo lì dopo che il bouquet è stato consegnato. Non era da parte mia. E ti avrei preso qualcosa di più personalizzato di una semplice fila di diamanti.» Aggrottò la fronte guardando il gioiello. «Totalmente banale.»

Giusto, il suo padre adottivo possedeva una gioielleria. Ma questo poteva essere un pezzo unico e lei non ne avrebbe avuto idea. Erano anche... veri? Deglutì a fatica. «Quindi... l'aquilone?»

Tristan alzò un sopracciglio. «Il braccialetto potrebbe non essere il mio stile, né il tuo, ma un aquilone lo è ancora meno.»

Merda. Non era stato lui. Qualcun altro le aveva mandato dei regali. Era stato Harry? «E le altre cose? I panini al manzo in salamoia...»

Lui alzò una mano. «Te li ho mandati perché avevi passato il pomeriggio ad aiutare me e Reid a creare un profilo. Lui ha detto che pensava che avresti avuto fame, che avevi saltato il pranzo, e mi ha chiesto di mandarteli. È stata una decisione condivisa, e certamente non pensavo che avrebbe causato attrito. Non credo nemmeno di aver mandato un biglietto. Era più una cortesia che un regalo.»

Questo... aveva senso. Persino i fiori che Tristan aveva mandato erano qualcosa che qualsiasi amico avrebbe potuto fare: Reid le aveva regalato uno schizzo incorniciato di suo fratello per il suo compleanno. Era stata furiosa con lui tutto questo tempo per niente?

«E i biglietti per Weird Al? I biglietti aerei?» La sua voce tremava.

Gli occhi di Tristan si spalancarono. «Ti... piace Weird Al?»

La sua pelle era coperta di pelle d'oca. Avrebbe potuto attribuire il braccialetto all'opera di Harry Folsom, ma i biglietti aerei, i pass per quello spettacolo... Chi avrebbe incontrato se ci fosse andata? Chiaramente non Tristan.

Ma non poteva essere stato nemmeno Harry. Quei biglietti erano stati inviati prima che lei iniziasse a curarlo in prigione. Quando aveva ricevuto quel regalo sulla sua porta, non aveva nemmeno *conosciuto* Harry Folsom.

«Maggie? Che c'è?»

«Dobbiamo chiamare Reid,» disse. Aveva un armadio pieno di regali di origine sconosciuta. Ed erano tutti potenziali indizi.

L'unica domanda era se avrebbero portato a un assassino.

CAPITOLO 12

Tristan aveva insistito per accompagnarla a casa, ma era sfrecciato via quando aveva visto l'auto di Reid nel suo vialetto. Lei avrebbe voluto chiedergli come fosse andato il loro weekend nella natura selvaggia. Due mesi prima, era riuscita a convincerli che fosse una buona idea - erano in freddo da quando Reid lo aveva accusato di omicidio. Ma dal modo in cui Tristan aveva fatto stridere le gomme, senza nemmeno un cenno al suo fratellastro, immaginava che fosse andato terribilmente. Ancora un altro passo falso da strizzacervelli. Sale sulla ferita di questa sera.

Figuriamoci.

Maggie scese dalla Sebring e marciò attraverso il vialetto, poi sul prato. Aveva ragione riguardo a Harry? *Voleva* avere ragione riguardo a Harry? Non ne aveva idea. Non c'erano opzioni completamente buone, solo diversi livelli di male. E ancora non erano sicuri che i regali e gli omicidi fossero collegati. Nel suo lavoro aveva a che fare con molti personaggi loschi... e fuori dal lavoro, se si credeva alla valutazione di Reid sul club per scambisti.

Reid la incontrò sulla veranda, con un'espressione cupa. «Oggi non sono passate pattuglie dal tuo ufficio, ma Tristan controllerà comunque le telecamere lì e all'ospedale. Niente di sospetto nemmeno alla casa di riposo. Ho esaminato i loro nastri di sicurezza, ho parlato con il personale, ho controllato i rapporti sui visitatori e quelli sugli incidenti di chi è stato ricoverato. Nessuno dei residenti è stato avvelenato, nessuno ferito nello stesso modo o anche nella stessa stanza. Se si è trattato di un crimine, il sospettato ha unto ogni pavimento dell'edificio. Oppure ha semplicemente vagato in giro spingendo vecchi, il che è piuttosto evidente.»

Maggie annuì. Sapeva che la casa di riposo era un'ipotesi remota. E aveva chiamato Owen mentre veniva qui; lui aveva pensato che fosse il Bronco di Reid all'ufficio, si era chiesto perché Reid si fosse fermato e poi fosse andato via. Probabilmente solo un errore - Reid non era l'unico a guidare quell'auto. Owen si era scusato per averlo capito male, ma lei si sentiva meglio sapendo che almeno avevano controllato. Se avesse avuto una vera conversazione con Tristan prima d'ora al di fuori del dirgli di smetterla, avrebbe saputo che qualche matto a caso stava lasciando regali sulla sua veranda.

«Quindi...» iniziò Reid, appoggiandosi al mattone accanto alla porta, «hai ricevuto pacchi dall'assassino?»

Aveva sentito Tristan dirgli questo, ma non si era preoccupata di correggerlo. «Potrebbe essere un altro stalker non omicida basandosi sulla cronologia - sicuramente non sono da parte di Harry.» Infilò la chiave nella serratura e girò. Reid la seguì oltre la soglia. «Ma se Harry è innocente-»

«Nonostante il DNA e la sua conoscenza dei crimini? Sto ancora verificando i suoi movimenti, ma tutte le prove puntano a Harry.»

«È possibile che il sospettato si sia frustrato per la mia mancanza di risposta ai regali e abbia deciso di fare qualcosa di più ambizioso per attirare la mia attenzione. Incastrare Harry potrebbe essere stato parte di questo.»

Il viso della donna, i suoi occhi senza palpebre, le balenarono nella mente, e il petto di Maggie si strinse. Dannazione. C'era uno scenario in cui non si sentiva in colpa? Questa cosa di sentirsi eccessivamente colpevole doveva essere un effetto collaterale della depressione o del dolore o di qualunque cosa fosse.

O di qualunque cosa? Wow, grandi intuizioni psicologiche, Maggie. Indicò il bancone della cucina, dove l'aquilone era ancora seduto, al sicuro nella sua scatola di cartone. «Prima di stasera, pensavo fossero da parte di Tristan, perché mi manda sempre delle cose.»

«Tristan...» Reid scosse la testa, camminando verso il bancone. Una mosca ronzava intorno al lavandino, svolazzando da un piatto sporco di spaghetti a una tazza mezza piena di... era latte? *Uh-oh.*

«Da quanto tempo ti manda regali?» chiese Reid, infilandosi un paio di guanti di lattice.

Stava chiedendo se Tristan l'avesse corteggiata mentre loro erano - per quanto brevemente - insieme? O la gelosia era nella sua testa, come il senso di colpa? Se era geloso, almeno gli importava, giusto? No... quella era una sciocchezza da relazione tossica. Scacciò il pensiero e disse: «Solo pochi erano da parte di Tristan: fiori per il mio compleanno, dei panini. Pensavo che il resto fosse da lui perché hanno iniziato ad arrivare poco dopo che io e Tristan ci siamo conosciuti quindi... un anno e mezzo fa? Un anno e tre quarti? Ma in quel periodo, sono aumentati in frequenza e in valore. Biglietti aerei, biglietti per concerti, diamanti...» Scosse il polso - di nuovo indossato per sicurezza. L'aquilone era un'anomalia in questo senso.

Valeva meno, ma era molto più significativo emotivamente. Era, di per sé, un'indicazione che le intenzioni del donatore erano cambiate?

«E li hai accettati perché pensavi fossero da Tristan?» I suoi occhi erano fissi sul braccialetto, i diamanti scintillavano sotto le luci.

Lei abbassò il braccio sotto il bancone, nascondendo il gioiello. *È stato stupido, Reid, lo so.* «Avevo intenzione di restituire il braccialetto stasera. Gli ho detto di smettere di mandarmi cose prima, ma siccome mi aveva mandato alcuni oggetti... voglio dire, non ho specificato di quale regalo fossi arrabbiata. È stata una mancanza di comunicazione. Non appena ho capito che non era lui a mandare le scatole, ti ho chiamato.»

«Mandare è un termine improprio,» disse lui, passando un dito lungo il bordo del coperchio di cartone. «Dalla mancanza di affrancatura, questi sono stati consegnati a mano.» Alzò la testa, guardò il lavandino, poi di nuovo lei. «Ho della plastica in macchina - copriremo il bancone prima di prendere il resto dei pacchi. Hai ancora la scatola del gioiello?»

«Ho la scatola di velluto in cui è arrivato il braccialetto. Niente cartone come gli altri. Quando l'ho trovato, era adagiato su un letto di fiori.»

Reid annuì e si voltò verso il bancone. Staccò con attenzione le linguette sul coperchio della scatola di cartone finché non rimase aperta, spalancata come una bocca. Guardò dentro e disse: «Posso indagare anche sui fiori. Ti ricordi da dove venivano?»

«Beh, Tristan ha mandato i fiori. Solo non i gioielli.»

La sua mascella si irrigidì, ma non disse nulla, né alzò lo sguardo dalla scatola. Decisamente geloso. E lei... le *piaceva* che fosse geloso. Era davvero malata. Ma non aveva la forza di combattere quella particolare emozione in quel momento.

«Dobbiamo aggiustare il profilo,» disse lei.

«Non sappiamo con certezza che Harry sia innocente.»

«Ma è una coincidenza maledetta. E Harry è altamente suscettibile alle personalità forti. Ha passato tutta la vita ad essere abusato e manipolato dai suoi genitori, poi dalla sua ex. Se qualcuno lo avesse convinto che si sarebbe preso cura di suo figlio, che non poteva farcela da solo...» Scrollò le spalle. «Spero che sia vero, in realtà. Perché l'assassino non rovinerebbe un buon capro espiatorio, il suo biglietto per uscire dai sospetti, uccidendo di nuovo con Harry dietro le sbarre. Sarò al sicuro mentre indaghiamo, finché il vero assassino non si rende conto che sappiamo che Harry è innocente.» *A meno che Harry non confessi di sua spontanea volontà per tornare in prigione.* In tal caso, l'assassino sarebbe furioso che qualcuno stesse cercando di rubargli la scena.

Avrebbe risolto questo problema domattina. Dopo aver parlato con Harry.

Maggie si schiarì la gola. «Se l'assassino è colui che fa i regali, sta cercando di affascinarmi. Sta cercando qualcuno che lo capisca. Cerca un affetto che non crede di poter ottenere altrove.»

Lui alzò lo sguardo. «Da te? Perché?»

«Forse mi vede come... danneggiata». *Non si sbaglia.* «Chiaramente conosce la mia storia e presumerebbe che io stia soffrendo come lui. Che tra tutte le persone al mondo, io capirei le sue azioni».

Reid frugò nella scatola, strizzando gli occhi, ed estrasse l'aquilone. Lo guardò accigliato, probabilmente confuso sul perché fosse proprio questo il regalo che l'aveva fatta scattare, spingendola a guidare per venticinque minuti per urlare contro Tristan. «Quel profilo mi suona ancora come Harry».

«Ma i regali sono iniziati *prima* che incontrassi Harry. Era ancora in prigione quando ho ricevuto la prima scatola».

«Aveva amici fuori? Voglio dire, e se qualcun altro avesse consegnato quelle cose per lui?»

«Reid, non mi stai ascoltando. Non ci eravamo nemmeno *incontrati* quando ho iniziato a ricevere questi regali».

«Però eri in prigione per altre persone. Forse ha sentito parlare di te, ti ha vista... a questi tipi basta quasi niente per sviluppare un'ossessione. E se fosse così, magari si è intrufolato nelle sessioni con te e ha continuato una volta uscito».

«Forse». Aggrottò la fronte. «Ma non mi piace. Sembra... sbagliato».

«Capisco». Reid sbirciò sul fondo della scatola, ma lei sapeva che non c'era altro dentro. Soddisfatto, abbassò l'aquilone. «So che gli psicopatici non hanno la capacità di provare molto, ma alcuni di questi bastardi si attaccano come velcro».

«Se questo tizio è uno psicopatico, potrebbe amarmi come amerebbe un paio di jeans preferiti. Possesso, non affetto per un individuo autonomo separato da sé. E gli stalker non psicopatici spesso credono che il loro affetto sarà ricambiato, o forse lo è già. La loro ossessione è accompagnata dalla convinzione delirante che stiano proteggendo l'oggetto del loro affetto o che l'oggetto voglia essere perseguitato».

Reid appoggiò un fianco al bancone. «So che non ti piace come sospetto, ma Harry ha confessato gli omicidi. Sapeva come Cara era stata uccisa. Abbiamo il sangue di entrambe le vittime a casa sua. Speriamo che entro domani avremo le prove dentali per collegare Harry all'omicidio di Joel... gli hanno fatto un calco dei denti dopo che te ne sei andata oggi. Crederai che sia colpevole allora?»

«Se i suoi denti corrispondono? Io... sì, credo di sì».

I suoi occhi si allargarono. «*Credi*?»

«Sto solo dicendo che le scatole sono... strane. E la sua confessione sembrava più pazza degli escrementi di scoiattolo». Aveva esaminato molteplici spiegazioni per il suo comportamento - dissociazione, amnesia indotta dal trauma - ma nessuna le era sembrata giusta.

Reid sbatté le palpebre, probabilmente per la metafora. «Sapremo presto se ha morso Joel. Se non è lui, torniamo a un ex paziente o qualcuno di quel...» Deglutì a fatica. «Club bondage».

Sapeva che aveva ragione, ma le sue spalle si erano irrigidite e invece di essere d'accordo, disse: «Non è l'unica cosa che fa il club, ma la semantica non è cruciale. Chiaramente non capiresti».

I suoi occhi marroni la scrutarono. «Non ho bisogno di capire tutto, ma pensavo di capire *te*. I tuoi desideri, i tuoi...»

«Stai rendendo questa cosa su di noi?» *Siamo in piedi in cucina su una scatola di uno stalker, forse un assassino, ma certo, facciamo la conversazione che abbiamo evitato per mesi.* E sebbene sapesse che era ridicolo farlo ora, persino irrispettoso verso le vittime, sbottò: «Quindi, cosa, ti senti inferiore solo perché vado in questo club a caso per sfogarmi? Per cercare di sfuggire alla vita reale?»

Reid trasalì. «Forse un po'. Forse vorrei solo che avessi una vita da cui non volessi scappare».

«Non credi che lo voglia anch'io?» Le parole uscirono aspre, bruciavano come acido nella sua gola. Camminò intorno al bancone verso di lui. «Ma non posso dimenticare che mia madre è scappata dopo aver manomesso l'omicidio di mio fratello, per aver violato gli arresti domiciliari. Non posso dimenticare che mio padre sta morendo più lentamente di quanto chiunque dovrebbe, che il mio fidanzato si è guidato giù da un ponte perché ho rifiutato la sua proposta di matrimonio, che mio fratello è stato assassinato a causa mia. Che i miei migliori amici...»

Reid colmò la distanza tra loro, scuotendo la testa. «Tu non hai ucciso Aiden».

«Ho pugnalato Dylan in faccia, lui ha attaccato sua sorella, e quando lei è corsa nel bosco per nascondersi, ha scambiato Aiden per Dylan e l'ha ucciso. Non impugnavo il coltello, ma *era* colpa mia». La sua voce si spezzò sull'ultima parola, il calore nella gola quasi insopportabile. L'aria era in fiamme.

La sua mascella cadde. «No, Maggie...»

«Basta!» Alzò le mani, palmi in su. «Smettila di cercare di farmi sentire meglio! Non dovrei sentirmi meglio! Negli ultimi due anni, ho perso l'uomo che amavo, sono stata inseguita da assassini, la mia casa è stata bruciata, la mia auto distrutta. Ho visto le ossa di mio fratello estratte dalla terra. Ora, non posso nemmeno parlare con i miei migliori amici, le persone che amo più di qualsiasi altra cosa al mondo, perché erano coinvolti nella morte di mio fratello... l'hanno coperta e non me l'hanno mai detto. Se pensi che possa semplicemente andare in giro come se nulla fosse successo, sei fuori di testa. Sto a malapena tenendo la testa fuori dall'acqua. Il fatto che l'unica cosa buona nella mia vita» - puntò un dito contro il suo petto - «sia esplosa perché a tuo figlio non piaceva...» Le parole volarono dalla sua bocca, vitriolo e dolore, frustrazione e dolore, tutto acuito dal fatto che c'era un assassino là fuori, da qualche parte, e lei era qui a litigare con Reid. Ma nel momento in cui le parole furono nell'aria, la sua schiena si sentì pesante.

Abbassò le mani e la testa, incapace di guardarlo ancora in faccia. «Non sto bene», disse dolcemente al bancone. «Sono un disastro. Sono...»

L'ultima parola fu pronunciata contro il suo petto, le sue forti braccia avvolte attorno alle sue spalle, le sue mani sulla sua schiena. «Mi dispiace», disse nei suoi capelli. «Mi dispiace tanto, Maggie. Avrei dovuto essere qui, e io solo... ero preoccupato per Ezra. Ti ho creduto quando hai detto che stavi bene, pensavo avessi bisogno di spazio. Ma sapevo che non era così. Ho sbagliato».

Lei rimase lì contro di lui, il calore nei suoi polmoni si attenuò quel tanto che bastava per riprendere fiato. Ogni momento degli ultimi due mesi era stato trafitto dal dolore... persino al club, era stata acutamente consapevole che la distrazione sarebbe presto finita. Ma questo... questo non era dolore. Poteva respirare.

All'improvviso, poteva *respirare*. Non era amore, non era perfetto. Certamente non era privo di rabbia e frustrazione. Ma non poteva negare che ci fosse sollievo nella pressione della sua mano contro la sua schiena, che la connessione in qualche modo la facesse sentire più se stessa di quanto non fosse stata in mesi.

Non farlo, Maggie. Sei solo disperata per una connessione umana. Sei solo sola.

Ma sembrava non riuscisse a preoccuparsi dei perché, non le importava se fosse malsano... non le importavano nemmeno le conseguenze. Voleva solo pochi minuti, forse un'ora, per dimenticare la sua vita. Per *scappare*.

Maggie alzò il viso verso Reid. Le sue labbra sfiorarono le sue dolcemente, testando, ma quando lei si premette contro di lui, la pressione divenne insistente, la sua lingua che esplorava la sua, le sue mani sui suoi fianchi, portandola con sé mentre indietreggiava attraverso la cucina, poi il soggiorno.

Reid si fermò nel corridoio. «Non ho cinghie di pelle o catene». Le afferrò entrambe le mani e le premette i polsi contro il muro, uno su ciascun lato della testa.

«Oh, adesso fai anche battute?» Ma non era arrabbiata, nemmeno un po'. Stava tremando, la pelle coperta di pelle d'oca. *Portami a letto, Reid, prima che mi renda conto di quanto sia stupido tutto questo.*

«Pensavo che avresti apprezzato le battute». Abbassò le labbra sulla sua gola e tracciò la curva sotto l'orecchio con la lingua. «E giusto per farti sapere, sono felice di provare qualsiasi cosa almeno una volta».

«Non abbiamo bisogno di catene. Te la cavi benissimo così», sussurrò lei.

Lui si raddrizzò e le lasciò i polsi, le dita che scivolavano lungo la parte interna delle sue braccia, poi sulle costole, lasciando scie di elettricità al loro passaggio. Il sangue pulsava nel basso ventre. E sebbene lui non la tenesse più, lei mantenne le mani dove erano, invitandolo a prendere il controllo.

Non voleva avere il controllo stanotte. Di nulla.

«Te la cavi benissimo?» disse lui. «È proprio quello che ogni uomo vuole sentirsi dire sulla sua abilità sessuale».

Lei lo fissò negli occhi socchiusi. «Sei reale, Reid. Questo è meglio della pelle, meglio delle maschere. E credo che tu sappia già che la tua *abilità* va ben oltre il "benissimo"».

Metà del suo labbro si incurvò verso l'alto. «Ne terrò conto». Abbassò di nuovo la bocca verso la sua, ma si fermò con i loro nasi che si toccavano. Aggrottò le sopracciglia. «Maggie... senti questo odore?»

Sul serio? «Lo so, la casa è un disastro», disse lei, infastidita, il calore delle sue labbra rovente sul viso - *Cambierò idea, Reid, dai.* Ma poi lui si allontanò. E lei *lo* sentì. Qualcosa di dolce e putrido.

Decomposizione.

Reid stava già guardando lungo il corridoio, cercando la fonte dell'odore, ma lei non mangiava in camera da letto. Non ci sarebbe stato cibo marcio nemmeno in bagno - era depressa, ma non era una pazza. A differenza di... chiunque le avesse mandato quei regali.

Maggie si spostò di lato attorno a Reid, e lui seguì i suoi movimenti. La porta dell'armadio si avvicinava come per magia. Non riusciva a sentire i piedi sul pavimento, non riusciva a sentire i suoi passi, ma poteva sentire l'odore del suo avvicinarsi - oh dio, sì che poteva. Inspirò sibilando con le dita appoggiate sulla maniglia, poi aprì con cautela la porta. Reid sbirciò oltre la sua spalla.

«Che diavolo è?» chiese lui.

«Gli altri regali», disse lei piano, non riconoscendo la propria voce. «Quelli che non ho aperto». Erano il motivo per cui l'aveva chiamato qui in primo luogo, ma una volta che l'aveva visto... aveva fatto scelte terribili. Le cose le erano sfuggite di mano. La sua vita le era sfuggita di mano. Di nuovo.

Ma non c'era modo di sfuggire a questo.

La scatola che aveva gettato più di recente sulla pila era ancora in cima, il fiocco rosso appiattito, il cartone opaco nell'ombra. Ma nella luce proveniente dal soggiorno, poteva vedere che l'angolo inferiore era scuro.

La scatola stava sanguinando.

CAPITOLO 13

Niente come un po' di sangue per far svanire il romanticismo.

Aprirono lentamente il pacco insanguinato sul bancone della cucina coperto di plastica. Reid aveva allineato le quattro scatole in fila sotto le luci dell'isola. Banali e ordinarie dall'esterno, ma quell'unico angolo scuro rendeva ogni scatola intrinsecamente minacciosa. Il sibilo di un coltellino contro il nastro adesivo la fece trasalire. Poteva immaginare la lama che tagliava il petto di qualcuno, pugnalava con precisione la gola. Passava sulla carne appena sopra l'occhio, staccando la palpebra come la buccia di un'uva...

Maggie sbirciò oltre i bicipiti di Reid mentre lui apriva con cautela il coperchio della scatola insanguinata con un dito indice guantato di lattice e allungava il collo per guardare dentro. Si irrigidì. Ma nonostante si fosse alzata in punta di piedi, non riusciva a vedere l'interno del pacco, solo l'ombra nera proiettata dal lembo di cartone, che ostinatamente le bloccava la vista.

«Cos'è?» Era una testa, come in *Se7en*? Poteva immaginare Brad Pitt nell'angolo che urlava: "Cosa c'è nella scatola?" Non si era mai identificata così tanto con un attore cinematografico prima d'ora.

Reid si spostò. Il coperchio della scatola cadde finalmente di lato, le luci sopra l'isola della cucina illuminavano l'interno, un riflettore sul contenuto. Sul... *oh dio*. «È quello che penso?» disse lei.

«Dipende da cosa pensi che sia.»

Veniva fuori come una rivista, rettangolare e sottile. Ma non c'erano pagine. Un foglio di polistirolo, tagliato perfettamente per adattarsi all'interno del pacco. Minuscoli perni che sembravano più graffette brillavano in ogni angolo. Una tavola di montaggio.

«Non c'è dubbio che i regali e gli omicidi siano collegati», disse Reid a bassa voce, un sussurro.

Maggie annuì, ma non riusciva a rispondere. La carne montata sulla tavola era un miscuglio di colori, sangue rappreso intorno ai bordi, il supporto bianco appiccicoso. Riconobbe l'inchiostro incorporato nella pelle.

I teschi rossi e neri fissavano il soffitto. E poi i serpenti si contorcevano mentre Joel si muoveva con lei, la luce delle candele tremolava sul suo corpo... Sbatté le palpebre. Le immagini si fermarono, poi svanirono mentre Reid posava la tavola di polistirolo sul bancone di plastica.

«Per verifica, questo è-» iniziò Reid.

«Sì. Il tatuaggio di Joel. Ma quello...» Indicò un piccolo punto inchiostrato nell'angolo. Un numero blu spesso, non nero o rosso o verde. Non inchiostro per tatuaggi. Un pennarello?

Lui lo scrutò. «Non fa parte del tatuaggio», mormorò.

«È un tre», disse lei. «I tagli sull'ascella di quella donna non erano casuali. Era un numero due.» *Avevo ragione*. Ma avrebbe voluto non averla.

«Non sta contando alla rovescia», disse Reid. «Cara è stata uccisa per prima.»

E se lei era due, e Joel era tre, allora chi era il numero uno?

Maggie deglutì a fatica. Era passato solo un giorno da quando era stata tra le braccia di Joel? Un giorno da quando lui... *aveva* la pelle e le palpebre? «Ho trovato questa scatola sul portico ieri sera. Deve averla lasciata subito dopo averlo ucciso.» La sequenza temporale era così breve, troppo breve.

«Quindi l'assassino ha seguito Joel a casa dal club, lo ha ucciso, ha tagliato il tatuaggio come souvenir»-*no, un regalo*-«lo ha messo in una scatola e lo ha lasciato sul tuo portico.» La voce di Reid era vuota. «A che ora sei tornata a casa?»

«Io... forse a mezzanotte?»

«Ti sei fermata da qualche parte dopo il club?»

«Ho preso da mangiare.»

«Dove?»

«Al Denny's. Non giudicarmi. Mi piacciono i loro pancake.» *E sono l'unico ristorante aperto ventiquattr'ore su ventiquattro.*

«Se fossi andata direttamente a casa, forse avrebbe aspettato fino a oggi per lasciare la scatola.» Reid sospirò. «Il tuo istinto aveva ragione.»

«Di solito ho ragione, ma su cosa?»

«Questo non è stato Harry. Tutte le altre prove puntano verso di lui, ma quando questa scatola è stata lasciata sul tuo portico, lui era in un bar su Hilton. Ha detto di esserci andato dopo l'omicidio per sfogare la tensione, e ho verificato i suoi movimenti. Non c'è modo che abbia avuto il tempo di guidare dalla casa di Joel, poi fino a qui con quel tatuaggio, e tornare al bar all'ora in cui è arrivato. A meno che non abbia fatto consegnare la scatola da qualcun altro-»

«Il che è incredibilmente improbabile in base al profilo.» L'assassino era ancora a piede libero. Harry aveva confessato - stava mentendo. Erano le dieci, e quell'assassino poteva essere ovunque in quel momento... con chiunque.

Merda, non aveva chiamato Alex. O Sammy. Ma sicuramente Owen l'aveva fatto. Glielo aveva chiesto, no?

Reid avvicinò a sé la scatola successiva. In tutto erano quattro, tutte esattamente lo stesso cubo di cartone, come se l'assassino avesse acquistato materiali da imballaggio all'ingrosso. Questa scatola conteneva le palpebre? Altri tatuaggi di serpenti di qualche vittima di omicidio ancora senza nome? Forse il tatuaggio del cuore di Alex - un pezzo di cuoio capelluto di Sammy. I suoi polmoni erano in una morsa, e si sforzò di fare un respiro doloroso, cercando disperatamente di mettere da parte quei pensieri. Reid aveva dei serpenti sulla schiena - Medusa. Era significativo o una coincidenza?

Il nastro sibilò di nuovo, ma questa volta, sentì il rumore provenire dall'interno della scatola, altri serpenti che si contorcevano contro il loro supporto di polistirolo, montati come insetti. Intrappolati e in decomposizione.

«Beh, non è una parte del corpo.»

Lei si avvicinò e allungò la mano con i suoi guanti. Calzini di Weird Al. Li girò, ma non vide numeri o altri segni sospetti. Reid aprì la scatola successiva, tirò fuori una maglietta di Weird Al abbinata, poi la fissò come se aspettasse una spiegazione.

Come se amare Weird Al avesse bisogno di una spiegazione. «È il mio cantante preferito. È in giro da sempre, non un singolo scandalo.»

Lui rimise la maglietta nel suo pacco. «È per questo

che ti piace?» chiese Reid. «La mancanza di amanti e l'evitare attività criminali? Perché questo ha più senso che-»

«Lo amo perché è una dannata leggenda, Reid. Un genio musicale. Tutti lo sanno.» Incluso, a quanto pare, l'assassino.

Reid era già passato alla scatola successiva - coltello, nastro, aperta. Aggrottò la fronte. «Che diavolo è questo?»

Sollevò lentamente l'oggetto, strizzando gli occhi, poi si girò verso di lei con un sopracciglio alzato.

Maggie si bloccò, cercando di elaborare ciò che stava vedendo. Non era legato a Weird Al. Come avrebbe voluto che lo fosse. La sua bocca era secca come l'osso, i peli sulla schiena vibravano - elettrici. Le pareti erano troppo vicine.

«Cos'è? Sembra che tu abbia visto un fantasma.»

L'aveva visto - oh, l'aveva visto.

Reid abbassò l'oggetto sul bancone, dove la sua testa ondeggiò, ondeggiò, ondeggiò, annuendo verso di lei. Silenzioso come l'assassino, come l'uomo che l'aveva osservata, lasciando cose sul suo portico per oltre un anno - quasi due. Ma di tutte le cose che avrebbe potuto darle, non si sarebbe mai aspettata questa.

La parte frontale del giocattolo era striata di sporco, la maglietta del personaggio ingrigita dal tempo e dal sole. Un occhio era graffiato dal momento in cui l'aveva fatto cadere sul marciapiede - mentre andava a consegnarlo.

Osservò Ernie, che continuava a ondeggiare, continuava ad annuire verso di lei, compiaciuto perché la sua molla funzionava ancora.

Felice di essere intatto dopo aver visto Kevin morire.

CAPITOLO 14

L a casa era piena di poliziotti quando se ne andò. Maggie non era riuscita a convincersi a guardarli perquisire il posto. Volevano setacciare l'esterno, vedere se c'era qualche traccia dell'uomo che aveva lasciato quel lembo di pelle in una scatola sul suo portico, il tatuaggio montato come una testa di cervo.

Ma non aveva bisogno di vedere i loro occhi giudicanti quando avrebbero notato il suo soggiorno sporco. Non voleva affrontare le loro teste inclinate quando si sarebbero resi conto che non aveva nemmeno notato il puzzo di carne morta a causa dello stato della sua cucina.

I capelli di Maggie si sentivano appiccicosi contro la nuca, i suoi vestiti cominciavano a puzzare. Era in quella camicetta da sedici ore, e i finestrini chiusi della sua Sebring non aiutavano. Ma la notte sembrava troppo vigile per abbassare il finestrino, anche con un poliziotto alle calcagna - protezione da un uomo alto e robusto con un viso piatto e pastoso. Qualcuno scelto personalmente dal capo, a quanto pare, che aveva dato fastidio a Reid riguardo a una pattuglia finché non gli aveva inviato una foto del lembo di pelle nella cucina di Maggie.

Ma il capo si era riservato il diritto di richiamarli in qualsiasi momento. Sicuramente entro domani, Maggie sarebbe stata di nuovo sola. Tanto meglio. Mantenere la velocità sotto controllo non era il suo forte, e non aveva davvero bisogno di altro di cui preoccuparsi in questo momento.

Aveva così tanto di cui preoccuparsi. Così tanto da considerare. I suoi pensieri erano un pasticcio confuso. Kevin era stata la prima vittima? Non c'era stato nessun numero sul suo corpo che lei sapesse, nessun numero neanche sulla statuetta - avevano controllato. E l'assassino amava sicuramente mettersi in mostra. D'altra parte, il regalo stesso era esplicito. Forse non aveva bisogno di un numero - forse l'indovinare faceva parte del gioco.

No, Maggie, tu vuoi *solo che Kevin sia una vittima di omicidio.*

Era così? Un pensiero bizzarro, ma non sembrava falso. Se fosse stato ucciso da qualche maniaco, allora non si era ubriacato dopo che lei aveva rifiutato la sua proposta di matrimonio e non si era gettato con l'auto da un ponte. Non era stato un incidente, né si era suicidato. Se Kevin fosse stato assassinato, allora la sua morte non sarebbe stata colpa sua.

D'altra parte... se l'assassino avesse ucciso Kevin a causa di Maggie, era un altro dilemma. In ogni caso, non ne usciva innocente.

Fantastico.

Le nocche di Maggie dolevano intorno al volante. Azionò l'indicatore di direzione, scivolò nella corsia di destra e premette l'acceleratore. La volante la seguì. Diede un'occhiata alla sua velocità - sette chilometri oltre il limite - e tolse il piede dal pedale.

Supera solo questa notte, Maggie. Potrai elaborare tutto questo domani.

Il villaggio per pensionati aveva la sicurezza, quindi era improbabile che chiunque avesse lasciato quelle scatole venisse per lei lì. Avrebbe dormito nel letto di suo padre. Un'altra notte nell'appartamento che pagava. Se non fosse riuscita a dormire, avrebbe iniziato in anticipo a fare i bagagli. In qualche modo doveva trasferire tutte le cose di suo padre nella casa di cura a servizio completo dall'altra parte della strada prima delle sue dimissioni dall'ospedale, che potevano essere già domani. Quando fosse stata pronta per il comò, avrebbe chiesto a una guardia di sicurezza. O avrebbe assunto un traslocatore insonne. Era una cosa, giusto?

Maggie rallentò all'uscita, notando a malapena il semaforo; frenò bruscamente appena in tempo e fissò la foschia rossastra che si posava sull'interno della Sebring. I fari della pattuglia illuminarono il suo specchietto retrovisore.

Chi sei, misterioso stalker?

Magliette, gioielli, biglietti aerei, tutti questi erano regali romantici, specialmente le cose di Weird Al, almeno per Maggie. Stava cercando di affascinarla. Il che significava che aveva una qualche idea di lei come essere umano - qualcuno che doveva conquistare, non semplicemente un oggetto che poteva possedere. Avrebbe voluto che lei lo accettasse nella sua vita.

Ma se fosse stato così, perché l'avrebbe lasciata andare al sex club, perché l'avrebbe lasciata scopare con Reid, perché seguirla e basta senza fare nulla tranne mandarle regali per quasi due anni? Perché anche solo accennare di aver ucciso l'uomo che amava? Doveva sapere che questo l'avrebbe fatta infuriare.

D'altra parte, non c'era stato un numero su Ernie. Forse non le stava dicendo che aveva ucciso Kevin. Forse le stava dicendo che avrebbe fatto qualsiasi cosa per lei - che si sarebbe tuffato sul fondo di un fiume se questo significava un regalo significativo. E per quanto fosse pazzesco, poteva davvero aver bisogno di qualcuno così in questo momento.

Sospirò. Una cosa era certa: la inseguiva da anni. Aveva la pazienza di un santo combinata con la brutalità di un demone. Era una combinazione terrificante.

Aggrottò le sopracciglia guardando il villaggio per pensionati, le luci al sodio abbaglianti. Non ricordava nemmeno di essere entrata. La pattuglia aveva parcheggiato accanto a lei, probabilmente aspettando che scendesse, ma la sua schiena si sentiva appiccicosa, i muscoli pesanti. Era davvero sicura che questo stalker-assassino fosse un uomo? Non completamente, ma era statisticamente probabile. Reid stava ancora aspettando i rapporti forensi, ma Joel era un uomo alto - Maggie non sarebbe stata in grado di passargli una lama sulla gola da dietro. Qualcuno... alto almeno un metro e ottanta.

Lo sbattere della portiera dell'auto di Maggie echeggiò nella notte, poi il botto della portiera dell'agente subito dopo, competendo per lo spazio nella sua testa. La Sebring e la pattuglia - una Mustang blu - erano le uniche auto nella parte anteriore del parcheggio. Poteva sentire il poliziotto alle sue spalle, che la seguiva a una distanza rispettosa.

Forse avrebbe dovuto chiamare in anticipo. Ma sarebbe andato bene. L'agente avrebbe parlato con la sicurezza, lei avrebbe fatto i bagagli. Se le avessero dato fastidio, avrebbe detto loro che era lì per spostare le cose di suo padre. Tutto sarebbe andato bene.

Bel discorso d'incoraggiamento, Maggie. Menti così efficacemente.

Le sue viscere erano un groviglio oleoso mentre entrava nell'atrio. L'infermiera notturna le lanciò appena uno sguardo. L'agente si fermò alla reception in base alla cessazione dei suoi passi, ma poteva ancora vederla da lì - un colpo dritto lungo il corridoio. L'appartamento di suo padre era sulla destra, i suoi passi echeggiavano il suo avvicinarsi come un battito cardiaco, sebbene un battito cardiaco molto più lento di quello nelle sue tempie.

Infilò la chiave nella serratura. La porta si aprì.

Maggie sussultò.

Non c'era nessun corpo, nessuna palpebra, nessuna carne tagliata, ma non sarebbe stata più scioccata se un altro tatuaggio fosse stato appuntato al muro.

La poltrona La-Z-Boy di suo padre, le sue foto di lei, il pianoforte... erano tutti spariti.

La stanza era completamente vuota.

CAPITOLO 15

Maggie era ferma sulla soglia a studiare le pareti spoglie - le pareti ricoperte dalla carta da parati che aveva pagato extra per far installare. Carta che si abbinava al soggiorno di casa sua. C'era una macchia sul tappeto vuoto sotto il punto in cui una volta c'era la sua poltrona, marrone come sangue secco. Sangue vecchio, giusto? Doveva essere sangue vecchio. Poteva anche essere Coca-Cola - la bevanda, non la droga illegale.

Maggie percorse il breve corridoio fino alla camera da letto, la porta che si chiudeva con un tonfo dietro di lei. Le fotografie nel corridoio erano state rimosse, i fori dei chiodi come cavità arrabbiate nella vernice. Anche il letto era sparito, la stanza vuota come il soggiorno. Niente da fare per dormire qui.

Qualcuno la stava prendendo in giro? Improbabile - la direzione non avrebbe permesso a uno sconosciuto di entrare e uscire quaranta volte portando via le cose di suo padre a bracciate. E aveva parlato con Dorothy proprio oggi. La donna aveva detto ai custodi di sgomberare la stanza nonostante la promessa di Maggie di occuparsi delle sue cose?

Il sangue le ribolliva mentre tornava nel soggiorno di suo padre. Aveva detto a Dorothy che se ne sarebbe occupata lei. Ma la donna le aveva tolto il terreno da sotto i piedi, e proprio la notte in cui aveva effettivamente bisogno della stanza. Dove diavolo erano finite le sue cose?

«Signora Connolly?» L'agente che l'aveva seguita era in piedi appena dentro la porta, il suo viso tondo reso ancora più piatto dalla sola lampadina a soffitto - creava ombre dove non avrebbero dovuto esistere, affilando il suo naso in un becco. Un guardia di sicurezza era in piedi dietro di lui. Pelle olivastra, capelli tinti biondo platino, sopracciglia nere. «Questo è Yuri», disse l'agente.

La guardia le fece un cenno, sorridendo timidamente, ma nonostante avesse gli occhi più gentili che avesse mai visto, la gola di Maggie era troppo stretta per rispondere. Li superò e si diresse a grandi passi verso la reception. Le cose di suo padre erano sparite. E se non fosse stata opera di Dorothy? E se avesse dovuto ricreare una stanza da zero? Era già abbastanza stressante ridecorare uno spazio per qualcuno senza demenza, e il cambio di stanza sarebbe stato già abbastanza brutto. Ma una nuova poltrona, un nuovo letto? Nuove foto? Sarebbero state uno shock per suo padre ogni volta che avesse aperto gli occhi. E poteva non sopravvivere a un altro ictus.

L'infermiera alzò la testa, un ricciolo biondo sottile le cadde sull'occhio sinistro. Si alzò in piedi quando notò l'espressione sul viso di Maggie.

«Dov'è il mobilio di mio padre?» sbottò Maggie.

Gli occhi dell'infermiera si spalancarono, il ricciolo le finì di nuovo nell'occhio, e lo spazzò via con la punta di un dito rosicchiato. «Signora?»

«Sono venuta qui per sgomberare l'appartamento di

mio padre e spostare le sue cose nel reparto della casa di cura. Ma le sue cose sono tutte sparite. Quindi ovunque voi abbiate messo i suoi effetti personali, avrò bisogno di accedervi.» *Per favore, fa' che sia stata Dorothy. Per favore.*

L'infermiera deglutì a fatica - *Candy* sul suo cartellino. Ma la sua faccia sembrava amara, non dolce, le sue labbra sottili arricciate come se avesse succhiato un limone. «Pensavo che l'avesse approvato lei.»

Le punte delle dita di Maggie erano bianche contro il bancone. «Non l'ho fatto.»

«Io...» Lanciò un'occhiata dietro Maggie all'agente, o forse alla guardia, poi girò intorno alla scrivania. «Venga con me. Ma le giuro, pensavo che fosse con lei.»

Lui. Lo stesso lui che era con suo padre all'ospedale? Ma no, suo padre aveva detto che Kevin era con lui, e non c'era modo che fosse vero. «Ha preso un nome?»

Candy scosse la testa. «Era già qui quando sono arrivata. Il turno precedente lo ha fatto entrare, gli ha dato l'autorizzazione per spostare i mobili, e io non ci ho pensato due volte.» Il suo viso era addolorato. «Mi dispiace tanto, ma sistemeremo tutto. Forse era qui per spostare un altro appartamento e ha fatto il suo per errore.»

«Se è così, forse gli comprerò un pony invece di rimproverarlo.» Maggie cercò di forzare un sorriso, ma le sue labbra erano tese; il petto le faceva male. La cicatrice sul retro della sua testa pulsava due volte più velocemente del suo cuore, vibrando in un ritmo frenetico che era certa fosse udibile dall'infermiera. Ma Candy semplicemente passò il suo badge e spinse attraverso le doppie porte alla fine del corridoio, facendo entrare Maggie nel corridoio in stile atrio. Si era dimenticata di questa parte. La strada che separava il villaggio per pensionati dalla casa di cura passava attraverso un tunnel sotterraneo qui, un temporaneo abbassamento della strada che portava al parcheggio di overflow del villaggio. Rendeva la gestione dei pazienti più facile - rendeva l'attraversamento della strada sicuro.

Ma non era fantastico se ti stavi nascondendo da un assassino. L'intero corridoio era fatto di vetro in modo che il cielo notturno potesse incombere su di loro - erano pesci in una boccia. Perfetto per un cecchino. L'agente sembrava pensare la stessa cosa perché si mise di fianco a Maggie, la guardia che si avvicinava dall'altro lato. I loro passi erano rumorosi contro il linoleum, e in ogni passo pressato, Maggie sentiva i passi di un'altra persona - un killer.

Ridicolo.

Questo sarebbe un posto stupido per l'assassino per venire. Avevano sicurezza, tonnellate di telecamere, tutte donate da Tristan dopo un incidente qui l'anno scorso. La polizia sarebbe stata in grado di identificare il loro sospetto in pochi minuti. Non c'era modo che lui lo lasciasse accadere. La inseguiva da quasi due anni, lasciandole regali, e non l'aveva visto nemmeno una volta.

Nemmeno. Una. Volta.

«Qual è la stanza?» chiese Maggie, ma l'infermiera stava già indicando la porta aperta alla fine del corridoio. Scatole su entrambi i lati dello stipite della porta, tre in altezza, la libreria di papà accanto alla pila di sinistra. Oh. *Ovvio.* Almeno le cose di suo padre erano ancora qui - non rubate, impilate nel cassone del pickup di qualche sconosciuto.

Maggie marciò verso la stanza. Le avevano lasciato scegliere l'appartamento nel villaggio per pensionati, ma forse non avevano molte stanze tra cui scegliere da questa parte. O forse non prevedevano che suo padre sarebbe rimasto abbastanza a lungo perché importasse. Maggie scacciò il pensiero, raddrizzò le spalle ed entrò nella stanza, l'agente così vicino dietro di lei che poteva sentirlo respirare.

A differenza dell'appartamento di suo padre, le unità sul lato della casa di cura erano solo una - seppur grande - stanza. Nessun altro qui ora. La lampada di suo padre brillava contro la testiera di plastica di un letto ospedaliero regolabile. Le scatole erano impilate fino alle sue spalle lungo la parete opposta. Nessuno spazio per il suo pianoforte qui, ma la poltrona La-Z-Boy era già sistemata nell'angolo, con la coperta afgana di papà gettata sullo schienale. Il suo comò era nell'altro angolo. Il televisore a schermo piatto era sul pavimento, ma c'erano già due fori praticati nel cartongesso di fronte al letto, come se qualcuno fosse in procinto di montarlo.

«Maggie?» Dalla porta. «Scusa, pensavo che saremmo andati via prima che tu arrivassi.»

Si girò. Il suo cuore sussultò e si fermò.

La testa calva di Sammy brillava alla luce della lampada mentre entrava nella stanza. Il suo migliore amico dalle elementari - l'uomo che aveva evitato negli ultimi due mesi. Maggie aveva passato anni seduta su una tomba vuota a parlare con suo fratello, chiedendosi se Aiden fosse inspiegabilmente vivo, e Sammy... Sammy aveva avuto le risposte. Sapeva cosa aveva fatto Alex. E sebbene non avesse ucciso Aiden, i peli lungo la sua schiena si stavano rizzando come spine; il suo petto le faceva male solo a stargli vicino. Ma i suoi occhi bruciavano anche - *Mi manchi, Sammy. Dio, mi sei mancato. No, aspetta, voglio prenderti a pugni. No, non voglio. Merda.*

Owen si infilò dietro Sammy, il viso lucido di sudore. Anche Sammy odorava, ora che era abbastanza vicino perché lei potesse annusarlo bene. Così tante persone nella stanza, ammassate con le scatole.

Owen lanciò un'occhiata agli agenti mentre li superava, poi a lei, con gli occhi tesi ma le labbra sorridenti. Si spostò intorno alla stanza per mettersi davanti alla poltrona reclinabile. «Sembravi stressata per tuo padre questo pomeriggio, e quando sono passato all'ospedale per vederlo, Dorothy ha menzionato di spostare il suo appartamento. Quindi... ho chiamato Sammy.»

Lei lo fissò, stordita. Owen sapeva che aveva evitato Sam. E dall'espressione sul viso di Owen, era preoccupato di aver fatto la scelta sbagliata.

Gli occhi di Sammy erano tesi quanto quelli di Owen - anche lui era a disagio, anche se era qui per aiutarla. Non che spostare le cose di suo padre avrebbe compensato vent'anni di bugie. Vero? No, ovviamente no, ma...

La testa le pulsava.

Sam ridacchiò, ma sembrava forzato. «Sì, questo testone non avrebbe potuto spostare tutti quei mobili da solo.» Diede una gomitata nelle costole a Owen, e Owen fece una smorfia, massaggiandosi il fianco. Erano della stessa altezza, ma Owen era un intellettuale che indossava tweed e si allenava per i benefici psicologici, mentre Sammy era un nerd muscoloso, la sua fisicità affinata da anni di lotte contro i bulli... finché non era cresciuto al liceo, e lo avevano lasciato giocare a *Dungeons & Dragons* in pace.

Maggie si voltò verso la porta per vedere l'agente alzare le sopracciglia. «Va tutto bene», disse. «Questi sono i miei amici.» *Lo sono?* «Solo che non sapevo che sarebbero venuti.»

L'agente Faccia di Luna annuì. La guardia era già uscita.

«Oh, sì, ho chiamato anche Alex», concluse Owen mentre il poliziotto raggiungeva la guardia di sicurezza nel corridoio.

La sua gola si fece calda. Sammy era una cosa, ma Alex era circa dieci passi troppo in là. *Dannazione, Owen.* «Hai chiamato lei per venire...»

«No, no.» Scosse la testa. «Solo quello che tu... mi hai detto.»

Oh. Aveva detto ad Alex che Maggie aveva uno stalker. Di stare attenta. Come lei gli aveva chiesto di fare. «Grazie», disse, con gli occhi su Owen. «Non so cosa dire.»

«Di' che comprerai degli snack», scherzò Sammy, anche se l'allegria nel suo tono non era convincente. Sapeva di essere a malapena il benvenuto, eppure era qui. Stava... provando. Voleva sistemare questa situazione disperatamente quanto lei. Forse di più.

Sam si diresse verso le scatole impilate, così simili a quelle nella sua cucina - quella con la carne insanguinata. L'acido le salì in gola, e lo ricacciò giù.

«Dovremo fare un viaggio a casa tua», disse Sammy mentre sollevava la scatola in cima sul tappeto e frugava all'interno. Ne uscì con... una staffa di montaggio. Per il televisore. «Siamo riusciti a caricare la maggior parte delle cose in eccesso nei nostri SUV, ma non possiamo infilare altro. Se vuoi, posso tornare domani per aiutare a organizzare le cose - magari mentre sei al lavoro.» Le lanciò un'occhiata, poi distolse lo sguardo, gli occhi tristi. Così maledettamente *tristi*. Il suo petto si strinse. «Per ora, almeno tuo padre può mettersi a letto e guardare il suo programma.»

Annuì verso il muro; il petto le faceva troppo male per guardarlo in faccia. «La polizia è a casa mia ora, ma sono sicura che puoi entrare nel garage.»

Sia Owen che Sammy si irrigidirono. «La polizia?» dissero all'unisono.

Lei distolse forzatamente l'attenzione dal muro, verso gli uomini. «A quanto pare ho uno stalker, quindi...» Era questo il problema principale? No. Ma ci stava andando piano, come uno scoiattolo con una noce di troppo in bocca. E non voleva dire loro della statuetta, non ancora -

non finché non avesse capito cosa significava. Kevin era stato vicino a loro. Specialmente a Sammy.

Stai davvero proteggendo i suoi sentimenti, Maggie? Dopo quello che ha fatto?

Sì, lo stava facendo. E non le importava se fosse malato, se fosse sbagliato. Non importa cosa avesse fatto, non voleva ferirlo. Nemmeno lui aveva voluto ferire lei.

Aveva pensato di proteggerla anche lui.

«Uno stalker? Di nuovo?» disse Sammy, riportandola alla realtà. Scosse la testa. «Sul serio, quanti pazzi stanno cercando di infilarsi nei tuoi pantaloni?»

«Non sono sicura che questa cosa abbia a che fare con i miei pantaloni. Mi ha mandato un tatuaggio che ha scuoiato da una vittima di omicidio. Un uomo che ha ucciso.» *A causa mia, perché ho scopato con Joel in quel club.*

Owen impallidì, cosa che non aveva pensato fosse possibile, bianco com'era. «È per questo che c'è la polizia?»

Maggie annuì. «Sì.» Indicò con il pollice la porta aperta, le luci fluorescenti del corridoio proiettavano l'ombra allungata della guardia oltre la cornice. «E ho chiamato la sicurezza perché pensavo che qualcuno avesse rubato le cose di mio padre.»

«Non si hanno mai abbastanza coperte afghane», disse Sammy solennemente.

L'idea che qualcuno avesse preso le cose di suo padre, la sua poltrona, le sue piante in vaso, era ridicola col senno di poi. Come l'idea che qualcuno avesse avvelenato l'acqua del villaggio per pensionati o unto i pavimenti per trasformare l'edificio in uno Scivola e Splash per ottuagenari. Accennò un mezzo sorriso, ma era sicura che non arrivasse agli occhi.

«Quindi, sei andato all'ospedale», disse a Owen. «Hai parlato con mio padre?» Un mistero risolto.

«Beh, ci sono andato. Ma stava dormendo, quindi ho

parlato solo con Dorothy fuori dalla sua stanza per qualche minuto. Ha detto che ti avevo appena mancata.»

Ah - era arrivato dopo che Maggie se n'era andata. Non era lui quello che suo padre aveva scambiato per Kevin. Ma suo padre credeva anche che sua madre fosse a casa ad aspettare con muffin e un sorriso pronto.

Aveva sperato che il suo visitatore fosse un amico.

Doveva accontentarsi che fosse un fantasma del passato.

CAPITOLO 16

ragazzi montarono il televisore e poi partirono per mettere le cose di suo padre nel suo garage. Sammy voleva comunque parlare con Reid, che fosse di questo caso o di un altro, non ne era sicura. Tutto ciò che sapeva con certezza era che nel momento in cui aveva sistemato le foto di suo padre, la pianta in vaso e gli altri ninnoli comprati e amati in tempi migliori, era completamente esausta.

Il sonno arrivò rapidamente, come se fosse inciampata in un buco, il buio che la risucchiava come una corrente. La teneva lì, circondata dalle ombre, insensibile al mondo. Ma il tessuto della sua mente non si lasciava domare così facilmente. Si allungava nel buio, supplicandola di guardare. Di vedere.

Flash: L'uomo mascherato nel club, il suo viso coperto, nascosto.

Flash: Suture nere sul suo bicipite, che zigzagavano intorno al perimetro del suo tatuaggio.

Flash: I serpenti che si contorcevano e sibilavano.

Flash: L'uomo che si toglieva la maschera, ma non era

Joel, era Reid, che sorrideva mostrando tutti i denti, le punte affilate in modo mostruoso, il tatuaggio di Joel cucito sulla sua stessa carne.

«È questo che vuoi, Maggie?» Ma la voce non era più di Reid di quanto quei tatuaggi fossero suoi. La voce era di Dylan. I suoi occhi si illuminarono dal marrone a uno smeraldo scintillante. E mentre giaceva lì, sentì le dita di Reid, affilate come artigli, come denti, che le scavavano nel retro della testa-

Maggie si mise bruscamente a sedere nel buio. Le faceva male la schiena, le faceva male la mascella - la testa le pulsava, lanciando piccoli fuochi d'artificio attraverso la sua visione, facendole ronzare le orecchie. Aspetta... no, non erano le sue orecchie. Qualcos'altro stava ronzando.

Maggie barcollò fuori dal letto, gridando quando la sua tibia si schiantò contro il lato di plastica. Dov'era? Niente le era familiare, l'oscurità punteggiata da forme amorfe, ma il telefono... stava lampeggiando nella tasca dei suoi pantaloni, un faro sulla seduta della sedia. La moquette a pelo corto era gelida, ma riuscì a barcollare fino all'angolo e a scuotere il telefono per liberarlo, facendolo cadere due volte prima di riuscire a premere il pulsante e trascinare il cellulare all'orecchio.

«Oh. Bene. Non ero sicuro che avresti risposto».

Staccò con fatica il cellulare dal viso e aggrottò le sopracciglia all'ID: Tristan. «Beh, l'ho fatto. È per i poliziotti a casa? I regali?»

«Oh... no, in realtà. Quello è compito di Reid. Io devo dirti di vestirti. C'è stato un altro omicidio. La pattuglia nel parcheggio ti seguirà».

Maggie sbatté le palpebre, immediatamente sveglia. *Un altro omicidio. Merda.* Aveva sperato che il sospettato avesse convinto Harry a confessare; tutto quello che doveva fare era smettere di uccidere, e l'avrebbe fatta franca. Invece, era arrabbiato che qualcuno avesse cercato di rubargli il merito. Il sospettato aveva reso assolutamente chiaro che questi crimini erano solo suoi uccidendo qualcun altro mentre Harry era rinchiuso.

«Chi era la vittima?» chiese, sedendosi con cautela sul letto.

«Non sono sicuro. Ma non è nessuno a cui sei vicina. L'ho chiesto».

Maggie incastrò il cellulare tra la spalla e l'orecchio e si infilò i pantaloni - era sveglia da cinque minuti e le sue gambe erano già stanche. Il silenzio si prolungò. «Continua. Per favore. Sono troppo stanca per le stronzate. Devo andare al distretto?» Poteva dare loro un profilo ovunque. A meno che... «Reid ha già portato Harry in sala interrogatori?» Doveva affrettarsi. Se l'assassino non aveva convinto Harry a confessare, e sembrava che non l'avesse fatto, parlare con l'uomo non li avrebbe aiutati a risolvere questo caso. Ma non voleva che nessun altro gli parlasse prima che arrivasse lei.

Un'altra pausa. Maggie allungò la mano per accendere la lampada, sbattendo le palpebre alla improvvisa luminosità. «Tristan? Ci sei?»

«Non parlerai con Harry. Folsom si è suicidato nella sua cella ieri notte».

Maggie si bloccò con le dita sul bottone dei pantaloni. «*Cosa?*»

«Sì, Reid è un po' nel panico. Quando hanno trovato il corpo, i superiori hanno pensato che forse il caso fosse chiuso; che tu l'avessi respinto durante l'interrogatorio, e lui avesse deciso di scegliere la via più facile. Ma con un altro omicidio la scorsa notte, questo non ha più senso. Ovviamente».

Maggie si allacciò il bottone dei pantaloni con le dita intorpidite, ma il petto le bruciava. I superiori stavano cercando di incolpare lei per Harry? Si incolpava da sola per ogni tipo di cosa, ma questo non significava che gli altri potessero farlo. «Non gli ho dato alcun motivo di pensare che lo stessi respingendo. Se non altro, l'ho validato. Non mi avrebbe detto nulla altrimenti. Semplicemente non riesco a immaginare che lui... abbia fatto questo». Ma poteva - aveva tentato il suicidio dopo aver ucciso la sua ex. Era sempre stato depresso, consumato dal senso di colpa. Traumatizzato dal suo passato.

«Ehi, non ti sto incolpando. O qualche manipolatore di alto livello ha convinto Harry ad avvolgere quel lenzuolo intorno al collo, o Harry ha fatto quella scelta per un altro motivo. Ma nessuno è entrato in quella cella e l'ha ucciso - hanno le registrazioni di sicurezza. Se vuoi guardare la cella fuori dalla porta mentre si stava soffocando...»

No, non voleva guardare quello. Era sufficiente sapere che l'aveva fatto di sua spontanea volontà. Maggie infilò i piedi nelle scarpe, le mani tremanti. Avrebbe dovuto prevederlo, ma il suo scopo al distretto non era valutare l'intenzione suicida; era valutare Harry per i suoi istinti omicidi. Aveva fatto quest'ultimo, aveva sospettato che fosse innocente di quei crimini, ma non l'aveva tirato fuori da quella cella in tempo.

Maggie si diresse verso la porta, lasciandola chiudere dietro di sé - chiusura automatica. Bene. Il corridoio era vuoto, immerso in ombre nebulose. La pattuglia sarebbe stata nel parcheggio, ma dov'era la guardia?

«Mentre ti ho in linea, volevo parlare rapidamente dei regali».

Si affrettò lungo il corridoio e nell'atrio di collegamento, la luce grigia dell'alba rendeva il tubo di vetro nebbioso. Poteva vedere il parcheggio da qui - l'auto della pattuglia era parcheggiata accanto alla sua Sebring. Una Caprice questa volta, non una Mustang, quindi avevano scambiato i turni a un certo punto. Probabilmente la stessa cosa era successa alla guardia.

«Mi dispiace tanto, Tristan. Sono stata una stronza. Avrei dovuto semplicemente chiederti invece di presumere-»

«Non mi preoccupo di questo. Ma la persona che ti sta cercando sembra sapere molto della tua storia. Inizialmente, pensavano che l'assassino potesse essere stato innescato dai recenti servizi giornalistici. E ora...»

Maggie spinse la porta in fondo al corridoio. Era bloccata. Chiusa a chiave. Colpì la porta con la mano aperta e sbirciò attraverso la piccola finestra nell'acciaio. Nessuno nella hall. Nessuna infermiera. «Questa storia dei regali è iniziata prima che fossero trovate le ossa di mio fratello, prima delle notizie sui giornali. Quindi quella teoria è fuori discussione». Bussò di nuovo alla porta, e ancora, ma nessuna risposta dalla postazione infermieristica, nessuno alla postazione. *Mah*. C'era un pulsante da premere? Esaminò l'area intorno allo stipite della porta. Niente. Il muro alla sua destra era di intonaco verde liscio. Ma a sinistra... c'era un pulsante di emergenza. Era questa un'emergenza?

La sua camicetta le si appiccicava alla schiena.

«Giusto», disse Tristan. «E con i regali sentimentali, l'aquilone e così via... questo fa pensare a qualcuno che conosce la situazione dall'interno. I regali di Kevin non facevano parte di *nessuna* notizia, né allora, né di recente, l'ho verificato. Questo assassino è qualcuno che sa più di quanto dovrebbe, o da te, o da Kevin stesso».

Ah, capiva dove voleva arrivare, ma faceva fatica a concentrarsi; essere intrappolata in questo tubo le faceva sudare il collo. Era diventato più caldo qui dentro? Si sforzò di dire: «Pensi che sia qualcuno che conosceva Kevin? Forse qualcuno che pensava di poterlo sostituire?»

«Forse».

E ora... l'assassino si stava frustrando perché non stavano ancora insieme quasi due anni dopo il fatto. Ma se fosse stato così, perché nessuno l'aveva corteggiata? Nell'anno successivo alla morte di Kevin, nessuno tranne Reid aveva cercato di uscire con lei. Beh, e Tristan stesso. Aggrottò le sopracciglia. L'assassino avrebbe dovuto cercare di avvicinarsi a lei dopo la morte del suo ragazzo, e invece aveva solo... lasciato scatole sul suo portico? Cosa le sfuggiva?

«Ehi, Maggie?»

«Scusa, sono bloccata in questo corridoio, e...»

«Cosa? Dove?»

«Io...» La porta ronzò. Si aprì. L'aria dall'altra parte era deliziosamente dolce; il formicolio lungo la sua schiena si placò. Un infermiere sporse la testa sopra il bancone, salutò con la mano, poi si risedette. «Falso allarme», disse Maggie.

«Non credo che abbiamo abbastanza allarmi, onestamente». La voce di Tristan era dolce ma seria. «Chiunque sia questo tizio... non si accontenterà a lungo di imitazioni. Voglio assumere più sicurezza».

«Il capo di Reid è piuttosto restio a questo. E preferirei avere pattuglie per la mia famiglia. I miei amici». Le si rizzarono i peli sulla nuca: l'irritazione le graffiava la gola. Persino i suoi passi attraverso la hall suonavano arrabbiati. Quante altre volte si sarebbe trovata in questa posizione? Quante altre volte avrebbe dovuto guardarsi le spalle perché qualcuno ce l'aveva con lei o con le persone a cui teneva? E... avrebbe protetto la donna che aveva ucciso suo fratello? Sembrava di sì. Poteva non voler parlare con Alex, ma non poteva permettere che la donna fosse colta alla sprovvista da un assassino.

«Se ti dico che mi occuperò io della sicurezza, mi urlerai contro per averti fatto dei regali?»

Non questa volta, amico. «Accetterò la tua sicurezza privata e te ne sarò eternamente grata. Soprattutto perché hai fatto bruciare la mia DeLorean fino a ridurla in cenere».

«Anche la tua casa».

«Chiederò un favore più tardi per quello», disse, finalmente uscendo dall'edificio, nella mattinata nebbiosa. La portiera del conducente della Caprice si aprì, rivelando un poliziotto magro con una barba arancione sottile. L'agente le fece cenno di avvicinarsi, presumibilmente per dirle dove stavano andando.

Tristan ridacchiò nel suo orecchio. «Ci conto».

CAPITOLO 17

Owen e Sam avevano caricato le ultime scatole nella sua auto la sera prima, riempiendo il sedile posteriore e il bagagliaio. La sensazione di compressione che ne risultava era confortante. Con le scatole stipate dietro la fila anteriore, poteva essere certa che nessuno si nascondesse nel sedile posteriore. Nessun assassino era nascosto nel suo bagagliaio pronto a balzarle addosso quando avrebbe parcheggiato.

Anche la presenza degli agenti era benvenuta: il Capitano Barba Arancione e il suo partner Bulldog Basso erano un balsamo in una mattinata altrimenti stressante. Ma il fatto di avere una scorta a tempo pieno significava che il capo aveva avuto un ripensamento, e lei era abbastanza sicura di saperne il motivo: era un'esca. Se tutto questo riguardava lei, non sarebbe passato molto tempo prima che il sospetto si stancasse dei sostituti e venisse a cercare la vera preda.

Ma non aveva previsto che si sarebbe diretta sulla scena di un crimine. Maggie andava solo occasionalmente sulle scene del crimine, solo occasionalmente vedeva i corpi di persona. Quando Reid aveva bisogno di discutere un profilo con lei, veniva nel suo ufficio, o si incontravano al bar.

In cosa si stava imbattendo? Tristan aveva detto che la vittima non era qualcuno a lei vicino, ma era qualcuno che conosceva? Qualcuno che aveva incontrato?

L'indirizzo era un bungalow sul lato est di Fernborn con una staccionata bianca che rifletteva i lampeggianti rossi e blu con una nitidezza mozzafiato. Maggie parcheggiò più avanti sulla strada dove gli agenti le indicarono e si incamminò lungo la via verso la casa. La sua camicia era appiccicosa sotto le ascelle. Si strinse la giacca a quadri intorno per nascondere l'eventuale odore; non riusciva più a sentirlo. Almeno il profumo di petrichor nell'aria era pungente, le pesanti nuvole scure gravide di pioggia.

Reid era in piedi al cancello a destra del vialetto su un sentiero lastricato che presumibilmente conduceva al cortile sul retro. Si strofinò la tempia sinistra con l'indice, poi guardò verso di lei mentre marciava su per il vialetto.

«Hai pazienti oggi?» le chiese mentre saliva sul sentiero. «Se è così-»

«Owen li ha disdetti per me.»

Lui abbassò la mano dalla testa. «Oh. Bene.»

Non ottimo, però, dato che questo caso stava minacciando il suo studio privato. Quale cliente voleva uno psicologo soggetto a cancellazioni? E se i suoi pazienti più paranoici avessero scoperto che doveva disdire perché qualcuno stava *uccidendo le persone intorno a lei*, tanto valeva dire addio alla sua attività.

«Nessuna impronta estranea sulle scatole», disse Reid. «Niente sui regali stessi. Il nostro tizio è prudente.»

Beh, ovvio. La stava seguendo, lasciando regali da quasi due anni, e nessuno l'aveva visto. «Chi è la vittima, Reid? Chi è morto?»

Lui incontrò il suo sguardo, le sue iridi ambrate offuscate dal grigio spesso del cielo. Fece un gesto verso il cancello. «Dopo di te.»

Il suo cuore era una palla compatta di roccia fusa, ma raddrizzò le spalle e attraversò il cancello. *Che cosa significava tutto questo mistero?* Le pietre erano irregolari, rosse, arancioni e grigie in un motivo casuale che avrebbe potuto essere buono per giocare a campana. La maggior parte del cortile era nascosta alla vista dalla casa in mattoni rossi. Maggie superò il tubo dell'acqua, poi una carriola rovesciata, e girò l'angolo nel cortile sul retro.

I tecnici della scientifica avevano già delimitato un perimetro con il nastro, alcuni di loro accovacciati nell'erba, freneticamente alla ricerca di prove prima che arrivasse il temporale. La vittima era distesa a stella sull'erba, prona, con il viso rivolto verso le nuvole. L'erba intorno alla sua testa era di un brillante color bordeaux, lo spruzzo si estendeva per diversi metri sulla destra. Il suo viso era coperto da una maschera nera, dalla fronte al mento. Solo gli occhi e le labbra erano visibili.

Conosceva quella maschera. *Merda.*

«Qualcuno... del club?» chiese. L'uomo con cui era stata prima di Joel? L'uomo che aveva rifiutato per stare con Joel?

«Non ne siamo sicuri», disse Reid. «Il, uhm, resto di lui ti sembra familiare?»

Aggrottò la fronte. Indossava una camicia a quadri e una canottiera sotto - l'intero look da boscaiolo non sarebbe stato adatto al club. «È un po' più basso degli uomini che tendo a scegliere.» Anche se sicuramente sarebbe sembrato diverso in piedi. Forse le sarebbe sembrato familiare se l'avesse cavalcato.

Lei *non* l'avrebbe cavalcato.

Reid indicò qualcosa alla sinistra del cadavere, che brillava opaco nell'erba. Una... punta da trapano? Coperta di sangue. L'arma del delitto.

Il loro assassino era certamente creativo. «Ama il brivido - l'eccitazione», disse Maggie, fissando la punta appiccicosa, scura di sangue che si coagulava. «Trovare oggetti che potrebbe usare per il colpo mortale, l'incertezza della scena... si sta divertendo. Non è solo un mezzo per raggiungere un fine.» Si stava gustando ogni momento del processo, assaporando quello che immaginava essere il risultato finale.

Cosa sarebbe successo se non avesse ottenuto ciò che voleva? Niente di buono.

Reid annuì. «Questa volta abbiamo un testimone, ha sorpreso l'assassino mentre stava mettendo la maschera alla vittima. Il nostro sospetto è alto e con le spalle larghe, proprio come hai descritto il tuo... partner abituale al club.»

Degluttì a fatica. «Il testimone ha visto il suo viso?»

«No. Indossava anche lui una maschera. Ha detto che era lucida, come pelle.»

Come qualcosa che avrebbe indossato al club. Ma non era solo quello; era quasi certa che l'uomo a terra indossasse la maschera del suo amante. Se il sospetto aveva quella maschera in suo possesso... era stato con lei. Stava scopando l'assassino. Giusto?

Il suo stomaco si rivoltò, acido e nauseato. Le stava mandando regali, era riuscito a entrare nel club, e quando aveva scelto Joel al posto suo, aveva perso il controllo e aveva iniziato a uccidere. Ma come aveva fatto a farsi scegliere da lei? Come aveva potuto essere così stupida?

Forse ha rubato la maschera, Maggie. Ma non ci credeva. Nemmeno un po'. Qualcuno così ossessionato avrebbe fatto qualsiasi cosa per avvicinarsi a lei, e il club era l'opportunità perfetta. Non c'era da meravigliarsi che fosse stato soddisfatto senza avvicinarsi a lei nella vita reale.

Reid la stava ancora osservando, ma invece di commentare il club o le maschere o persino il testimone, si schiarì la gola e disse: «È stato morso come Joel?»

Reid scosse la testa.

«Ci sono numeri intorno a lui? Incisi su di lui?»

«Non che abbiamo visto.»

Aggrottò le sopracciglia guardando il terreno, i piedi nudi della vittima; non vide segni di morsi o numeri, ma indossava troppi vestiti per esserne certa. E se un testimone avesse interrotto il sospetto, era improbabile che avesse completato il suo processo. «Potrebbero esserci ancora dei numeri. Su un pezzo di carta nella gola, una cifra inchiostrata sotto i testicoli...»

Reid trasalì. «I suoi testicoli?»

«Ok, probabilmente no, visto che è stato interrotto.» Stava per lo più temporeggiando, lo sentiva. Perché finché stavano facendo ipotesi sul resto del caso, non dovevano togliere quella maschera per vedere come fosse collegato a lei.

Se lo conosceva.

Come se le avesse letto nel pensiero, Reid disse: «Il nome Yuri Baladin ti dice qualcosa?»

Lei tirò su col naso, iniziò a scuotere la testa, ma *in effetti* le suonava familiare. *Yuri... Yuri...* «Penso di conoscere quel nome dal villaggio per pensionati.» La guardia di sicurezza, giusto? *Che non c'era questa mattina.*

«Esatto. Lavorava nel posto di tuo padre. Era un membro del club?»

Lei fissò il suo corpo. «L'ho appena conosciuto ieri sera. Non credo di essere mai stata... sai. *Con* lui.»

«Ma non puoi esserne sicura, vero?» Le sue parole erano dolci, forse un po' imbarazzate - odiava dover chiedere. «Voglio dire, hai detto che è più basso, ma...»

«La sua uniforme da guardia di sicurezza era più attillata della camicia che indossa ora. Quindi sì, ne sono sicura. Preferisco uomini alti e muscolosi.» *Come te, Reid, tu alto bicchiere d'acqua.*

Reid inarcò un sopracciglio - l'aveva detto ad alta voce? - ma poi lei abbassò di nuovo lo sguardo sul corpo, e il suo stomaco si contorse. Quest'uomo era morto, e tutto ciò che provava era sollievo per non averci dormito prima.

«Perché lui?» sussurrò praticamente. «Non credo nemmeno di aver parlato con Yuri ieri sera.» Non gli aveva nemmeno detto ciao, vero? *Wow, che stronza, Mags.* «È morto solo per dimostrarci che Harry era innocente?»

Reid socchiuse gli occhi, poi annuì quando realizzò. «Ah, aveva bisogno di un altro corpo, perché Harry gli aveva rubato la scena.» Gli occhi di Reid tornarono sull'erba. Sulla punta del trapano insanguinata.

Maggie seguì il suo sguardo. Doveva almeno questo a Yuri - doveva guardarlo. Vedere cosa aveva fatto la sua breve connessione periferica con lei.

«L'assassino è ovviamente forte», cominciò. L'erba insanguinata si illuminò da un bordeaux fangoso a un cremisi vivace - i tecnici stavano scattando foto. «Alto e in salute, basandoci sul tipo di uomini che attacca. Maschio bianco, tra i trenta e i quarant'anni, come abbiamo discusso prima. Tendenze narcisistiche - il mondo ruota intorno a lui. Non sposato. Intelligenza superiore alla media. Poiché colpisce di notte, probabilmente ha un lavoro diurno, ma uno che gli permette un certo grado di libertà fisica. Forse lavora in proprio, o qualcuno che lavora da casa con poca supervisione. Probabilmente un lavoro modesto - impiegato al di sotto delle sue capacità, il che lo lascia frustrato e arrabbiato. Poiché non sposta le vittime dal luogo in cui le uccide, non ha bisogno di un furgone o di un trasporto speciale. Ma possiede sicuramente un veicolo. Desidererebbe quel livello di libertà per andare e venire dalle scene del crimine. Non rischierebbe di prendere i mezzi pubblici o un Lyft.» Alzò gli occhi dal corpo. «E vive qui.»

«Qui?» disse Reid. «A Fernborn? È una città piuttosto piccola perché un assassino si aggiri tra noi.»

Ma lo sapeva meglio di così. Gli assassini si nascondono ovunque. Alex viveva qui, aveva passato ogni weekend con Maggie per vent'anni, e Maggie non aveva idea che la donna avesse ucciso suo fratello.

«Anche se vive altrove, la maggior parte dei serial killer ha un punto di ancoraggio.» La sua voce aveva assunto una qualità metallica che corrispondeva all'odore di rame nell'aria. «La sua zona di comfort potrebbe essere persino la casa di un parente. Ma ti garantisco che ha un posto da cui può osservare il mondo intorno a lui, dove può sorvegliare quelli nella sua lista e familiarizzare con ogni luogo di cui potrebbe aver bisogno per completare il suo obiettivo.»

«E qual è il suo obiettivo?» chiese Reid. «Solo... corteggiarti?»

Corteggiare? Gli anni Quaranta hanno chiamato - vogliono indietro il loro gergo. «Ho alcune idee, ma non conosco ancora il suo fine ultimo. Non con certezza.» A dire il vero, non voleva sapere il tipo di fine che stava immaginando - i dettagli avrebbero potuto farle perdere il coraggio. I suoi occhi tornarono sull'erba insanguinata.

«Potremmo essere in grado di identificare quel luogo centrale», disse Reid. «Andiamo.»

Lei alzò lo sguardo, sorpresa, ma Reid si stava già girando sui tacchi, dirigendosi verso il sentiero di ciottoli. Lo seguì in fretta, felice di allontanarsi dal corpo. Lontano dal sangue di Yuri. *Povero Yuri.* Chi sarebbe morto ora se Yuri non fosse stato di turno la scorsa notte?

Ma non aveva tempo di considerare questo. Quando arrivò alla base del vialetto, Reid stava già entrando nello sportello del passeggero del suo Bronco. Tornò con una mappa cartacea; non ne vedeva una del genere da anni. Maggie si chinò sul cofano mentre lui prendeva un pennarello dal cruscotto.

«Il primo omicidio di cui siamo a conoscenza, Cara Price, è avvenuto qui.» Fece un segno all'angolo tra Avalon e Henrietta. «Poi c'è stato Joel Oliver, nel suo garage... qui.» Un altro segno. «E ora, Yuri Baladin.»

Lei aggrottò le sopracciglia. «Un triangolo non è esattamente un bersaglio.»

Reid aveva già la punta della penna puntata su un punto al centro del triangolo. «Cosa c'è in questo angolo?»

Maggie fissò il suo pennarello e si irrigidì. Sì, conosceva bene quell'angolo. Era lì che si trovava il club.

Sembrava che Reid lo sapesse già, perché disse: «Ho bisogno di una lista degli uomini con cui sei stata.»

Dev'essere bello avere una ragione legale per chiedere alla tua ex il suo numero di partner. «Te l'ho già detto, è anonimo per definizione. Non conosco i loro nomi - non li ho mai conosciuti.»

«Ma qualcuno deve pur gestire quel posto», ribatté lui. «Ci sono andato - non c'era anima viva. Tutto chiuso ermeticamente. Ma ci deve essere un modo per contattarli. Hai detto che è esclusivo e sicuro. Devi avere un modo per presentare certificati medici e test per le malattie sessualmente trasmissibili.»

«Assolutamente.» La voce era bassa e non era di Reid;

nemmeno sua. Si voltarono entrambi per vedere Tristan che si avvicinava all'auto. «È tutto nel dark web. Non rintracciabile.» Tristan si appoggiò alla griglia di Reid. «E non ci sono telecamere di sorveglianza nelle vicinanze - nessun modo efficace per tracciare chi entra o esce da quel parcheggio. Probabilmente è il motivo per cui hanno scelto quell'angolo antiquato per una festa così bollente.»

Maggie studiò il suo viso. «Sembri saperne molto al riguardo», disse lentamente.

«Non più di te». Le fece l'occhiolino.

La sua mascella si serrò; lanciò uno sguardo fulminante a Reid, poi si voltò di nuovo verso Tristan. «Reid te l'ha detto, eh?» Ovviamente l'aveva fatto. Questo tipo di infiltrazione tecnologica era esattamente il motivo per cui avevano assunto Tristan.

Ma Tristan scosse la testa. «So di quel posto fin dalla settimana in cui ci siamo conosciuti».

La sua mascella cadde. Anche quella di Reid, anche se sicuramente per altri motivi. Qualunque cosa Tristan sapesse del club, di lei, non l'aveva detto al suo fratellastro.

«Mi hai... spiato?» balbettò. E pensare che si sentiva in colpa per essere stata scortese riguardo ai regali, che aveva erroneamente supposto che lui stesse oltrepassando i limiti. Si era scoperto che lo aveva fatto... solo non quelli che lei conosceva.

Tristan scrollò le spalle. «Sapevi che avevo tracciato il tuo cellulare quella settimana. E sapevi perché: dovevo assicurarmi che fosse sicuro parlarti. Non è che ti stia giudicando. Non sono un mostro moralizzatore». Lanciò un'occhiata rapida a Reid. Accusatoria.

«Non posso credere...»

«Sì che puoi», disse Tristan. «Ma possiamo rimandare la ramanzina a dopo? Ora abbiamo questioni più importanti da discutere di un club insignificante che serve solo

per divertirsi. Questa è una questione di vita o di morte».
Tirò fuori il cellulare dalla tasca.

«Che sta succedendo?» disse Reid nello stesso
momento in cui Maggie forzò fuori: «Qualcun altro si è
fatto male?»

Tristan strinse le labbra. Non rispose.

Il che era una risposta sufficiente.

CAPITOLO 18

La prima goccia di pioggia colpì la mappa nel silenzio che seguì la domanda di Maggie - *Qualcun altro si è fatto male?* - come se volesse che Tristan rispondesse. Lui guardò il cielo, strizzò gli occhi, poi parlò.

«Sono sicuro che il tuo fidanzato non sia finito giù da quel ponte a causa di una ricaduta dovuta all'alcol», disse Tristan. «In effetti, non credo abbia avuto alcuna ricaduta».

L'aria umida pesava sulle sue spalle, il picchiettio della pioggerellina stava sbavando il segno di Reid. Reid raccolse la mappa e fece cenno verso il suo Bronco. Maggie seguì il suo gesto, camminando intorno all'auto, ma si sentiva come se si stesse muovendo attraverso della farina d'avena.

Tristan aveva ragione? Quella statuetta di Ernie era rivelatrice - l'omicidio era certamente una possibilità. Forse sperava persino che fosse vero se questo avesse tolto la responsabilità da lei. Ma l'idea che non avesse avuto una ricaduta... No. Era impossibile.

«Kevin *ha avuto* una ricaduta», disse, scivolando nel

sedile del passeggero anteriore. Tristan salì dietro. «Era ubriaco. La polizia aveva i rapporti del medico legale».

«Lo so», disse lui. La portiera posteriore sbatté; un tuono esplose nel cielo come per enfatizzare le sue parole. «Ma ho ripercorso i passi di Kevin quella notte, ho esaminato ogni telecamera di sorveglianza che ho potuto trovare, ho controllato l'uso delle sue carte di credito. Non sono riuscito però a ottenere il GPS dal telefono».

Maggie si girò nel sedile per guardare Tristan, ma Reid si era già sporto per rimettere la sua mappa nel vano portaoggetti. La sua testa urtò contro la spalla di lei, il suo respiro caldo sulla manica. «Scusa», mormorò Reid. Probabilmente era più dispiaciuto di essere così vicino alla sua ascella.

Maggie si ritrasse per dargli spazio, poi disse a Tristan: «Kevin non aveva uno smartphone. Solo un vecchio cellulare a conchiglia».

«Non ho bisogno di quello per dimostrare il mio punto». Tristan scrollò le spalle. «Al ristorante, mi hai accusato di intromettermi in uno scherzo privato tra te e Kevin. Penso che il nostro sospetto stia cercando di essere come Kevin. Cercando di... sostituirlo».

«Questo non significa che abbia dovuto uccidere Kevin», disse lei. «Non ho ricevuto regali prima che Kevin morisse. Con quella tempistica in mente, avrebbe senso se avesse visto l'incidente di Kevin come un'opportunità». Ma la statuetta di Ernie - le aveva dato la statuetta.

Tristan si schiarì la gola. «Ho passato molto tempo ieri notte a esaminare i rapporti del caso sull'incidente di Kevin. Non c'erano segni di frenata sul ponte; ufficialmente, si è ubriacato e si è addormentato. Nessun segno di gioco scorretto».

Tutte cose che già sapeva. Aveva sempre sperato che

fosse stato un incidente. Aveva sempre sospettato che avesse preso la decisione di guidare oltre il bordo.

«Quando Kevin aveva una ricaduta, come si comportava di solito?»

Lei aggrottò le sopracciglia. «Scusa?»

«Sarebbe andato in un bar quella notte prima di guidare verso il fiume?»

Anche Reid stava guardando Tristan ora, il suo corpo girato sulla sedia, il viso grave.

«No. Beveva da solo. Era... un motivo di vergogna per lui. Sarebbe andato in un negozio di liquori».

«Sai quale?»

«Per quanto ne so, non ne aveva mai uno preferito», disse lei. «Uno vicino».

«È quello che pensavo», disse Tristan. «Ma la notte in cui Kevin è morto, non ha fatto un singolo acquisto con la sua carta di credito per alcol o per qualsiasi altra cosa. Nulla tranne un fioraio locale più presto durante il giorno».

La sua cassa toracica si contrasse. Le aveva regalato fiori di campo quando le aveva fatto la proposta. Erano rimasti sul bancone per settimane dopo la sua morte, i petali che cadevano come lacrime, spargendosi sulle piastrelle di porcellana in cucina.

«Probabilmente ha pagato in contanti».

Tristan socchiuse gli occhi. «Lo faceva spesso? Non si è fermato a un bancomat. E c'erano addebiti in negozi di liquori dall'anno precedente, presumo dall'ultima volta che ha avuto una ricaduta. Ha usato una carta allora - non ha cercato di nasconderlo».

No, non l'aveva fatto; era tornato a casa piangendo e le aveva detto esattamente cosa aveva fatto. Come aveva sempre fatto.

Reid e Tristan la stavano guardando entrambi come se

volessero qualche ulteriore informazione, ma lei non era sicura di cosa dire. *Forse ha deciso di nasconderlo questa volta perché pensava che il suo alcolismo fosse il motivo per cui avevo detto no alla sua proposta di matrimonio.* Era vero, ed era rilevante, ma la sua gola era come una minuscola cannuccia - non c'era spazio per l'aria.

«Inoltre, il suo tasso alcolemico era dello 0,25», disse Tristan.

Lei sbatté le palpebre. Il medico legale le aveva detto che Kevin era ubriaco, ma Maggie non aveva chiesto un numero preciso. Per un alcolista in via di recupero, che non aveva bevuto per più di un anno prima di fare la proposta, quel livello lo avrebbe reso incapace di guidare. Sarebbe stato incosciente prima di mettersi al volante. Diamine, avrebbe potuto morire solo per l'alcol a quel livello. «Non può essere giusto».

«Lo è. L'ho controllato tre volte». Tristan annuì. «La mancanza di segni di frenata significa che non ha nemmeno provato a rallentare. Ma con quel tasso alcolemico, non credo che sarebbe arrivato al ponte da solo».

«Gli agenti intervenuti hanno supposto che fosse parcheggiato vicino al ponte», disse Reid. Lei lo guardò, ma lui si era spostato indietro nel suo sedile, parlando al parabrezza come se non potesse sopportare di guardarla. «Hanno pensato che si fosse ubriacato lì, e in un singolo momento di semi-lucidità, avesse cercato di guidare verso casa finendo invece nel fiume».

Osservò i muscoli della sua mascella lavorare - stava digrignando i denti. *Mh.* Sapeva molto del caso di Kevin. L'aveva rivisto solo di recente, o l'aveva esaminato... prima?

Anche Tristan si voltò verso Reid, come se si fosse appena ricordato che era lì. «La scientifica ti ha già chiamato per la statuetta?»

Reid scrollò le spalle. «Potrebbero averlo fatto, ma sono qui sulla scena del crimine dall'inizio di questa mattina».

«Allora, aspetta di sentire questa», disse Tristan, sporgendosi in avanti, gli occhi che brillavano - eccitato. Faceva male al petto di Maggie. «Non c'era menzione di una statuetta nei rapporti sull'incidente. Niente di strano - non è qualcosa che qualcuno avrebbe saputo di dover cercare. Inizialmente, pensavo che qualcuno l'avesse rubata dalla riva del fiume dopo che avevano tirato fuori l'auto di Kevin».

«O è stata rubata dalle prove», disse Reid, sedendosi più dritto.

«Giusto. Ma l'analisi forense non ha trovato tracce di acqua di fiume nel giocattolo. Hanno detto che i livelli di certi tipi di alghe sono alti dove l'auto è finita. Avrebbero dovuto trovare residui secchi di quegli organismi».

Il cuore di Maggie si fermò. «Quindi... l'assassino ha preso il giocattolo prima che Kevin finisse nel fiume?»

«Esattamente. Se riusciamo a ripercorrere i passi di Kevin, capire quando l'assassino l'ha rubato-»

«L'ha preso quella notte», disse lei. «Doveva essere quella notte. Ernie era lì quando Kevin è andato via da casa in macchina». Aveva guardato quel giocattolo mentre Kevin sfrecciava giù per il vialetto dopo che lei l'aveva respinto. L'aveva visto oscillare finché non era scomparso alla vista. E non l'aveva regalato. Aveva occupato un posto speciale sul cruscotto di ogni auto che aveva posseduto da quando erano adolescenti. Una volta, la molla si era rotta, e lui aveva pagato sessanta dollari per farlo riparare invece di comprarne uno nuovo per venti.

A meno che non avesse finalmente... rinunciato a lei e l'avesse gettato dal finestrino.

Tristan si appoggiò contro il sedile. Reid aggrottò la

fronte guardando suo fratello nello specchietto retrovisore, ma non disse nulla. Maggie si limitò a fissarlo.

Questo bastardo aveva assassinato Kevin - aveva ucciso l'uomo che amava per arrivare a lei.

Aggiungi pure Kevin alla lista, Maggie, insieme a Cara, Joel e Yuri. Non potevi fermarti ad Aiden e Dylan, eh?

Il suo stomaco si contrasse. La bile le salì in gola. Sentiva che avrebbe potuto vomitare. Maggie premette il pulsante per abbassare il finestrino e mise la faccia sotto la pioggia, le gocce come aghi sulla guancia.

«C'era probabilmente un numero su Kevin da qualche parte - un numero *1* sarebbe sembrato un graffio». Riconosceva a malapena la sua stessa voce; la pioggia le entrava in bocca. E i regali erano iniziati circa sei mesi dopo la morte di Kevin, subito dopo aver conosciuto Reid e Tristan. L'assassino deve aver pensato che con Kevin fuori dai giochi, avrebbe potuto portare le cose al livello successivo. Il club aveva soddisfatto quel prurito finché lei non aveva scelto qualcun altro. E ora... gli omicidi. Per moderare la sua rabbia finché non avesse trovato un nuovo modo per arrivare a lei.

«Questo tizio ha cercato di avvicinarsi a te attraverso il club, ma proverebbe anche a entrare nella tua lista di pazienti?» La voce di Reid sembrava distante. Aveva l'acqua piovana nelle orecchie. «Nel tuo studio, avrebbe la possibilità di vederti da vicino, farti parlare-»

«Esaminerò i miei fascicoli. Ma se sa qualcosa di me, non crederebbe che io possa frequentare un paziente. Fissare un appuntamento è il modo più veloce per farsi cancellare dalla lista dei potenziali pretendenti».

«Sì, posso confermarlo», scherzò Tristan. Reid si irrigidì.

Maggie ritrasse la testa all'interno dell'auto; la pioggia le gocciolava dal mento sul petto. Aveva bisogno di una doccia. «Voglio che i miei amici siano sotto protezione», disse a Reid.

Tristan sbuffò. «Ho già assunto la sicurezza, ma potrebbero aver bisogno di rinforzi. Sammy mi ha già chiamato e mi ha fatto il culo. Penso fosse incazzato perché il capo non ha voluto assegnare un'unità - a proposito, ancora non vuole farlo. Ho mandato i miei uomini a sorvegliare i suoi figli al campo estivo mentre lui e Imani lavorano in tribunale. Almeno quell'edificio dovrebbe essere sicuro».

«E Alex?» chiese Maggie.

«Ha rifiutato».

La mascella di Maggie cadde, e Tristan alzò le mani. «Non sparare al messaggero. Ha detto ai miei uomini di andare a proteggere te, poi è sgattaiolata via dal retro».

Dannazione. Era una sorta di scusa contorta? Senso di colpa? Autopunizione? Ce n'era parecchia in giro.

«Giuro, è come se tu e i tuoi amici steste tentando il destino per... beh». Reid si schiarì la gola. «Farò un'altra chiamata. Ma ho già parlato con i pezzi grossi, e il capo non pensa che i tuoi amici siano in pericolo visto che nessuno di loro è stato ferito o minacciato. Mi hanno dato solo un'unità extra - per te. È tutto». Si voltò verso di lei. «Se l'assassino sta cercando di corteggiarti, farebbe davvero del male alle persone che ami?»

«Ha ucciso Kevin».

«Kevin era d'intralcio. E hai detto di no alla proposta di Kevin. Forse pensava di aiutarti ad andare avanti».

Il suo petto si contrasse, ma si sforzò di emettere un rauco «Forse». Ma di nuovo, non poteva esserne certa. Il modus operandi dell'assassino era imprevedibile, e chi poteva dire che non si sarebbe sentito minacciato da uno dei suoi amici? E se fosse riuscito a conquistarla, e i suoi amici avessero deciso che non gli piaceva? Sarebbero stati praticamente morti. A meno che non fosse riuscita a identificare l'assassino per prima.

Dovevano trovarlo per primi.

«Penso che sia necessario organizzare un incontro», disse lentamente. «In un luogo pubblico. Chiamerò Sammy e Imani, Owen, Alex» - *Alex l'assassina del fratello* - «e li riunirò tutti in un unico posto, così potrete tenerli d'occhio contemporaneamente». Era più sicuro così, giusto? Dividersi era sempre più pericoloso.

Tristan annuì. «Almeno Alex non riuscirà a eludere i miei uomini con tutti gli altri presenti».

«Chiamerò anche l'ospedale», disse Reid. «So che vogliono dimettere tuo padre, ma se accetteranno di prolungare il suo ricovero, potremo mettere la sicurezza alla porta».

«Va bene». Incrociò le braccia. «E voglio andare sotto copertura. Voglio tornare al club».

Questa volta, sia gli occhi di Tristan che quelli di Reid si spalancarono. «Cosa hai detto?» disse Reid.

«E se fosse lì? Se riuscissi a prenderlo semplicemente presentandomi?»

«È troppo pericoloso, Maggie». Reid scosse la testa, il viso teso dalla preoccupazione. «Questo non è un gioco».

No, certo che no. La roulette russa aveva un numero di vittime inferiore. «Il club è esclusivo», disse, cercando di mantenere la voce calma. «Ci vuole tempo per essere approvati. Un agente non sarà in grado di farlo. E quel club è l'unico posto in cui sappiamo che ha frequentato. Sappiamo che l'ha usato per scegliere le vittime in passato».

Tristan sorrise. «Io ci sto. Ho sempre voluto andarci».

Lei alzò gli occhi al cielo. Il suo braccio era bagnato, la pioggia batteva contro la manica; anche l'interno della portiera di Reid era bagnato. «Ho appena detto che ci vuole tempo-»

«Sono un membro. Non ho una maschera, ma posso procurarmene una in un attimo».

Maggie lo fissò. Era *un membro*? Reid si irrigidì, le nocche bianche sul volante. Non aveva dormito con Tristan, doveva credere che l'avrebbe saputo, ma data la natura delle maschere, il fatto che non avesse mai visto il suo petto... e aveva immaginato di sentire il suo odore lì, no? Maggie aveva creduto fosse un trucco della mente, come quando sentiva l'odore di Kevin sugli uomini con cui stava, ma se non lo fosse stato?

«Stai scherzando?» esigette, ma Reid si era già voltato verso di lui, la sua voce più forte del tuono. «Ci sei andato, cercando di fare sesso con-»

Tristan alzò le mani. «Ehi, ehi! Non ci sono *mai* andato, è stata una gaffe anche solo iscrivermi. Ma sono stato approvato, il che è fortuito. Posso fingere di essere il tuo compagno temporaneo. Far sì che l'assassino venga dietro a me. E Reid qui può fermarlo». Indicò col pollice suo fratello.

Maggie voleva urlargli contro, e non era nemmeno sicura del perché - la questione dei confini? Forse. O solo frustrazione. Erano un team disfunzionale, ma in qualche modo Tristan era sempre l'unico in grado di aiutarla. La faceva sentire... intrappolata.

Inghiottì a fatica il nodo che le si era formato in gola e si sforzò di dire: «Stasera. Questo assassino si muove troppo velocemente per aspettare. I mandati e le task force richiedono tempo, troppo tempo. Tristan e io possiamo fare coppia per sicurezza. Non ci attaccherà al club, e non possiamo portare con noi una squadra di poliziotti; non possiamo perdere l'unico posto in cui potremmo essere in grado di attirarlo. Se riusciamo a organizzare la sicurezza per la famiglia di Sammy e per tutti gli altri...»

«Non abbiamo abbastanza uomini», disse Reid massaggiandosi la tempia.

«Sono addestrato all'uso delle armi», disse Tristan. «Mi hai detto che dovevo esserlo, fratello, proprio per questo tipo di opportunità».

«È una cattiva idea».

«È l'*unica* idea, Reid», sbottò lei. «Non posso starmene seduta ad aspettare che uccida qualcun altro. Ma se mi sta osservando, uccidendo le persone con cui vado a letto...» Lanciò un'occhiata a Tristan. «Almeno sappiamo dove colpirà la prossima volta».

«Ha ragione», disse Tristan scrollando le spalle, con una nonchalance inquietante. «Prima un raduno, poi un giro con me in un club per scambisti». Ammiccò, con gli occhi verdi scintillanti. «Sarà una bella giornata, Dottoressa. Per entrambi». Afferrò la maniglia della portiera e scese sotto la pioggia.

Maggie si girò in avanti, osservando Tristan che si allontanava lungo la strada, senza fretta nonostante il temporale. Ma con la coda dell'occhio poteva ancora vedere il viso di Reid, i suoi occhi marroni scuri di rabbia. L'idea che lei andasse in quel club con Tristan aveva evidentemente toccato un nervo scoperto. E mentre Tristan si allontanava, si chiese cosa facesse Reid per sfogare quella rabbia. E cosa sarebbe potuto succedere a quella furia se non avesse fatto nulla.

Sicuramente non avrebbe lasciato che il suo fratellastro morisse per mano di questo assassino, ma dall'espressione sul suo viso, forse lo avrebbe voluto. E una vocina nella sua testa continuava a sussurrare, insistente: *Perché il sospettato non ti ha ucciso, Reid?*

Perché non ti ha ucciso?

CAPITOLO 19

Maggie guidò verso casa in uno stato confusionale, con i tergicristalli che tuonavano avanti e indietro e l'aria all'interno dell'auto densa quanto la tempesta fuori. Kevin era stato assassinato a causa sua. Degli innocenti erano morti a causa sua. E a che scopo? Perché erano stati scelti?

La maggior parte delle vittime non aveva alcun senso.

Non conosceva Cara. Aveva a malapena incontrato Yuri. Joel lo capiva, anche se nessuno sano di mente avrebbe pensato che fosse una minaccia per una vera relazione: era stato un'avventura di una notte. Ma Reid era una minaccia significativa. Perché il detective ne era uscito illeso?

Reid la seguì a casa sua per permetterle di cambiarsi i vestiti, aspettando in soggiorno mentre lei faceva la doccia. Non poteva sopportare di passare più tempo del necessario lì. Metà della casa di suo padre era distrutta: quella era colpa sua, ma non il resto. Le piante nei giardini erano calpestate, i davanzali coperti di polvere per le impronte digitali. Almeno gli agenti avevano rimosso le scatole regalo. Avevano preso il tatuaggio insanguinato. E Ernie.

Quando emerse con i capelli puliti e una camicetta a righe, con un vistoso fiocco appena sotto la gola, il tavolino da caffè era sgombro. La lavastoviglie era in funzione. I polsini della camicia di Reid erano bagnati, ma lui s'infilò la giacca senza dire una parola e tornò fuori sotto la pioggia.

Dannazione. Era caduta così in basso da aver bisogno che un bel detective le lavasse i piatti. Le parole *grazie* le si bloccarono in gola: vergogna che il favore fosse stato necessario. Ma, oh, lo era stato. Aveva bisogno di cambiare... qualcosa. Forse tutto.

Maggie arrivò in ufficio in automatico. Reid aveva ragione sul fatto che doveva rivedere i suoi pazienti, per vedere se qualcuno corrispondesse al profilo. Per quanto fosse irrealistico che uscisse con un paziente, l'assassino non operava nel regno della realtà. Forse immaginava che lei si sarebbe innamorata di lui come sua psichiatra e, quando ciò era fallito, era passato al club del sesso.

Represse un brivido. *Non adesso, Maggie.* Non poteva elaborare completamente la questione del fare-sesso-con-il-nemico finché l'assassino non fosse stato dietro le sbarre.

Maggie salì le scale due gradini alla volta, in massima allerta per altri passi: solo quelli di Reid, che risuonavano dietro di lei. Il suo palmo era umido, la maniglia scivolosa. Spalancò la porta al terzo piano.

Se il sospettato era nel suo schedario, doveva essere qualcuno che aveva trattato prima della morte di Kevin. Un paziente di almeno due anni fa. Quanto tempo ci sarebbe voluto perché una tale ossessione maturasse? Quanto aveva aspettato dopo averla incontrata prima di prendere provvedimenti per attaccare? Era persino possibile che non avesse sentito quella pressione fino a dopo aver smesso di vederla in veste professionale: fino a dopo che non avevano più un collegamento programmato.

Non c'era modo di dirlo. Aveva dimostrato di avere una pazienza eccessiva. E questo era il problema. Aveva così tanti casi da rivedere che non sapeva da dove cominciare.

Owen era in piedi nella sala d'attesa quando entrò. «È pazzesco che stia succedendo di nuovo. Voglio dire... non riesco nemmeno a crederci. Non posso immaginare cosa tu stia passando». Le parole uscirono a raffica come se le avesse trattenute sulla punta della lingua per tutto il giorno.

«Cosa hai sentito esattamente?»

«Reid ha detto... beh, tecnicamente Sammy l'ha detto, ma l'ha sentito da Reid». Reid, che stava ascoltando dal corridoio? Probabilmente al cellulare. Poteva sentire la sua voce bassa che rimbombava attraverso la porta.

Owen scosse la testa come se cercasse di ricomporsi. Lei era sempre stata quella in cerca di emozioni: correndo in macchina, lavorando con assassini, facendo sesso con sconosciuti, vivendo di adrenalina, cercando qualcosa di... extra. Owen era sempre stato più come una coperta per spegnere gli incendi che lei accendeva.

«Sammy ha detto che dovevamo riunirci», disse ora. «La sicurezza sta nel numero. Ho già cancellato tutti i nostri pazienti fino alla fine della settimana». Lanciò un'occhiata alla porta. «Pensano che possa essere un paziente? Dal modo in cui Sammy l'ha detto...»

«Non lo sanno. Nessuno lo sa».

Deglutì a fatica. «Sammy e Imani hanno un'udienza in tribunale questo pomeriggio. Ho pensato che potrei aiutarti a esaminare i tuoi fascicoli. Per quanto riguarda stasera... che ne pensi di Sherwood's? È un luogo centrale dove tutti possono incontrarsi dopo il lavoro, e i poliziotti possono seguirci da lì. Sammy pensa che piacerà anche ai bambini: non li farà agitare. Non credo che voglia dire loro cosa sta succedendo, il che è comprensibile, ma sono un po' nervoso per le... beh...»

Distolse lo sguardo, ma lei sapeva cosa intendeva: le armi. Sherwood's era un posto per il lancio dell'ascia, uno che lei e i suoi amici avevano frequentato per anni. Una porta d'ingresso, una porta sul retro, nessun altro ingresso, e Maggie e tutti gli altri sarebbero stati armati. Oh, ma... aveva dimenticato le sue lame a casa.

Owen inclinò la testa, in attesa di una risposta. Lei annuì. «È perfetto. E parlando dei bambini di Sammy... come stanno le tue ragazze?»

«Dovrebbero tornare dalla California domani: Katie volerà con loro questa prima volta. Le ho detto che non era un buon momento, che poteva essere pericoloso, ma Katie mi ha liquidato, ha detto che deve vendere la loro casa. Si è comportata come se fossi... iperprotettivo». Fuoco nei suoi occhi ora, crudo e ardente. «Non m'importa cosa pensa. Quando quell'aereo atterrerà, avrò una scorta armata che le accompagnerà a casa, anche se dovessi pagarla di tasca mia».

«Buon piano». L'assassino non aveva mai preso di mira i bambini prima, ma non aveva mai preso di mira nemmeno persone che assomigliavano a Maggie. Ogni vittima finora possedeva una connessione distintamente diversa con Maggie stessa, e la variabilità significava che non potevano escludere nessuno come potenziale prossima vittima. «Mettiamoci al lavoro».

Ci vollero cinque ore negli schedari. Cinque ore e mezza se contava il pranzo che mangiarono in piedi nell'ufficio di Owen, con la foto incorniciata delle sue figlie che fissava Maggie come per dire: «Devi risolvere questa cosa prima che qualcuno provi ad accoltellarci». Owen sembrava pensare lo stesso, perché i suoi occhi continuavano a vagare verso la foto: inquieto. Mangiò a malapena i panini che Reid aveva ordinato. Fedele al suo stile, Owen si preoccupava, catalogava, ordinava, facendo il lavoro duro senza lamentarsi.

Ma ogni ora che passava non faceva che esacerbare la frustrazione che aleggiava nell'aria come una nube di gas contaminato. «Potrebbe essere chiunque, dannazione: anche un parente di uno di questi pazienti. Voglio dire, non mi sono accorta che Harry fosse attivamente suicida. Chissà cos'altro mi è sfuggito?»

Owen scosse la testa. «L'ho incontrato una volta, ricordi? Tuo padre si era ammalato, e Harry è venuto qui comunque: ho compilato io la sua documentazione». Quando lei annuì, lui continuò: «Non avevamo esattamente una relazione, ma lui tiene le cose per sé». I suoi occhi erano tesi, ma sinceri. «Non è stata colpa tua».

Non lo era stata? «Grazie per averlo detto». Ma la sua voce suonava vuota.

Owen aggrottò le sopracciglia e mise da parte il suo fascicolo. «Ti aiuterebbe se facessimo una chiamata allo stato? Conosciamo entrambi persone che lavorano nell'assistenza all'infanzia. Possiamo assicurarci che il suo bambino venga collocato in un posto dove sarà amato. Non è perfetto, ma è concreto. Possiamo aiutare... *tu* puoi aiutare».

Il suo petto si allentò un po'. «Sì. Forse sarebbe... bello».

Lui sorrise, ma il sorriso non raggiunse gli occhi. «Faremo la chiamata. E poi torneremo al lavoro. Andrà tutto bene».

Non sembrava che andasse tutto bene, ma sembrava un progresso. A volte è tutto ciò che si può chiedere.

Quando Owen ripose l'ultimo fascicolo nell'archivio, le sue dita erano coperte di tagli di carta e il petto le faceva male. Non avevano trovato buoni candidati nella sua pila di pazienti. Quelli che corrispondevano al profilo fisico non soddisfacevano alcun profilo psicologico che avesse senso per l'assassino, e quelli che mentalmente poteva vedere come stalker-assassini erano fisicamente sbagliati: troppo bassi, troppo vecchi, troppo femminili per essere l'uomo visto uscire da Yuri. Mise comunque da parte i sospetti più probabili: quelli che erano stati dimessi dalle sue cure poco prima che Kevin morisse. Tristan avrebbe potuto, molto discretamente, indagare su ciascuno di loro per verificare se avessero degli alibi. Se avessero fatto un viaggio a New Orleans intorno al periodo in cui l'assassino le aveva mandato quei biglietti per il concerto di Weird Al. Se solo li avesse ancora, se solo avessero potuto rintracciarli. Se solo l'assassino non fosse così maledettamente... intelligente. Se questo stratagemma del club non avesse funzionato... cosa allora?

Reid era fuori quando lei e Owen si dissero verso il parcheggio e salirono sulla sua auto, con la bocca secca e il cuore in gola. Aveva intenzione di andare al club più tardi con Tristan per l'Operazione Sexy Trappola, una combinazione di parole che non avrebbe mai immaginato di pensare, figuriamoci di essere coinvolta. Ma la sensazione di formicolio lungo la sua spina dorsale non era solo ansia. Eccitazione?

Maggie aggrottò le sopracciglia all'oscurità incombente mentre Owen si immetteva sulla strada principale. A volte le emozioni si intrecciavano: il sistema nervoso centrale si confondeva facilmente. Sicuramente era questo. E aveva già abbastanza di cui preoccuparsi.

Doveva concentrarsi sui suoi amici, prima che qualcun altro che amava le venisse strappato per sempre.

CAPITOLO 20

Owen era silenzioso durante il viaggio verso Sherwood's. Fissava la strada, le mani strette sul volante alle dieci e alle due, andando esattamente al limite di velocità, cosa che la irritava più di quanto volesse ammettere. Ogni freccia usata con precisione, ogni stop al semaforo le faceva sentire come se volesse uscire dalla sua pelle. Ma arrivarono a Sherwood's con il suo interno all'interno e il suo esterno all'esterno.

Lui si fermò con le chiavi ancora nel quadro. «Sei nervosa all'idea di vedere Alex?»

Il suo petto ebbe uno spasmo, un ultimo tentativo di rivoltarsi. «Sì». Ma scese dall'auto, le viscere annodate dall'anticipazione. Non si poteva più tornare indietro ora. Non sapevano chi fosse in pericolo, e questo era il modo più efficace per assicurarsi che tutti rimanessero al sicuro. E sebbene Maggie non si fidasse di Alex, non la odiava.

Huh. Davvero *non* odiava Alex. Solo che... faceva male. Faceva male *da morire*. Ma qualunque cosa provasse ora non significava che la sua rabbia non sarebbe emersa una volta visto il volto della donna. Avrebbe preso a pugni

Alex? Avrebbe pianto? Probabilmente entrambe le cose. L'aveva evitata negli ultimi due mesi perché non voleva scoprire quale delle due. Ancora non voleva.

La porta di quercia sembrava particolarmente pesante. Sherwood's vantava una chiassosa cacofonia di metallo su legno - *tum-tac*, *tac*, *tum-tac*, punteggiata dal più pesante *tonk* del legno sul legno dei lanciatori di lance. Un vasto murale di foresta copriva ogni parete, facendoti sentire come se fossi all'interno di una radura boscosa se ignoravi le decine di corsie su entrambi i lati del passaggio, i bersagli alla fine di ciascuna, i piccoli tavoli rotondi che costellavano il corridoio. Con il bancone in stile bar sul retro, era come se un vecchio pub inglese avesse fecondato un poligono di tiro, per poi trasferirlo in un paese che non permetteva le armi da fuoco.

Lei e Owen si fecero strada attraverso la sparuta folla di persone, per lo più uomini anziani quella sera, alcuni alti ma non abbastanza muscolosi da corrispondere all'uomo visto sgattaiolare dal cortile di Yuri. L'agente dal viso piatto che l'aveva seguita al villaggio per pensionati la notte scorsa era entrato per controllare il posto prima del loro arrivo, e stava ancora in piedi lungo il muro sul retro, scrutando la stanza con i suoi occhi da talpa - molto Servizio Segreto. Spalle larghe, muscoloso ora che lo guardava bene. Attraente se non fosse stato per il... beh, il suo viso.

Reid seguì lei e Owen all'interno, poi prese posto vicino all'ingresso, sulla parete opposta all'altro poliziotto. Così tanti occhi su di lei. Si sentiva esposta. Esposta come nuda-in-classe. Come se la presenza di Reid la stesse spogliando, smontandola pezzo per pezzo.

Forse erano solo i nervi - l'anticipazione. Alex... non era qui.

Sammy sì. Era in piedi tra le ultime due corsie, vicino a

dove Imani era seduta al tavolino bistrot. I suoi figli, Kendra e Justin, erano pronti a lanciare, Kendra con un set di coltelli che Sammy potrebbe aver acquistato per l'occasione, Justin con un'ascia verde che apparteneva a Sam. Sammy stava dimostrando come impugnare le armi, tirarle indietro e lanciarle in avanti verso i bersagli. Tutti sorridevano.

Il suo petto si riscaldò, ma non riuscì a forzarsi a sorridere in risposta.

L'assassino stava guardando? Era qui? La speranza era che pensasse che le cose stessero tornando alla normalità, rendendo più probabile che lei si recasse al club. Era andata in quel club dopo aver incontrato i suoi amici diverse volte in passato. Era uno schema che l'assassino avrebbe dovuto notare.

Kendra lanciò il suo primo coltello. Rimbalzò sull'angolo del bersaglio e si conficcò nel tappetino di gomma. Kendra indicò Justin. «Ti ho quasi preso!» Lei e suo fratello risero istericamente. Anche Sammy ridacchiò, poi mostrò a Justin come posizionare la sua ascia senza tagliarsi la spalla. Poi fece cenno a Kendra di avvicinarsi alla linea accanto a lui - uno mirando in alto, uno lanciando in basso. Ah, stava mostrando loro la manovra "robo-distruttiva". L'avevano chiamata così da quando avevano visto un film in cui una coppia di giustizieri ribelli metteva fuori combattimento un robot malvagio inceppando la sua mano-mitragliatrice con un coltello e recidendo il suo cervello robotico con un machete allo stesso tempo. Lavoro di squadra al suo meglio.

Imani guardò in loro direzione, vide Maggie e Owen avvicinarsi, e balzò in piedi. Owen salutò con la mano, poi si diresse verso il bancone sul retro per ordinare del cibo. Non aveva mangiato molto prima, ma probabilmente si sentiva meglio ora che erano circondati da poliziotti.

«È così bello vederti», disse Imani, avvolgendo le braccia attorno alle spalle di Maggie, naturale come respirare. Maggie ricambiò l'abbraccio - forte, forse troppo forte. Aggrappandosi. Quando era stata l'ultima volta che aveva abbracciato qualcuno? Beh, a parte Reid, e quello era finito bruscamente con quelle scatole insanguinate. Ma qui non c'erano scatole, e Imani non aveva ucciso suo fratello. Imani non le aveva nascosto nulla. *Cazzo, Maggie, lasciala andare!*

Ma se Maggie stava stringendo troppo forte, Imani non sembrava notarlo. Abbassò la voce e disse tra i capelli di Maggie: «Pensano davvero che questo assassino potrebbe venire dietro di noi?»

Finalmente si separarono, e Maggie alzò le spalle. «Non possiamo esserne sicuri. Meglio prevenire che curare. Abbiamo già passato abbastanza, quindi finché non riusciamo a catturare questo stronzo, si va in bagno in coppia».

«Avevamo comunque bisogno di riconnetterci», disse Imani. «Non che voglia fare pipì con te, ma mi sei mancata da morire. Anche ai bambini sei mancata. E... sai. Sam. Ovviamente. Sono contenta che tu l'abbia visto ieri sera».

«Anch'io». Ma non riusciva a esprimere altro a parole; non riusciva a dire a Imani quanto le mancasse Sam. Sembrava troppo vicino al perdono. D'altra parte... l'aveva *quasi* perdonato, no? Forse era qualcos'altro di cui preoccuparsi dopo aver messo via questo assassino. Data una scelta tra il perdono e assicurarsi che vivesse per vedere il domani, una di queste era chiaramente più urgente.

Maggie deglutì a fatica, i suoi occhi guizzando dietro Imani. L'agente dal viso piatto sbatté le palpebre dal muro sul retro, poi si voltò. «Avrei dovuto chiamarti per prendere un caffè o qualcosa del genere».

«Non preoccuparti, abbiamo un sacco di tempo per

abusare di caffeina», disse Imani, ma non stava più guardando Maggie. I suoi occhi erano fissi su un punto dietro la spalla sinistra di Maggie, il suo sguardo cupo - preoccupato.

Maggie si girò di scatto, preparata a vedere un assassino precipitarsi verso di lei, a vedere gli agenti affluire - *l'hanno già preso?* Ma Reid rimase immobile, in piedi vicino alla porta d'ingresso come la Guardia della Regina, e... *Oh merda.*

Alex si stava facendo strada lungo il corridoio con un'andatura lenta e strascicata, gli occhi a terra. Vestita troppo pesante per il tempo con un maglione di lana aperto sul davanti, la maglietta dei Pink Floyd sotto faceva apparire il suo viso ancora più pallido. Le sue guance sembravano... scavate.

«Non sta bene, vero?» chiese Maggie.

Imani si morse il labbro. «Onestamente, siamo state un po'... silenziose sul fronte dell'amicizia».

«Silenzio sul Fronte Amichevole è il peggior nome per una band di sempre», mormorò.

«Se sapessi cantare, me ne fregherebbe qualcosa», ribatté Imani, ma Maggie non riusciva a distogliere lo sguardo da Alex. Più magra man mano che si avvicinava. Alex si tolse il maglione e se lo legò intorno alla vita, mettendo in mostra le spalle ossute e i polsi troppo sottili. Due mesi da quando Maggie aveva scoperto che Alex aveva ucciso suo fratello. Due mesi da quando aveva realizzato che Alex era imparentata con l'uomo che l'aveva aggredita la notte in cui Aiden era stato assassinato.

Ma ora... le si strinse lo stomaco. Maggie aveva lasciato i vestiti sul pavimento e dimenticato di lavare i piatti, ma Alex sembrava aver dimenticato completamente di mangiare. Si stava punendo più di quanto Maggie avrebbe mai potuto fare.

Forse era quello che Alex si meritava. Ma Maggie non ne era più sicura.

Maggie annuì, e sebbene le stringesse il petto, disse: «Prepara il divano letto. Resterò a dormire dopo aver finito con Reid». Anche Alex sarebbe stata lì. Forse era il caso di avere una conversazione, in modo che Alex non morisse di fame prima che l'assassino la raggiungesse. No, non era il momento ideale, ma meglio strappare il cerotto - sondare la ferita per vedere quanto sanguinava. Cos'altro avrebbe potuto fare, fissare fuori dalla finestra tutta la notte?

«Ho già tirato fuori le lenzuola», disse Imani, riportandola alla realtà. «State lavorando sul profilo dell'assassino?»

«Sì...» *Più o meno*. Non aveva detto a nessuno di loro dell'Operazione Sexy Trappola.

«Porta Reid, se vuoi», continuò Imani. «Ma solo se sa giocare a carte. Non sono ammessi perdenti».

Imani lanciò un'occhiata oltre la spalla a suo marito, che stava ancora aiutando i loro figli a lanciare coltelli, come qualsiasi genitore responsabile. Owen era in piedi al tavolo dove Imani era stata seduta, sistemando gli spuntini, preparando i nachos. Sammy si voltò e salutò con la mano che impugnava l'ascia, la lama che brillava minacciosamente sotto le luci. «Potrei persino impedire a Sammy di disegnarti un pene sulla faccia», concluse Imani. «Sottolineo il *potrei*».

Maggie sorrise - sì, le era mancato tutto questo. «Te ne sarei grata».

Alex si era fermata a pochi passi da loro. Quando Maggie fissò lo sguardo sulla sua amica - la sua vecchia amica - Alex voltò il viso verso le corsie. Imani strinse il braccio di Maggie. «Meglio che controlli i bambini». Poi se ne andò.

Bene, bene, bene. Eccoci qui. Era molto più difficile che strappare un cerotto.

Maggie fece un passo avanti e attese finché Alex non incrociò il suo sguardo. «È bello vederti, Alex». Le parole le uscirono di riflesso - *è bello vederti?* Sarebbe mai stato vero per la donna che aveva ucciso suo fratello? Ma, di nuovo, non provava rabbia. Il dolore si mescolava a una profonda tristezza che pulsava come una ferita nel suo petto. Perdita. Solo la perdita.

Alex deglutì a fatica. «In realtà sono sorpresa che mi abbiano chiamata». La sua voce era bassa, forzata come se stesse cercando di far uscire le parole attraverso un cuscino. «Se qualcuno sta dando la caccia a te e alle persone a cui tieni... non posso immaginare di essere in quella lista. E per una buona ragione».

«Alex-»

Scosse la testa, gli occhi azzurri cerchiati di rosso. «Mi dispiace. Voglio dire, so di averlo detto un milione di volte, ma non potrò mai rimediare a quello che è successo».

«Eravamo dei ragazzini. Non stiamo bene, non ancora, ma è perché... io non sto bene. Sono stata depressa. Non credo di averlo ammesso completamente neanche a me stessa, ma a giudicare dallo stato del mio soggiorno...» *E della mia cucina. Della mia camera da letto.* Tirò su col naso.

Il labbro di Alex tremò. «Anche io».

Maggie osservò il suo labbro, momentaneamente stupita. Aveva visto Alex piangere solo una volta in tutti quegli anni - quando aveva ammesso di aver ucciso Aiden. *Una volta.*

L'aria era troppo rarefatta, ma si sforzò di dire: «Stai ancora vedendo quel tizio?» Quel tizio - non riusciva proprio a ricordare il suo nome. Maggie l'aveva visto una volta nel parcheggio fuori dalla centrale, ma non sapeva molto di lui. Improvvisamente sperò che Alex avesse qualcuno con cui parlare. Chiunque con cui parlare. Sammy aveva Imani. Maggie aveva Owen... quando decideva di lasciarlo entrare. Ma Alex-

Alex sbuffò. «No, è finita. Non abbiamo mai nemmeno fatto sesso, ma almeno era divertente quando uscivamo. Era un... un deejay». La sua voce si incrinò sull'ultima parola - *deejay* - e Maggie quasi scoppiò a ridere. Non perché la situazione di Alex fosse insignificante, ma perché, che diavolo? Un deejay? *Avresti dovuto andare in un sex club come una persona normale, eh, Mags?*

«Questo è inaccettabile, Alex».

Sbatté le palpebre, con un mezzo sorriso che non le raggiunse gli occhi. «Il suo nome d'arte era Special K», sbottò. «E io gli stavo addosso, perché voi non c'eravate a dirmi di non farlo». Era ridicolo, ovviamente - Alex era un'agente immobiliare con una casa di proprietà, senza debiti, e secondo tutti i parametri una persona di successo. Non aveva mai avuto bisogno di loro per dirle cosa fare, anche se aveva gusti strani in fatto di uomini - chi non li aveva? Ma non era per questo che la battuta cadeva nel vuoto. Lacrime, che le scorrevano sul viso. Alex non era mai stata una che piangeva. Era... sconcertante.

«Beh, ovviamente non possiamo commettere di nuovo questo errore». Le parole avrebbero dovuto sembrare più forzate, ma uscirono con facilità, lo scambio esperto di battute tra fratelli. Sapeva cosa stavano facendo - cosa stavano facendo entrambe. Fare battute era sempre stato il loro meccanismo di difesa più efficace. Ma non era solo quello. Era il bisogno molto reale di lasciarsi alle spalle il passato, la pressione, anche solo per poche ore.

E se l'assassino avesse... vinto? Se questa fosse stata la sua ultima occasione con Alex - con Sam? Sapeva fin troppo bene delle ultime occasioni; del rimpianto. Sapeva quanto velocemente le cose potessero andare storte.

Le bruciavano gli occhi. Il petto le si strinse. La gola si

allentò, come era successo con Reid. Nessuna potenziale occasione di sesso questa volta, ma la disperazione per un contatto umano era una cosa reale e tangibile, una forza della natura. Tutte loro avevano bisogno di guarire, tutte avevano cose da risolvere separatamente - non avrebbero lasciato questo edificio sentendo di aver sistemato le cose. Ma si trovavano in una posizione rischiosa. Non voleva che l'ultima cosa che diceva alle sue amiche d'infanzia fosse piena di rabbia, piena di dolore. Non aveva bisogno che qualcun altro finisse fuori strada per colpa sua.

Maggie si avvicinò e strinse Alex tra le sue braccia.

Le spalle di Alex si irrigidirono, sorprese, poi cedettero, e quando ricambiò l'abbraccio, lo fece con la ferocia di una donna aggrappata al bordo di un precipizio. E poi scoppiò in singhiozzi, bagnando la spalla di Maggie. Anche il viso di Maggie era bagnato. «E se fosse Dylan?»

Maggie si immobilizzò. *Cosa?* «Non è lui. È morto».

«Il miglior trucco che il diavolo abbia mai fatto è stato convincere la gente che non esistesse», sussurrò Alex.

Una frase stranamente biblica per Alex, una che aveva usato solo quando parlava di suo fratello. «Non era il diavolo. Solo un adolescente malato». Alex non disse nulla, ma i suoi muscoli erano rigidi, la sua presa su Maggie così stretta da toglierle il fiato.

Maggie non aveva visto Sammy avvicinarsi, ma lo vide bloccare la luce dall'alto, sentì le sue braccia quando le avvolse sulle sue spalle - sulle spalle di Alex dall'altro lato. Strinse.

«Mi dispiace tanto» ripeteva Alex, sussurrando le parole, soffocandole. «Vorrei che fosse diverso, vorrei che tutto fosse diverso. Non ho mai... Io solo... Mi *odio* fottutamente.»

«Troveremo una soluzione» disse Sammy. Maggie non era sicura a chi si stesse rivolgendo, ma gli credeva. «Tutti vorremmo che le cose fossero diverse. Ma lavoreremo con quello che abbiamo.»

Maggie non riusciva a rispondere. La sua gola era ostruita dall'emozione. Desiderava così tante cose. Che Kevin non fosse morto. Che suo fratello fosse vivo. Che suo padre si riprendesse, che sua madre non fosse una fuggitiva ricercata. Ma soprattutto, voleva sentirsi meno sola. E qui, avvolta nelle braccia di Alex, nelle braccia di Sammy... non era sola. Almeno per ora. Ma non ci sarebbe stato un domani, nessun tempo per sistemare le cose, se l'assassino avesse preso uno di loro per primo.

L'unica via d'uscita era giocare al gioco dell'assassino. E ancora non sapeva cosa volesse. Ancora non conosceva le regole.

Maggie ancora non sapeva chi fosse il prossimo. Né sapeva perché la sua schiena si stesse rizzando come se fosse diventata per metà un porcospino.

Sapeva solo che il tempo stava per scadere.

CAPITOLO 21

E ra in piedi, silenzioso e vigile. Lo avevano visto? Non pensava. Non si sentiva osservato. Le guardie avrebbero potuto anche lavorare per lui per quanto ne sapevano - per quanto sarebbero state in grado di fermarlo.

La sua pelle formicolava per l'anticipazione. Non lo vedevano, ma lui vedeva loro. Era un esperto di mimetizzazione, di aggirarsi nei quartieri, di binocoli e felpe con cappuccio. E maschere, ovviamente.

Sempre le maschere.

Qui, non ne aveva bisogno. Qui, era uno dei bravi ragazzi.

Si appoggiò al muro e rivolse la sua attenzione alle corsie, dove i figli di Samuel stavano lanciando lame contro i bersagli. Annuì verso di loro, sperando di sembrare abbastanza amichevole, poi raddrizzò le spalle - professionale. Nessuno guardava mai troppo attentamente i protettori. Stava solo recitando una parte nel film della sua vita, con questo nome, con questo viso, con questi occhi. Tutto falso, ma era un ruolo che interpretava bene. Persino Reid non l'aveva mai messo in discussione, anche se si conoscevano solo di sfuggita. Un cenno nel corridoio.

Ma Maggie si sarebbe ricordata di lui una volta che le avesse detto il suo nome.

Il suo vero nome.

La ragazza socchiuse gli occhi verso il bersaglio. Suppose che fosse carina, con i suoi capelli neri ricci stretti legati con un nastro, l'espressione delle sue labbra determinata. Scagliò la lama. Colpì il bersaglio sull'anello esterno con un *thwack!* Ogni vittima che aveva preso di mira possedeva la propria arma: coltelli, fucili, spray al peperoncino. Tutto invano.

Il ragazzo si fece avanti, la mascella altrettanto risoluta, ma il povero monello non era nemmeno vicino al centro. La ragazza rise di lui.

Si irrigidì, il suo sorriso forzato vacillò. Lo scherno, le risate, gli davano sui nervi, lo irritavano. E il modo in cui Maggie lasciava che Alex appoggiasse la testa sulla sua spalla... no. Sembrava che fosse sul punto di perdonare. Si appoggiò più forte al muro per evitare di tremare.

Maggie aveva già dimenticato come i suoi amici avessero ucciso Aiden - come glielo avessero nascosto? Erano pericolosi. Tutti loro. Ogni membro di quel gruppo, anche quelli che non c'erano la notte in cui era successo. Ma Maggie aveva una propensione al perdono. Questo lo avrebbe servito bene, perché anche lui aveva i suoi demoni, ma era il motivo per cui Kevin doveva morire. Non avrebbe mai lasciato andare Kevin finché fosse stato ancora in vita, non importa quanto quell'uomo fosse stato cattivo per lei.

Lui era l'unico che l'avesse mai protetta. Anche dentro quel club, l'aveva tenuta lontana da altri uomini che avrebbero potuto approfittarsene. Finché lei non aveva scelto qualcun altro.

Si voltò di nuovo verso le corsie.

Prendere un bambino era il modo più vicino per ottenere la legge del taglione, una punizione per Aiden. Poteva essere divertente - utile, anche. Si sarebbe assicurato che i corpi non fossero mai trovati. Un bambino per ogni adulto peccatore. Solo due dei bambini erano qui, ma le figlie di Owen sarebbero presto tornate in città, insieme alla sua moglie stronza.

E sarebbe stato giusto per tutti loro, non è vero?

Non è vero?

Il sangue gli ribolliva. Si staccò dal muro, con le braccia incrociate. Sì. Lo sarebbe stato. Era ora che prendesse il suo posto dove apparteneva: accanto a Maggie.

Per anni si era preso cura di lei dall'ombra. L'aveva lasciata sola a vivere la sua vita con pazienza divina. Nessuno avrebbe mai potuto accusarlo di averla forzata.

Ma era ora.

La ragazza - Kendra - guardò nella sua direzione. Alzò un sopracciglio, sorpresa di vedere qualcuno che osservava, e sorrise.

Sammy non se ne accorse, ovviamente. Nemmeno Sammy lo vide - solo un altro professionista incaricato di aiutare. Solo la maschera.

Ricambiò il sorriso alla ragazza.

Oh, sì, era finalmente ora.

CAPITOLO 22

L'aria nello spogliatoio sembrava diversa quella sera, impregnata di una pressione così intensa che poteva sentirla nelle radici dei denti. Maggie voleva ringhiare, digrignare i denti, liberare questa intensità nell'universo, da qualche parte dove non potesse farle del male. Ma non era possibile. Non quella sera.

Non finché non lo avessero catturato.

Le mani le tremavano mentre allacciava gli stivali di pelle alti fino alla coscia, mentre indossava la veste di ossidiana che aveva indossato tante volte prima, la seta come olio sulla sua pelle. Come sempre, la maschera fu messa per ultima, pelle che le copriva il viso dalla fronte al labbro superiore. A differenza dell'uomo che aveva incontrato qui tante volte, l'uomo che poteva essere l'assassino, la parte inferiore del suo viso era visibile, freddolosa nell'aria secca.

Emerse dallo spogliatoio nella sala giochi con un vuoto nello stomaco e il cuore in gola. La sala giochi era affollata quella sera, le ombre profonde negli angoli dove la luce dei candelabri non arrivava. Molto vecchio stile e vampiresco, ma la luce delle candele incideva motivi di pizzo sulla sua pelle facendola sentire come un'opera d'arte intricatamente disegnata. Proiettava motivi simili anche sulla carne degli altri, le ombre allungate su quelli più lontani dal centro della stanza, ondeggianti, scintillanti sulla pelle della donna sul divano contro la parete di fondo, sfiorando le schiene degli uomini che erano lì con lei.

Dov'era Tristan?

E dov'era l'assassino?

Forse era uno degli uomini su quel divano. Non si sarebbe adattato al suo profilo però - l'uomo che stava cercando sarebbe stato qui per lei, sperando, aspettando, osservando la sua opportunità. C'erano quelli che si adatta-vano al profilo fisico. Uomini in piedi lungo la parete oppo-sta, molto simili alle guardie di Sherwood. Stoici, uno con le braccia incrociate. Tutti con braccialetti rossi.

Ma il suo uomo aveva il verde. Il suo uomo *doveva* avere il verde.

Ah... ecco un braccialetto verde. La gola le si seccò. Spalle larghe, muscolatura slanciata, la parte superiore del viso coperta. Addominali scolpiti, petto lucido e glabro tranne il sentiero che portava sotto il bottone dei suoi pantaloni neri. Non l'assassino a meno che non avesse cambiato la sua maschera in una a metà superiore come la sua, il che era chiaramente possibile. Ma la parte inferiore del suo viso - familiare. Sì, decisamente familiare. E mentre osservava, lui si grattò il lobo dell'orecchio destro. Un segno forse cliché, ma ne era sicura - Tristan. Sexy da morire.

No, non pensarlo, Maggie. Ma chi poteva davvero biasi-marla? Era solo un pensiero. Non è che significasse qualcosa.

Si prese un altro momento per esaminare la stanza.

Nessuno degli uomini le prestava particolare attenzione. Raddrizzò le spalle e si avvicinò a Tristan, lentamente, lentamente. *Fallo sembrare reale, Maggie.* Era troppo diretta? Stava camminando troppo velocemente?

No, quello era il suo compito quando era qui - essere quella diretta. In questo posto, non era mai stata completamente se stessa. Era proprio questo il punto. E ora doveva essere se stessa, una lottatrice contro il crimine, ma anche questa vamp mascherata? La testa le faceva male. Le mani le tremavano. E il suo cervello - *merda*.

Maggie si fermò a portata di braccio. Tristan stava prendendo spunto da lei, e lei doveva essere perfetta, comportarsi come faceva sempre, ma la sua mente si sentiva molle, fangosa, rotta. Cosa avrebbe fatto di solito dopo? Chiedergli... di venire da lei. Ma era troppo tardi per quello - erano faccia a faccia. Forse non importava. Nessuno qui si comportava esattamente allo stesso modo ogni volta. La novità era parte dell'attrazione.

Maggie prese un respiro. Si spinse più in là nell'orbita di Tristan e fece scorrere le dita sul suo polso - l'elettricità vibrò fino alla sua spalla. Giocando, solo recitando. Giusto? Allora perché il suo cuore batteva così maledettamente veloce? Perché il suo respiro contro il suo orecchio le faceva formicolare la pelle?

«Mi piace un sacco questo posto» disse lui, piegando le labbra vicino al suo collo - troppo dominante per qualcuno con un braccialetto verde. «Potrei dover tornare dopo che avremo preso questo tizio».

Era a suo agio qui. Troppo a suo agio per i suoi gusti. Era buono per l'immagine, per l'operazione di questa sera, ma non l'aveva mai conosciuto come un attore eccezionale. Fece scorrere le dita sul rigonfiamento del suo bicipite - caldo, liscio, duro. E non del tutto *sconosciuto*.

Il respiro le si bloccò in gola. Fu di nuovo colpita dall'idea che avrebbe potuto fare sesso con lui senza saperlo; che il più grande trucco che il diavolo abbia mai fatto sia stato far credere alla gente che non esistesse. Se Tristan *fosse stato* un partner precedente, lo avrebbe creduto prima che fosse di nuovo dentro di lei?

«Sei sicuro di non essere mai venuto qui?»

«Sono sicuro». Le sue dita le sfiorarono le costole, lasciando una scia di pelle d'oca formicolante. Girò la mano, le nocche che le sfioravano la pelle appena sopra l'ombelico attraverso la veste di seta. «Mi piace che le mie partner sappiano chi sta facendo arricciare loro le dita dei piedi».

Si spostò di nuovo, il palmo piatto contro il suo addome, il calore della sua mano che fioriva attraverso la sua pancia e si diffondeva verso l'alto nel suo petto e più in basso, più caldo, tra le sue gambe. Ma no, questo era sbagliato. Diresse lo sguardo da un lato, poi dall'altro, cercando nella stanza occhi indiscreti. Gli uomini contro il muro stavano guardando - tutti loro. Uno diede una gomitata all'uomo accanto a lui. Il loro sospetto lavorava da solo, però. Ne era certa.

«Dobbiamo rendere questo convincente» ringhiò Tristan.

Lei si voltò di nuovo. «Tristan, zitto, seriamente-»

«Shh». Portò le dita su tra i suoi seni finché non si posarono sulla sua clavicola. Voleva dirgli di smettere, ma erano qui per un'operazione, erano qui per fare esattamente questo - fingere. Ma lui stava interpretando la parte sbagliata, e operazione o no, sembrava pericoloso perché non sembrava *sbagliato*. Prese un respiro, sentendo il suo sapone - speziato - ma il viso di Reid fu quello che le venne in mente quando lui portò le dita al suo mento e abbassò le labbra sulle sue.

L'elettricità fu acuta e immediata e le inondò le vene di calore pulsante. Quando si allontanò, era senza fiato, ma non era la pressione dell'eccitazione sessuale; era il punzecchiamento profondo della vergogna. Non erano qui per il sesso, per l'attrazione, o nemmeno per la realtà. Erano qui per catturare un assassino. E chiunque qui avrebbe notato che non era stata lei a guidare quel bacio.

Fece un passo indietro, fuori dalla sua portata. Stava combattendo contro quest'uomo dal giorno in cui si erano incontrati, e anche se sembrava l'unica opzione qui, avrebbe dovuto saperlo. Chiaramente non aveva alcuna intenzione di ascoltarla questa sera, non più di quanto tendesse ad ascoltare quando indossavano... beh, pantaloni veri.

Maggie avrebbe voluto sibilare *Andiamo, abbiamo provocato abbastanza l'assassino*, ma raramente parlava in questo club. Avvolse le dita intorno all'avambraccio di lui e tirò.

Tristan rimase semplicemente lì, stoico e compiaciuto. Posò la sua mano su quella di lei. Che diavolo stava facendo? Lei gli affondò le unghie nella carne e tirò, tirò abbastanza forte da farlo sanguinare, il suo mignolo che graffiava profondamente la pelle vicino al polso, strappando uno strato del suo corpo come l'assassino aveva fatto al povero Joel.

Tristan aggrottò le sopracciglia, ma poi sembrò ricordarsi perché erano lì. Le sue labbra si rilassarono. La resistenza svanì.

La stanza dei giochi era solo a dieci passi alla sua destra, e lei lo condusse lentamente oltre la soglia, cercando di non sembrare troppo frettolosa, cercando di farlo sembrare come qualsiasi altro incontro. Si voltò per chiudere la porta dietro di loro, guardando fuori nella stanza mentre la fessura si restringeva. Solo un uomo guardò nella loro direzione. Un nuovo arrivato, con la

parte inferiore del viso scoperta, la barba incolta che luccicava alla luce delle candele. Forte. Spalle larghe.

La sua gola si strinse. Interessato, ma era abbastanza
interessato? Un po'... più massiccio del suo solito partner,
no? No, non lui. Ma era possibile, anche se improbabile,
che il suo stalker fosse qualcun altro oltre all'uomo con cui
aveva dormito. Qualcuno che aveva sempre osservato.

L'uomo si voltò improvvisamente, scrutando il resto
della stanza, valutando altri partner. L'aria le tornò nei
polmoni.

Maggie chiuse la porta e ascoltò il click.

«Non mi piace questa cosa», sussurrò, togliendosi la
maschera. «Non ho visto nessuno di familiare. Non mi
sono sentita... osservata. Non come di solito». Era a causa
di Tristan? Quando qualcuno ha la lingua nella tua gola,
potresti non notare qualche sguardo, per quanto intenso.

«Fidati, c'erano molte persone che ti guardavano». Si
tolse la propria maschera dal viso e guardò in basso.

Lei seguì il suo sguardo fino alle loro mani ancora
intrecciate, le sue unghie come artigli. Lo lasciò andare e
indietreggiò per sedersi sul letto. Il suo piede rimbalzava,
rimbalzava, rimbalzava. «Sai cosa intendo. Valutare qualcuno per un incontro sessuale non è lo stesso di come le
dita di uno stalker si sentono sulla tua pelle».

«Intendi dire come gli *occhi* di uno stalker si sentono
sulla tua pelle?»

«Sì, occhi». Sbatté le palpebre. «Cosa ho detto?»

Lui alzò un sopracciglio. Ma non rispose.

Lei sospirò. «Nessuno qui stasera corrisponde al tipo
che... pensavo fosse».

«Possiamo tornare».

«Ti piacerebbe, vero?»

«Sì. Stai bene in nero». Le fece l'occhiolino. «Diamine,
forse ero io tutte quelle volte. Quanto sarebbe folle?»

Lei guardò il suo petto nudo. Il braccialetto verde al suo polso. «Nah. Lui aveva i pettorali più grossi».

Lui si portò una mano alla bocca in finto orrore. «*Ahia*».

«Non è una cosa negativa. Sto dicendo che *non sei* un assassino, che non mi hai ingannata per fare sesso con te. Entrambe le cose sono punti a tuo favore a meno che tu non sia un assoluto psicopatico».

Tristan annusò. «Mio fratello sembra pensare che potrei esserlo».

«Come è andato il vostro weekend nei boschi, comunque?»

«È stato... lungo. Abbiamo mangiato un sacco di marshmallow. Ma ti avevamo promesso che ci avremmo provato».

Ovviamente. Maggie si spinse in piedi - sembrava non riuscisse a stare ferma. «C'è qualcosa che non va». Dovrebbero fare rumori sessuali? Dovrebbero sbattere contro la testata del letto? Ma le stanze erano insonorizzate. Non servirebbe a nulla.

«È ancora presto. Se ti ha vista entrare qui -»

«Avrebbe dovuto guardare *là fuori* per vedere con chi sono entrata in questa stanza. Ma se non è qui? Se è da qualche altra parte? O sa che è una trappola perché tu non sei riuscito ad attenerti al piano e a fare il sottomesso per cinque maledetti secondi?» O a causa di centinaia di cose che l'assassino aveva notato nel corso dell'ultimo giorno. Stava proiettando: non era colpa di Tristan, almeno non del tutto. Farlo diventare il suo sacco da boxe emotivo era sbagliato, disfunzionale, ridicolo. Allora perché non riusciva a smettere?

Tristan aggrottò le sopracciglia. «Pensi che io abbia mandato tutto all'aria? Che -»

«O forse ha saputo della trappola in un altro modo»,

disse lei, con voce più bassa, calma. «Forse è nella polizia -
questo non è stato pubblicizzato». Non ci aveva pensato
prima, ma ora che l'idea era nell'aria, sembrava possibile.
Chiunque nella forza di polizia avrebbe avuto accesso a
ogni dettaglio dell'aggressione di Maggie - avrebbe saputo
esattamente dove Dylan aveva morso Alex per poter ripro-
durre il segno su Joel. Per un civile... sapeva fin troppo.
Ecco perché Reid aveva pensato fosse qualcuno vicino a
Kevin - aveva informazioni interne a cui la maggior parte
non aveva accesso.

«Pensi che sia un poliziotto?» chiese Tristan.

Lei alzò le spalle. «Voglio dire, chi lo sa? Birman è
scomparso quando è scomparsa mia madre. Forse è
tornato».

Tristan fece una smorfia. «Non è tipo... vecchio? Lo
sapresti se stessi scopando un vecchio con le palle vecchie».

«Tristan, non lo so, okay? Non so chi sia. Se lo sapessi,
te lo direi. Ma so che questa cosa non *sembra* giusta». Non
si sentiva spaventata. Non si sentiva osservata. Non aveva
alcun presentimento che quando avessero lasciato questa
stanza, potessero essere in pericolo.

E *dovrebbe*. Diamine, si sentiva a disagio metà delle volte
senza alcun motivo. Stava semplicemente sbagliando ora?
Certamente aveva dei punti ciechi. Non tendeva a sospet-
tare di coloro incaricati della sua protezione. Ma... forse
dovrebbe. Le guardie che Tristan aveva assunto, gli agenti
della polizia, erano loro incaricati di tenerli al sicuro, e se
uno di loro fosse il loro assassino-

Maggie tirò fuori il telefono dalla tasca della vestaglia.
Alex aveva chiamato - due volte. L'avrebbe richiamata tra
un secondo dopo aver contattato il detective nel parcheggio. Qualsiasi tipo di dispositivo elettronico non era
permesso nel salone principale - per questioni di privacy -

ma oggi, valeva la pena rischiare. Non è che sarebbe tornata.

Il pensiero di tornare qui, di aprirsi a qualche altro sconosciuto dopo tutto questo, le rivoltava lo stomaco.

Maggie digitò il numero di Reid e si portò il cellulare all'orecchio. «Ehi», sussurrò, anche se le pareti insonorizzate erano sufficienti a nascondere la conversazione. «Siamo nella stanza privata».

«Ancora niente». La voce di Reid suonava tesa dall'altro capo. «Sto ancora controllando le targhe delle persone nel parcheggio, ma finora non vedo nessuno che corrisponda al profilo fisico della persona che hai descritto - il profilo dell'uomo visto uscire dal cortile di Yuri. La stragrande maggioranza ha almeno un tatuaggio vistoso. E la maggior parte degli uomini là dentro ora sono piuttosto bassi. Il mio fratellastro incluso».

«Tristan è alto più di un metro e ottanta», disse lei.

Tristan alzò un sopracciglio mentre Reid concludeva: «Non è alto quanto me, questo è tutto ciò che sto dicendo. Sto ricevendo un'altra chiamata, ma fammi sapere se vedi qualcosa di sospetto. Qualsiasi cosa».

Abbassò il telefono, accigliandosi.

«Di cosa si trattava? Mio fratello sta cercando di far credere che io sia più piccolo di lui? Forse lui ha l'altezza, ma io ho la-»

«Possiamo preoccuparci delle tue misure più tardi», disse lei. Il cellulare vibrò nella sua mano. Di nuovo Reid. Aveva visto qualcosa nel parcheggio?

Portò il telefono all'orecchio, ma lui non aspettò che lei dicesse pronto. «Maggie, voi ragazzi potete... vestirvi o altro».

Le spalle di Maggie si rilassarono, ma il suo tono... La sua mano rimase stretta intorno al cellulare, stringendolo così forte che le nocche le facevano male. «L'avete preso?»

Per favore di' di sì, per favore di' di sì.

«No, ma non è lì nel vostro club».

Lo sapevo. Ma come...?

Il vuoto nel suo stomaco si allargò, pesante di terrore.

«Dobbiamo andare in ospedale», concluse. «Hanno appena tirato fuori il tuo amico dal fiume».

CAPITOLO 23

Il letto d'ospedale di suo padre si trovava due piani sopra la stanza dove tenevano Alex, ma il reparto di terapia intensiva sembrava... beh, intenso. *Wow, brava Maggie, sei proprio una maestra di parole.* Ma cosa avrebbe dovuto dire? Non c'era posto in questo ospedale che le offrisse tregua. Sembrava che ogni stanza dell'edificio contenesse una persona che stava perdendo, velocemente o lentamente ma inesorabilmente, e ogni volta che si ritrovava a varcare le porte dell'ospedale, la posta in gioco era più alta.

Il numero della stanza che Reid le aveva mandato via messaggio si trovava in fondo a un lungo corridoio freddo, l'aria puzzava di disinfettante. Tristan la seguiva, il cellulare all'orecchio, mentre rimproverava duramente qualunque compagnia avesse assunto per sorvegliare Alex e Sam. La porta era calda contro il suo palmo sudato. Pesante.

Pensare che aveva sperato che non fossero in pericolo. Come poteva convincersi a smettere di pensare troppo quando le cose erano sempre peggiori di quanto si aspettasse?

Di nuovo il fiume. Non il maledetto fiume.

Reid alzò lo sguardo quando entrò e si spostò intorno al letto, le braccia incrociate; doveva essere corso qui con le sirene spiegate. Un'altra pattuglia aveva scortato lei e Tristan, Maggie al volante della GTO di Tristan, mentre lui faceva telefonate, cercando di capire perché le guardie che aveva assunto di tasca propria non fossero state con Alex quando era finita in acqua.

Alex giaceva sul letto, una cannula le passava sotto il naso, le braccia piene di tubi. Le sue guance incavate apparivano ancora più scavate sotto le brillanti luci fluorescenti, il luccichio della sua pelle grigio-bluastra la faceva sembrare mezza morta... o completamente morta. Le sue labbra erano screpolate. I suoi capelli color oro filato erano arruffati e più scuri di quanto avrebbero dovuto essere. Maggie non riusciva a vedere l'entità del danno al suo cranio, ma poteva vedere la benda bianca sporgere dal lato nascosto della testa di Alex.

«I tuoi uomini avrebbero dovuto sorvegliarla!» Le parole le uscirono dalle labbra come un fiume di veleno. Catturare l'assassino era irrilevante se tutti morivano prima. «Che diavolo è successo?»

Reid alzò i palmi delle mani - *calma.* «Avevamo due agenti di Fernborn più una coppia extra di guardie assunte da Tristan. Quando i tuoi amici hanno lasciato lo Sherwood's, il piano era di tornare da Sam e Imani. Ma avevano percorso a malapena un isolato quando la moglie di Owen ha chiamato; lui ha detto che doveva andare all'aeroporto, così ho mandato un'unità con lui-»

«Sono arrivati in anticipo?»

«Sì. Ma sia gli agenti che le guardie erano in coppia. Due auto. Con un'unità su Owen e un'altra con Sammy e Imani, Alex avrebbe dovuto seguire l'auto di Sam. Tutto sarebbe dovuto andare bene. Ma Alex... non ha seguito.»

«Perché no?» Le sue parole erano scandite dal costante *bip, bip, bip* delle macchine al capezzale di Alex. O forse dalle macchine dell'altro uomo nella stanza, gli occhi chiusi, la barba folta che gli copriva le guance fino agli occhi. Alex non avrebbe dovuto avere una stanza privata? Se Alex era in pericolo, se qualcuno l'aveva ferita, perché questo povero diavolo doveva rischiare il suo posteriore quasi morto?

Bip. Bip. Bip.

«La pattuglia dietro di lei ha detto che era al telefono quando ha svoltato. Hanno deciso di rimanere con le quattro persone nella Jeep di Sammy.» Reid scosse la testa. «Owen aveva fretta, aveva già perso gli uomini di Tristan, così li abbiamo dirottati per seguire Alex.»

Gesù. «Owen ha perso i-»

«Sta bene, così come la sua famiglia. Quei coglioni sono sicurezza privata. Non hanno sirene, non sono adde-strati per inseguimenti ad alta velocità. Owen aveva fretta di arrivare all'aeroporto, ma si è fermato e ha aspettato che l'unità lo raggiungesse. Quando abbiamo localizzato l'auto di Alex quindici minuti dopo-»

«Dove?» Si passò una mano tra i capelli. La sua unghia si impigliò in un lungo ricciolo, e un improvviso dolore acuto le attraversò la mano mentre tirava, strappandosi l'unghia alla base.

«Un agente l'ha trovata nel fiume sotto il punto in cui l'auto di Kevin ha sfondato il guardrail. La sua auto era parcheggiata sulla banchina appena dopo la base del ponte, la portiera aperta, il cellulare sul sedile del passeg-gero. Penso che chiunque l'abbia chiamata l'abbia attirata lontano. Sono fiduciosi che riacquisterà coscienza, ma non possono essere sicuri di quando potrebbe accadere. Ha battuto la testa sulle rocce - trauma cranico.» Guardò il letto, la forma immobile di Alex.

Gli occhi di Maggie divennero caldi, acuti come il senso di colpa nel suo petto. *Avrei dovuto rispondere al telefono.*

Alex non aveva lasciato un messaggio; aveva controllato. Alex aveva chiamato prima di lasciare il convoglio? Era al telefono con Maggie quando si era allontanata? Ma Maggie non l'aveva attirata via.

«Farò controllare a Tristan le telecamere stradali, ma è abbastanza desolato laggiù vicino al fiume.»

Non riusciva a distogliere lo sguardo dal letto. Dalla sua amica, anche se ultimamente Maggie non era stata una gran amica per lei. «Quindi il gonfiore... una volta che si sarà ridotto, dovrebbe svegliarsi?» Se fossero stati fortunati. E la fortuna era qualcosa su cui non poteva contare - non ne aveva mai avuta molta. Praticamente tutti quelli che conosceva erano già morti o in pericolo a causa sua.

Bip. Bip. Bip.

Reid aprì la bocca per rispondere, ma lei alzò una mano, nello stesso modo in cui lui aveva fatto quando era entrata. Non voleva sentire la risposta - al diavolo la sua risposta. Al diavolo tutto questo. «E l'auto di Kevin non ha sfondato il guardrail,» sbottò Maggie. «Qualcuno l'ha ucciso. Proprio come ha cercato di uccidere Alex.» Maggie lanciò un'occhiata al fondo della stanza, dove l'uomo barbuto era aggrappato alla vita. Forse era lui l'assassino - il cattivo. Forse avrebbe dovuto soffocarlo con un cuscino.

Cosa stai pensando, Maggie? Che diavolo?

Reid la stava guardando - no. La sua mano. Abbassò lo sguardo in tempo per vedere una goccia di sangue colare dall'unghia ferita e colpire le piastrelle ai suoi piedi con un minuscolo *plop* rosso. «Questo è a causa nostra,» disse, alzando la testa, la voce strozzata. «A causa mia. È più intelligente di noi. Ha visto attraverso la farsa al club e ha colto l'occasione per iniziare a eliminare i miei amici.» E se Alex non si fosse svegliata questa notte per dire loro cosa era successo? E se non si fosse *mai* svegliata?

«Lo so, Maggie. Davvero. Ho due agenti a casa di Sammy ora insieme agli uomini di Tristan, che sorvegliano loro e i bambini, e un'altra unità ufficiale con Owen: lui e la sua famiglia stanno tornando dall'aeroporto».

«Avrebbero dovuto avere più di una macchina ciascuno fin dall'inizio».

«A onor del vero, nessuno dei tuoi amici era stato minacciato; non c'erano segni che potessero essere in pericolo. E Alex e Owen se ne sono andati, non i miei agenti, e non la scorta di Tristan. Sto facendo del mio meglio qui. Il capo ha respinto la mia richiesta: ho dovuto chiedere favori per ottenere unità sui tuoi amici, poliziotti disposti a lavorare fuori orario. Il massimo che il dipartimento voleva fare era programmare alcuni agenti per passare in auto. Ma ora che Alex è stata ferita...»

«Sì, ora il tuo capo crede che qualcuno ce l'abbia con loro e lo vede come un vero problema. Se il capo l'avesse preso sul serio prima, questo non sarebbe mai successo». Ma almeno erano riusciti a mobilitare un'altra unità o due.

«Avremo più agenti entro un'ora», disse Reid. «La sicurezza dell'ospedale e un'unità qui. E voglio che la casa di Sam sia circondata». Ma la sua faccia... C'era dell'altro.

Il suo cuore saltellava come un coniglio nel petto. «Cosa c'è, Reid?»

«C'è un altro motivo per cui avete tutti bisogno di protezione». Sembrava non riuscire a guardarla negli occhi. «Ci sbagliavamo. Per tutto questo tempo, ci sbagliavamo».

«Su cosa?»

«Abbiamo ricevuto il DNA dalla ferita del morso su Joel».

Il bip delle macchine divenne silenzioso, coperto dal

fruscio del sangue nelle sue orecchie. «Avete trovato una corrispondenza nel database?»

«Beh, no, ma ho fatto un confronto urgente giusto in caso: un altro favore. Ma la mia intuizione ha dato i suoi frutti. La persona che ha ucciso Joel è imparentata con Alex».

La stanza si fermò. «È... Voglio dire, suo padre è uscito di prigione?»

Reid scosse la testa. «No. Suo padre è ancora rinchiuso, e non ha avuto neanche una visita. E nessuna lettera in arrivo. Qualunque cosa stia facendo Dylan non ha nulla a che fare con suo padre».

Sentire Reid pronunciare il suo nome le mandò una lama di ghiaccio nel petto. *È vivo: Dylan è vivo.* Il miglior trucco che il diavolo abbia mai fatto...

La cicatrice sul retro della sua testa pulsava, un dolore sordo che si irradiava lungo la spina dorsale. «Non posso... non posso crederci. Devi esserti sbagliato».

«Non mi sbaglio. Deve aver ucciso quel ragazzo in Ohio: gli ha tagliato il viso, in qualche modo lo ha immobilizzato fino a quando l'infezione non si è manifestata. Mostra molta preveggenza. Molta pianificazione, specialmente per un ragazzo di sedici anni. I dettagli erano... meticolosi».

Alex aveva sempre detto che era un genio. Ma questo era pazzesco, un'assurdità assoluta: incredibile. Il bip tornò a farsi sentire, più forte di prima, risuonando nelle sue orecchie. «Alex non ha mai pensato che fosse morto. Sapeva che era troppo intelligente per questo».

Il suo sguardo si soffermò su Alex, sulla sua pelle pallida e cerosa. Maggie si avvicinò, improvvisamente convinta che Alex fosse davvero *morta*, che le macchine stessero mentendo. Ma quando appoggiò le dita sul polso immobile dell'amica, il debole pulsare del cuore di Alex sloggiò la pietra dalla sua gola. «Non le ho creduto. Pensavo che Tristan avesse ragione, o forse volevo solo che avesse ragione. Ma avrei dovuto ascoltarla». *Ho sbagliato. Di nuovo.*

«Penso che questo sia il motivo per cui si sta muovendo così velocemente», disse Reid, avvicinandosi a lei. «Ha supposto che alla fine avremmo collegato la sua vera identità. Scommetteva che quando l'avremmo fatto, sarebbe stato così vicino al suo obiettivo finale che non avrebbe avuto importanza».

Passò il pollice sulle nocche di Alex. Fredde. Umide come se fosse stata appena tirata fuori dal fiume. «Quindi cosa facciamo ora?» La sua voce era vuota. «Sappiamo chi è. Sappiamo che aspetto ha. Ma nessuno di noi l'ha visto».

«Ma lui conosce *te*. In qualche modo, conosce tutto ciò che ami».

«Io... non ho idea di come. Non sono sui social media. I miei amici sanno che aspetto ha Dylan, almeno Sammy e Alex lo sanno. Anche se non lo sapessero, anche se avesse cambiato il suo aspetto, nessuno a me vicino direbbe a un estraneo qualunque i miei gusti e le mie antipatie».

«Ma domande apparentemente innocue potrebbero avere un impatto significativo. Non può essere un così grande segreto che ti piaccia Weird Al».

Aggrottò la fronte. Mentre la sua ossessione per Weird Al poteva essere di dominio pubblico, i regali di Kevin non lo erano. Ma se li avesse osservati per tutti questi anni, una telecamera ben piazzata avrebbe potuto dirgli tutto ciò che voleva sapere. E non c'era modo di verificarlo ora: la casa in cui aveva vissuto con Kevin era bruciata fino alle fondamenta.

«Il nome "Special K" ti dice qualcosa?» chiese Reid. «Era l'ultima chiamata in entrata sul cellulare di Alex».

Special K? La consapevolezza arrivò lentamente, ma con

un'intensità che le mandò elettricità nella fronte. Non riusciva a ricordare il suo nome, il suo vero nome, ma Alex l'aveva menzionato oggi. Il deejay.

«Il suo ragazzo... ex-ragazzo. Pensi che l'abbia attirata al ponte?» Aggrottò la fronte guardando Alex, cercando di ricordare che aspetto avesse quell'uomo: l'uomo che aveva visto una sola volta attraverso un parabrezza.

«Sappiamo che l'ha chiamata. Ma il suo cellulare è usa e getta, quindi non possiamo ottenere un indirizzo o un nome».

Bip. Bip. Bip.

«A condizione che abbia subito una chirurgia plastica estesa, questo tizio ha senso con il tuo profilo, giusto? Tra i trenta e i quaranta, sottovalutato, che vive al di sotto di quello che considera il suo livello intellettuale. E da quello che mi ha detto Sammy, si sono lasciati proprio prima dell'omicidio di Cara Price. Forse il fattore scatenante è stato duplice: il rifiuto sia da parte tua al club che da parte di Alex nella vita reale».

Maggie lo fissò. «Pensi che lei stesse... *frequentando* suo fratello?» D'altra parte, Alex aveva detto che non avevano fatto sesso. Era questo il motivo?

No... questo non era giusto. Non aveva mai incontrato quell'uomo prima di averlo visto nell'auto di Alex. Dylan avrebbe almeno cercato di avvicinare Maggie per prima, e probabilmente molto prima che Alex incontrasse il deejay. Inoltre, Maggie non avrebbe mai frequentato qualcuno con cui Alex era stata. Se l'obiettivo era corteggiare Maggie, frequentare Alex prima significava un fallimento automatico.

«Non so se stesse frequentando Dylan senza saperlo, o se questo tizio stia solo aiutando Dylan» disse Reid, e Maggie girò bruscamente il viso verso di lui. Si era avvicinato, i loro gomiti si toccavano, il suo sguardo era sincero.

Preoccupato. «Ma credo davvero che abbia ricevuto una chiamata da lui, e questo l'ha spinta ad abbandonare la sua scorta. Questo tipo, Special K, è coinvolto nel suo attacco. E non sappiamo nemmeno quale sia il suo vero nome».

Il braccio di Reid era caldo. All'improvviso, Maggie desiderò appoggiarsi a lui, lasciare che la stringesse per un solo secondo, che la portasse lontano dal bip dei monitor. Invece, si schiarì la gola e fece un passo indietro. Il suo braccio divenne freddo. «Ho la chiave di scorta di Alex. Puoi andare a casa sua a dare un'occhiata».

«Pensi che riusciresti a riconoscere le sue cose? Almeno a identificare quelle che non appartengono ad Alex? Se ha uno spazzolino da denti a casa sua, possiamo verificare il DNA. E una foto sarebbe più veloce che farti fare un identikit, per non parlare della maggiore precisione».

Maggie annuì, muta. Parlare all'improvviso sembrava richiedere troppo sforzo. Con un'ultima occhiata ad Alex - *ti prego, fa' che non sia l'ultima* - si diresse verso la porta.

Reid le posò una mano sulla parte bassa della schiena, protettivo, e la seguì.

CAPITOLO 24

pecial K. Così lo aveva chiamato Alex allo Sherwood's; così era salvato nel suo telefono. Ma su Google non era saltato fuori nulla su un deejay con quel nome - ovviamente.

Kyle? No, non era quello. Kristof? Bleah, no, sicuramente no. Kristof suonava come un vampiro da confraternita.

Maggie fissava fuori dal finestrino del Bronco di Reid. Era stata molte volte in quel SUV in passato, ma non aveva mai percepito una tale distanza tra il sedile del passeggero e quello del conducente.

Cosa c'era stato di così convincente in quella telefonata da far allontanare Alex dalla scorta messa lì per proteggerla? Cosa l'aveva portata a quel ponte? Il ragazzo di Alex l'aveva chiamata e lei era corsa a incontrarlo? Era impazzita?

Forse aveva solo un desiderio di morte. Dopotutto, aveva anche mandato via la prima squadra di guardie.

Maggie strizzò gli occhi verso lo specchietto laterale. Nessun'altra pattuglia che la osservava insieme a Reid, non che se lo aspettasse. «Pensi che dovremmo chiamare un disegnatore così posso descrivere... il *corpo* dell'uomo del club?»

«Non sono sicuro che servirà.» Fece una smorfia. «Abbiamo già la corporatura generale. E tu non conosci nessun tratto caratteristico del viso.»

«Sì. Ok.» Si appoggiò allo schienale. La bile le si agitava nello stomaco, oleosa e acida. Deglutì a fatica.

«Mi dispiace.»

La sua voce era così bassa che pensò di averlo immaginato, ma quando guardò verso di lui, la stava fissando. «Per cosa?» Alex non era colpa sua. La sua richiesta di unità aggiuntive era stata negata, ed era stata Alex a guidare via.

Reid tornò a guardare il parabrezza. «Non ho gestito bene questa situazione. Tutta questa storia del club, la tensione tra noi... So che è colpa mia se non stiamo insieme. Stavo cercando di fare la cosa giusta per te, per Ezra, ma... mi sbagliavo. Spero che possiamo ricominciare da capo. Spero che non sia troppo tardi per noi.»

Maggie sbatté le palpebre, stordita. Cosa le stava chiedendo? Non riguardava Alex? E poteva ancora sentire le dita di Tristan sulle sue costole. Poteva assaporare la sua lingua nella sua bocca, sentire il calore umido del suo respiro tra i capelli.

«Maggie?»

Scosse la testa. «Non è il momento, Reid.»

«Potrebbe non esserci mai il momento giusto. Ma penso che valga la pena rischiare comunque.»

Maggie distolse lo sguardo. L'acido le risaliva alla base dell'esofago, bruciando, bruciando, bruciando. «Mi dispiace di non potermi concentrare sulla mia vita amorosa quando qualcuno sta attaccando le persone a me vicine. Sono onestamente scioccata che questo stronzo non abbia ancora ucciso *te*.» Quella vocina nella sua testa sussurrò ancora una volta: *Perché* Reid *è ancora vivo?* Perché ferire Alex e non l'uomo che aveva effettivamente la possibilità di portarle via Maggie?

«È un mistero», disse lui. «Quando lo prenderemo, glielo chiederemo. Forse sa semplicemente che non sei così interessata a me, che non sono una minaccia.» Scrollò le spalle. «A rischio di sembrare un idiota insicuro, non posso fare a meno di pensare che avrei più successo ad avvicinarmi a te se avessi le manette.»

Maggie lo guardò accigliata. «*Hai* le manette. No?»

Lui sospirò verso il parabrezza. «Stavo facendo un'osservazione.»

«In tal caso, è una cosa di merda da dire.»

«Lo è?»

«Sì.» Si voltò di nuovo verso il finestrino del passeggero. «Questo non è decisamente il momento.»

Il resto del viaggio trascorse in silenzio, ma l'aria si caricò di aspettativa mentre svoltavano nella strada di Alex. Maggie tirò fuori le chiavi dalla tasca, quella della porta d'ingresso di Alex rosa e luccicante, ma alzò lo sguardo quando sentì Reid brontolare: «Ma che diavolo?»

Una volante era già nel vialetto, con le luci spente e la portiera del guidatore aperta. Un agente era in piedi accanto alla portiera posteriore della coupé di Owen, e mentre Reid parcheggiava al bordo della strada, le ragazze bionde sul sedile posteriore si voltarono e guardarono attraverso il finestrino. Una di loro salutò con la mano. I figli di Owen.

Strizzò gli occhi. Dov'era Owen? E Katie era con lui, giusto?

Reid era già fuori dall'auto e a metà del prato prima che Maggie riuscisse a districarsi dalla cintura di sicurezza.

«Che sta succedendo qui?» sbottò.

L'agente scrollò le spalle, i suoi corti riccioli grigi

schiacciati contro la fronte dal cappello. «Li abbiamo incontrati sulla strada dall'aeroporto. Ha detto che doveva prendere qualcosa da portare a casa. Non pensavo voleste che tornasse qui da solo.»

«Hai perfettamente ragione, non volevo che venisse qui da solo!» ringhiò Reid. «E non volevo nemmeno altre sorprese. Cosa poteva essere di così critico da dover fermarsi qui adesso?»

Gli occhi dell'agente si spalancarono. Maggie non aveva mai incontrato quell'uomo, ma si sentì istantaneamente dispiaciuta per lui nonostante si fosse discostato dal piano. Owen, Alex, nessuno di loro stava rendendo le cose facili quella sera.

Le narici del poliziotto si dilatarono. «Prima, lui perde la scorta sulla strada per l'aeroporto, devo correre lì come un dannato pilota della NASCAR, e ora tu te la prendi con *me* per esserci fermati?» Scosse la testa. «Siamo arrivati qui cinque minuti fa. Non è in arresto, e questa casa è sulla strada per Sam. Billy è dentro con loro due, io sono qui con i bambini - va tutto bene. Cos'altro vuoi?»

Una prova che fosse viva, forse? Vedere il volto della sua amica?

Maggie guardò la casa. La porta d'ingresso era socchiusa, o di proposito o per sbaglio - anche Owen aveva una chiave di scorta.

Tutte le luci erano accese.

Ma nulla si muoveva.

Assolutamente nulla.

CAPITOLO 25

«**P**robabilmente sono sul retro, nelle camere da letto». Reid si diresse verso la casa, con le spalle tese. «Perché pensi che sia qui? Non riesco a immaginare che Owen abbia bisogno di qualcosa dalla casa di Alex».

«Owen sa che Alex è rimasta ferita?» L'erba ondeggiava nella brezza, producendo un flebile *shh-shh-shh* contro le sue scarpe.

Reid si fermò in mezzo al prato, e lei si bloccò di colpo accanto a lui. «Non che io sappia. Volevo dirlo a Sammy e Owen insieme... o lasciare che glielo dicessi tu stasera».

«Se non sapeva che si era allontanata dal resto del gruppo... forse pensava che avesse bisogno di qualcosa? Magari ha accennato di aver dimenticato il pigiama da Sherwood, ma sapeva di dover rimanere con Sammy, oppure...» Scosse la testa. «Oh, diavolo, non lo so».

«Voi strizzacervelli. Lettori della mente». Indicò il vialetto con un cenno. «Rimani lì con Harrison. Torno subito».

La sua schiena si irrigidì. «Col cavolo che lo farò».

184

Reid incrociò il suo sguardo, aggrottò le sopracciglia, poi salì pesantemente i gradini del portico. «Siete impossibili, lo sai? Tutti voi. L'intero vostro gruppo». Sputò quasi le parole. «Non c'è nessuna emergenza qui. Nessun motivo per cui dovrebbe venire qui stasera. È come se steste tutti *cercando* di farvi del male».

«Lo so». E lo sapeva. Lo sapeva *davvero*. Ma non riusciva a costringersi a tornare all'auto.

Reid spinse la porta con il piede. «Agente Billy?»

«Si chiama così?» disse lei, avvicinandosi alle sue spalle.

«Non conosco il suo cognome. È nuovo; Harrison lo sta addestrando».

Avevano mandato una recluta con Owen, sapendo che poteva essere nella lista delle vittime di un serial killer? *Fantastico*.

Maggie seguì Reid in casa, scrutando il soggiorno: luminoso, il divano di un giallo vivace, le poltrone a orecchioni dipinte con strisce vistose. E i fiori sul tavolino accanto alla porta... Si diresse in quella direzione. Le rose recise erano per lo più fresche, i petali cominciavano ad appassire, ma non si erano ancora sparsi sul tappeto intrecciato sottostante.

Maggie socchiuse gli occhi per leggere il biglietto: *Con amore, Kelsey*. «Bingo», disse, girando il biglietto verso Reid. «Quante Kelsey ci possono essere in zona?»

«Speriamo non molte», disse Reid, attraversando l'ingresso verso il soggiorno. «Ed è un nome super insolito per un uomo. Sei sicura che stesse frequentando un uomo? Kelsey potrebbe essere una donna, magari non binaria».

«Non credo. Alex ha un tipo».

«Che sarebbe?»

«Stronzi. Stronzi maschi. E Alex si riferiva a Kelsey come a un 'lui'».

Ma Reid non stava più ascoltando. Il suo sguardo era

puntato oltre il soggiorno, verso il corridoio in fondo. Lei riabbassò il biglietto sui fiori, e una manciata di petali fluttuò sul pavimento dell'ingresso. «Dove sono?» chiese lui.

Lei tese l'orecchio, sforzandosi di sentire. Niente. Il vento faceva frusciare i rami contro le zanzariere delle finestre, ma non proveniva alcun suono dall'interno della casa.

«Billy!» chiamò di nuovo Reid.

«Owen! Katie!» provò lei. Le loro voci echeggiarono contro le pareti, rimbalzarono sulle piastrelle di porcellana effetto legno che serpeggiavano per tutta la casa. Ma quando il timbro squillante della loro disperazione si affievolì e svanì nelle ombre, nessun tono di risposta giunse dall'oscurità oltre il soggiorno. La casa rimase silenziosa.

Morta: ecco cos'era. *Morta.*

Ma lo era anche Owen? E sua moglie? Non le piaceva quella donna, odiava quello che stava facendo a Owen, ma non voleva che morisse.

«Non mi piace questa situazione», disse Reid, attraversando il soggiorno. «Dovresti tornare in macchina».

«Vaffanculo», sbottò lei. «Se Dylan è davvero qui, allora sono io quella che sta cercando. Potrebbe spararti, ma non farà del male a me».

«Ha cercato di strapparti il cervello dal cranio a morsi».

Come in risposta, la vecchia cicatrice pulsò di calore, un battito cardiaco nella sua testa. «Quello era prima».

Lui lanciò un'occhiata oltre la spalla. «Prima di cosa?» *Sì, Maggie, prima di cosa?* Quando lei non rispose, si voltò di nuovo verso il soggiorno. «Come ho detto... voi ragazzi non sapete mai cosa è meglio per voi», mormorò, con la mano sul calcio della pistola. «È come se steste cercando di farvi ammazzare».

Lei non aveva risposta: non aveva torto.

Avanzarono furtivamente lungo il corridoio, Maggie adeguando i suoi passi a quelli di lui, anche se dubitava che avrebbero ingannato qualcuno facendo credere che ci fosse solo un uomo che si aggirava per la casa: avevano rovinato quella percezione parlando quando erano entrati. Ma chi avrebbe ascoltato? Kelsey? Dylan che fingeva di essere Kelsey?

Faceva fatica a respirare. Owen avrebbe dovuto essere già tornato. Se fosse stato qui, se fosse entrato per prendere qualcosa per Alex, sarebbe dovuto uscire quando avevano chiamato il suo nome.

La prima porta a sinistra era lo studio: la scrivania di Alex al centro, scaffalature a tre ripiani su entrambi i lati. L'armadio non aveva ante; Alex le aveva rimosse per trasformarlo in una libreria a vista. Molto cool in circostanze normali, ancora più perfetto ora, perché potevano vedere senza entrare che nessuno si nascondeva all'interno.

La stanza di fronte era la camera degli ospiti. Nessuno si nascondeva sotto il futon o nell'armadio. La porta della camera da letto di Alex era chiusa. Reid allungò la mano e girò la maniglia, poi la spalancò con l'arma pronta...

L'abbassò mentre lei entrava dietro di lui. Vuota.

Maggie aggrottò la fronte, ma le sue spalle si erano rilassate. Nessuna notizia era meglio di una brutta notizia: almeno non avevano trovato Dylan con un coltello alla gola di Owen. Potevano Owen e sua moglie essere già tornati davanti con l'agente Harrison e i loro figli, aspettando solo Maggie e Reid per dirigersi da Sammy? «Forse... sono usciti dal retro?»

«Perché dovrebbero farlo?» disse Reid, infastidito.

«Perché siamo tutti stupidi e non sappiamo cosa è meglio per noi?»

«Giusta osservazione». Inclinò la testa, socchiudendo gli occhi, scrutando le pareti, il pavimento. Probabilmente cercava segni di colluttazione, ma lei non vedeva nulla fuori posto. Nemmeno un calzino sul tappeto. Se Reid fosse entrato nella camera da letto di Maggie cercando segni di colluttazione, sarebbe andato immediatamente nel panico: la sua casa sembrava come se fosse esplosa una bomba. Come se avesse combattuto con i demoni in ogni stanza.

Suppose di averlo fatto. La sua gola si strinse.

«Che siano usciti dal retro è meglio che se Dylan li avesse *portati* fuori», disse. Inoltre, se fosse stato Dylan, come avrebbe potuto soggiogarli tutti così velocemente, così silenziosamente? Tre persone, incluso un agente armato, non sarebbero state facili da catturare.

D'altra parte, a Dylan piacevano le sfide. Usare oggetti trovati sul posto. Non uccidere mai nello stesso modo due volte. Avrebbe visto questa notte come un gioco? Se così fosse... stava vincendo.

Il suo stomaco si contrasse, rabbia e terrore, bile e dolore, un bollente stufato di orrore. *Dove sei, Owen?*

Reid si avvicinò alla finestra più lontana, scrutando il giardino. Scosse la testa. Maggie osservò l'armadio: chiuso. Così come la porta a vetri che conduceva al terrazzo sul retro. Aggrottò le sopracciglia, il cuore che le accelerava, anche se ci volle un momento per identificarne la causa. La porta sul retro non era aperta come quella sul davanti, la maniglia saldamente chiusa. Ma... c'era solo un accenno di ombra vicino al pavimento oltre le persiane?

L'aria svanì. Voleva fermarsi, voleva chiamare Reid, ma la maniglia della porta era già nella sua mano, e quando la spinse verso l'esterno, sbatté immediatamente contro qualcosa che bloccava l'altro lato.

«Maggie, aspetta!» gridò Reid, ma lei stava già spingendo, spingendo, poi passando attraverso la fessura. Una borsa per laptop giaceva dall'altro lato della porta. La borsa di Alex: riconobbe la bottiglia d'acqua che Alex teneva sempre agganciata ad essa. Maggie ne aveva una uguale nel suo ufficio.

Ma nessuno la stava tenendo. Nessun corpo giaceva accanto alla borsa. E sebbene questa avrebbe dovuto essere una buona notizia, sembrava di cattivo auspicio.

«Dove sono, Reid?» La sua voce era un sussurro, appena intelligibile, ma non importava se lui potesse sentirla; non poteva vedere più di lei nel cortile buio. Avevano scalato la recinzione di legno alta due metri? No, era sciocco. Se Owen e Katie erano qui, c'era solo un altro posto dove guardare: il capanno, appena visibile attraverso la notte nebbiosa. E dov'era finito l'agente?

Hai pensato che l'assassino fosse un poliziotto, Maggie: più di una volta hai pensato che potesse essere un poliziotto. E se Dylan avesse avuto l'idea di infilarsi nella vita di qualcun altro... chi meglio?

Maggie si affrettò verso le scale del terrazzo, intenzionata a correre verso il capanno, ma il suo piede inciampò sul gradino più alto. Barcollò in avanti, inciampando sui tre gradini di legno, agitando le braccia. Riuscì a rimanere in piedi, la caviglia che urlava quando atterrò sull'erba. Inciampò per tre passi in avanti. Tre passi per riprendere la compostezza.

E un passo per girarsi. Per vedere cosa l'aveva fatta inciampare.

Una singola scarpa giaceva vicino al gradino più alto: una scarpa da donna, con il tacco alto. E alla base delle scale, nascosta dietro il bordo del terrazzo, c'era la sua gemella. La parte superiore aperta rendeva facile vedere il piede attaccato. Il tallone. Un polpaccio.

«Oh... oh no». Fu tutto ciò che riuscì a dire mentre si avvicinava zoppicando.

Reid scese l'ultimo gradino, la pistola puntata sul giardino. Come in casa, nient'altro si muoveva. Sicuramente non i corpi.

Sia Owen che Katie giacevano alla base delle scale come se avessero cercato di scappare, Katie sopra, avvolta nelle braccia di Owen. Maggie avrebbe quasi potuto immaginare che si stessero abbracciando se non fosse stato per il modo in cui il gomito inferiore di Katie era piegato in una strana angolazione, per il modo in cui la parte visibile della sua gola era selvaggiamente lacerata. L'assassino l'aveva strappata con i denti? Non poteva vedere il viso di Owen da qui, nascosto com'era sotto la sua defunta moglie, ma non c'era modo che la pozza luccicante intorno a loro fosse solo sua. Strisce di sangue, nere al chiaro di luna, dipingevano il lato del terrazzo sopra le loro teste: schizzi arteriosi. I loro cuori stavano ancora pompando quando erano caduti in ginocchio sull'erba.

Click!

Si voltò di scatto mentre Reid si avvicinava, assicurando la sua arma alla cintura. «Dov'è Billy?» sussurrò Maggie. Ma non aveva davvero bisogno di chiedere. L'agente era scomparso. Morto da qualche parte, sicuramente morto. O... colpevole.

Non riesco a respirare.

Reid le avvolse un braccio intorno, intento a allontanarla dai corpi, ma le sue ossa erano pesanti. Crollò sulle ginocchia vicino ai piedi di Katie.

«Owen...» Il viso di Maggie era umido; anche il collo. Il silenzio nel cortile era assoluto. Si aspettava davvero che le rispondesse? Non riusciva nemmeno a vederlo.

VOLEVA vederlo. Voleva dire addio. Si avvicinò lentamente, cercando di ignorare l'umido caldo sulle sue ginocchia: sangue, era inginocchiata nel loro sangue.

«Owen, mi dispiace tanto...» La sua voce si incrinò, singhiozzò, un sottile gemito che tagliò la notte.

Ma aspetta... aveva singhiozzato? Stava gemendo? Aggrottò le sopracciglia.

Reid si accovacciò accanto a lei, allungandosi verso Katie, sollevando delicatamente il corpo della donna, girandola. I suoi occhi morti erano spalancati: senza palpebre, il bianco vitreo al chiaro di luna. Decisamente morta.

Maggie spostò l'attenzione su Owen. Il sangue copriva il viso del suo amico, un taglio alla gola luccicante e scuro, un'altra ferita frastagliata sulla fronte. Ma lui aveva ancora le palpebre. Avevano interrotto Dylan prima che riuscisse a completare la sua missione?

Allungò la mano verso il viso di Owen, toccando la sua guancia pallida, uno dei pochi punti non coperti di sangue. Ancora caldo. Come sua moglie. Ma il suo petto... si stava muovendo?

Il respiro le si bloccò.

Owen gemette di nuovo.

CAPITOLO 26

L a sedia di plastica nella sala d'attesa dell'ospedale le mordeva i fianchi, fredda attraverso la divisa che indossava. Luminoso qui dentro, maledettamente luminoso. La testa di Maggie pulsava. Anche le mani le facevano male, screpolate dopo aver strofinato via il sangue di Owen da sotto le unghie.

Decine di poliziotti stavano ora setacciando la città alla ricerca del partner scomparso di Harrison, Robert-Billy-McGuire, quarantun anni. Non era sfuggito loro che avesse la stessa età che Dylan avrebbe dovuto avere. Bianco, e con la stessa corporatura di Dylan. Nessuna famiglia che si sapesse. Le sue impronte digitali non erano saltate fuori nel sistema quando si era unito alle forze dell'ordine, ma non avevano *neanche* quelle di Dylan nel sistema - non era mai stato arrestato. Sebbene avesse lasciato il DNA nel morso sulla schiena di Joel, non aveva lasciato una singola impronta digitale. Persino il corpo in Ohio era stato troppo decomposto per le impronte. E niente registrazioni dentali per Dylan. Se fossero esistite, avrebbe strappato i denti al ragazzo morto.

Maggie fissò la foto della polizia: testa rasata, mascella quadrata, spalle larghe. «Pensi davvero che Billy sia il nostro uomo? Che sia Dylan?» Il suo viso era così diverso dall'adolescente che aveva conosciuto vent'anni prima, ma la chirurgia plastica poteva fare molto al giorno d'oggi. Anche gli occhi non erano del colore giusto - marroni, non verdi - ma un paio di lenti a contatto potevano risolvere il problema.

Reid si spostò sulla sedia accanto a lei, un posto intero di distanza. Mantenendo le distanze. «Non lo so, davvero non lo so. Harrison sembra pronto a fornire un alibi a McGuire per almeno uno degli omicidi, quindi non possiamo escludere Deejay Kelsey. La sua telefonata ha attirato Alex lontano dagli agenti, non qualcosa che McGuire ha fatto. A meno che McGuire non avesse il telefono di Kelsey. Ma Kelsey l'ha chiamata ogni giorno questa settimana, e lei lo ha richiamato.»

«Anche i fiori a casa sua erano freschi» disse Maggie. «Lasciati o no, non sono estranei.»

«Tristan sta recuperando le informazioni su Kelsey. Andremo lì stasera. Se è il nostro uomo, lo sapremo presto.»

L'agente Billy o Special K? Chi era più probabile che fosse Dylan?

Maggie era ancora scossa, i denti le dolevano tanto quanto la testa. Cercò di forzare la mascella a rilassarsi. Fallì. «E Owen? Ha detto che Alex gli ha mandato un messaggio, chiedendogli di portare il laptop da Sammy, ma ovviamente sappiamo che non è vero.»

«Quando Owen ha ricevuto quel messaggio, il telefono di lei era in macchina e Alex era in acqua. Nessuno sapeva ancora che fosse ferita.»

Maggie annuì. «Quindi l'assassino ha gettato Alex dal ponte, ha mandato un messaggio a Owen di andare a casa, poi è corso indietro lì mentre Owen finiva all'aeroporto. Probabilmente ha solo aspettato a casa di Alex al buio, pronto a uccidere Owen e chiunque fosse abbastanza sfortunato da essere con lui. Se non fossimo arrivati quando siamo arrivati...»

Owen non ce l'avrebbe fatta.

I suoi occhi sfiorarono il lato opposto del pronto soccorso, dove le figlie di Owen erano rannicchiate in un angolo con un'assistente sociale dall'aria assonnata. Maggie aveva cercato di sedersi con loro, ma le avevano voltato le spalle. Poteva essere stato il trauma, poteva essere stata la loro madre - Katie non permetteva mai ai bambini di stare con il resto di loro, quindi le ragazze avevano incontrato Maggie solo un paio di volte di sfuggita.

«Avrei dovuto chiamare Owen per mettermi in contatto quando ho scoperto che Alex era in ospedale» disse. «Era ancora sulla strada di ritorno dall'aeroporto allora, giusto? Se avesse saputo di non andare a casa sua...»

«Eri al club, ed è successo tutto così in fretta, Maggie. Non puoi incolpare te stessa. Questo tizio è riuscito a confondere ogni situazione. E tu stai lavorando a questo caso solo da *ieri*.»

Ieri... sembrava un anno. Maggie deglutì a fatica oltre il nodo in gola. Diede un'occhiata all'orologio; erano qui da quasi due ore. Almeno Owen era cosciente quando lo avevano portato dentro. La ferita alla gola non aveva raggiunto l'arteria, ma la ferita alla testa era più grave - Dylan lo aveva colpito con qualcosa, nello stesso modo in cui aveva fatto con Alex. Ma non abbastanza forte da ucciderlo. Dylan aveva sbagliato?

Dylan non le sembrava il tipo di ragazzo che sbagliava.

«Pensi che abbia lasciato Owen e Alex vivi di proposito?»

Reid alzò un sopracciglio. «Entrambi avrebbero potuto morire per le loro ferite. Di certo non ha cercato di tenerli in vita. Ha senso per il profilo?»

«Io... penso di sì. Se ha deciso che avremo una vita insieme, cercherebbe di dimostrarlo. Una nota d'amore contorta.»

«Quindi pensi che stia dicendo: "Guarda, avrei dovuto ucciderli, avrei potuto, ma non l'ho fatto perché ti amo?"»

«Forse. È pazzo, voglio dire...» Maggie sospirò. «Non lo so per certo. Mi sto aggrappando a ogni filo perché la parte più importante del profilo è che avrebbe dovuto tornare prima di ora. Non avrebbe dovuto lasciarmi sola tutti questi anni, non se la sua ossessione è così radicata.»

Reid sbatté le palpebre. «Posso vedere che ci è voluto del tempo per evolversi, però. Forse è iniziato come rabbia e si è addolcito in affetto. Di certo non stava cercando di farti regali il giorno in cui vi siete incontrati.»

Annuì verso il muro sterile, incapace di guardare i figli di Owen - incapace di guardare nei loro occhi vuoti. «Giusto. L'ho pugnalato in faccia, e qualunque cosa abbia fatto per correggere la ferita, non significa che la cicatrice sia scomparsa. Forse il fatto che io abbia lottato e avuto successo è la prima cosa che gli abbia mai fatto provare emozioni. Col tempo, potrebbe essere arrivato a credere che fosse una cosa buona. Gli psicopatici non sono noti per comprendere i loro sentimenti.» Anche le persone normali a volte scambiavano l'eccitazione per il panico. Forse era arrivato a vedere la sua rabbia come una sorta di affetto. Forse amava semplicemente il fatto di sentire... qualcosa. Qualsiasi cosa. Dopotutto, quella tendeva ad essere la più grande lamentela degli psicopatici: il torpore totale.

Le strinse la spalla, e Maggie si voltò. «Owen è là dietro con i dottori da un'eternità. Pensi che sia...»

Gli occhi di Reid si allontanarono momentaneamente, ma fu abbastanza a lungo - si allargarono. Balzò in piedi, e Maggie lo seguì, guardando il corridoio posteriore da cui Owen stava emergendo, la testa avvolta in una spessa garza bianca, una sciarpa di bende nastrate intorno alla gola. Indossava anche lui una divisa ospedaliera, ma lei poteva ancora vedere il sangue secco vicino alla clavicola.

Owen sbatté gli occhi iniettati di sangue e si appoggiò al muro.

L'assistente sociale dall'aspetto stremato si alzò. Le bambine si avvicinarono lentamente, rallentando man mano che si avvicinavano, sicuramente turbate dalle bende, gli occhi terrorizzati, le labbra tremanti. Ma quando lui si inginocchiò, camminarono tra le sue braccia e appoggiarono le teste sulle sue spalle. Owen chiuse gli occhi, ma questo non impedì alle lacrime di scivolare sul suo viso. L'assistente sociale gli disse qualcosa, Owen annuì senza guardarla, poi affondò il viso nei capelli delle figlie. Le sue spalle sussultarono. Non cercava nemmeno di essere coraggioso.

Era semplicemente un padre. Semplicemente addolorato e in lutto.

Dopo un momento, le bambine tornarono al loro angolo, e Owen si alzò, ancora appoggiandosi pesantemente al muro. Avrebbero dovuto prendergli una sedia a rotelle? Reid e Maggie finalmente si avvicinarono. L'assistente sociale era scomparsa.

«Qual è il verdetto?» chiese Reid.

«Commozione cerebrale,» disse Owen. «Perdita di sangue, alcune 'lacerazioni importanti' - parole loro. Ho anche delle contusioni interne, ma la risonanza magnetica non sembrava così grave come temevano.»

Ma era ancora appoggiato al muro per rimanere in piedi. Era ovvio che stesse ancora lottando contro il dolore, a giudicare dalla tensione agli angoli delle labbra.

«E ti hanno dato il permesso di andare a casa?» chiese Maggie.

«Sì.» Ma non annuì. Troppo stordito per muovere la testa? Troppo dolore?

Maggie esitò - avrebbe dovuto chiamare il dottore, chiedere istruzioni per le cure post-dimissioni? Assicurarsi che gli fosse permesso di andarsene? Ma se Owen voleva scappare, lei non l'avrebbe fermato. Lui sapeva cosa aveva detto il dottore, ed era troppo prudente per rischiare la vita, soprattutto ora che era un padre single.

Gli strinse il braccio. «Allora, dove andiamo?» chiese.

«Non lo...» Le sue labbra si tesero. «La mia testa è tutta confusa.» Guardò rapidamente l'angolo, le sue figlie, poi abbassò la voce, i suoi occhi che si spostavano da Maggie a Reid e viceversa. «Sono terrorizzato, okay? Mi sento come se non sapessi qual è la cosa giusta da fare. I miei figli... devo assicurarmi che stiano bene.» I suoi occhi si posarono su Reid - vitrei. «E se svenissi e l'assassino entrasse? E se non riuscissi a proteggere le mie bambine?»

«Avremo diversi agenti su di te finché non cattureremo questo tizio,» disse Reid.

«Posso averne uno in più per sorvegliare i bambini? Magari cinque in più?» Owen sorrise, ma sembrava sofferente. Sì, stava soffrendo. Dentro e fuori.

Reid annuì. «Ci assicureremo che siate coperti. Dove volete stare?»

Owen alzò le mani. «Non m'importa dove. Da qualche parte sicura. Ovunque voi possiate *davvero proteggerci*.» La durezza nella sua voce fece trasalire Maggie, ma Reid non batté ciglio.

«Da Sam sarebbe più facile,» disse Reid.

Owen annuì - apparentemente non così stordito come

aveva pensato - ma Maggie interruppe. «Non sono sicura che sia il meglio per le bambine,» disse Maggie. «Potrebbero sentirsi meglio a casa loro - a casa di Owen. Hanno appena perso la madre. E tutto questo potrebbe spaventare i figli di Sammy.»

Gli occhi di Owen si riempirono di lacrime. Abbassò lo sguardo invece di rispondere.

«Starò io a casa di Owen,» disse Maggie. «Con loro. In questo modo potrai disporre gli agenti in un unico posto, coprire tutte le entrate e le uscite, e io potrò tenere d'occhio il tizio se questo qui sviene.» Fece l'occhiolino a Owen, ma era certa che sembrasse forzato.

«Disporrò gli agenti,» disse Reid. «Mi assicurerò che ci sia un'unità davanti, una dietro e un'altra coppia in pattuglia a piedi. La stessa cosa che avremo a casa di Sam. Se il capo mi dà problemi, useremo i ragazzi di Tristan per la copertura. E Sammy sa già che i bambini non possono andare alle loro attività estive per qualche giorno. Sarà lo stesso per i tuoi.»

«Almeno i tuoi non hanno nulla da fare dato che avevano in programma di essere in California,» disse Maggie. Questa volta, Owen trasalì. *Come Mettere il Piede in Bocca: Una Guida per Principianti.* Ma non c'era modo di tornare indietro. L'unico modo per uscirne era andare avanti. E non sarebbe stata di alcuna utilità se non si fosse riposata. I suoi occhi erano pieni di carta vetrata. I suoi muscoli dolevano. Ogni centimetro del suo corpo si sentiva pesante e dolorante.

«Risolveremo questa situazione,» disse Reid. «Lo prenderemo.»

Quando Owen non rispose a Reid, lei guardò il detective. Reid la stava osservando, non Owen. *Lo prenderemo.* Aveva avuto troppe delusioni per crederci subito, troppi morti lasciati nella scia di tali promesse, ma voleva credergli. Forse doveva provare. Dopotutto, lui dovrebbe essere morto... e non lo era. Reid era sfuggito a questo killer quando avrebbe dovuto essere il primo ad andarsene.

Aveva ingannato la morte. Forse avrebbe potuto farlo di nuovo.

Forse sarebbe stato abbastanza fortunato per tutti loro.

CAPITOLO 27

REID

L'ex fidanzato di Alex era uno spacciatore di marijuana di basso livello con una sfilza di arresti per reati minori. Viveva nella città vicina in un condominio situato tra una stazione di servizio e un cinema, con una ficus di plastica piantata come un cespuglio davanti all'ingresso dell'edificio. La tromba delle scale puzzava di urina. Il corridoio che portava all'appartamento di Kelsey era più muschioso - erba.

«Più o meno quello che mi aspettavo da un deejay spacciatore che usa una droga illegale come nome d'arte», mormorò Tristan. Si fece da parte per permettere a Reid di bussare, ma Reid aveva a malapena sfiorato il legno con le nocche quando la porta si spalancò.

Kelsey Thatcher aveva i capelli biondi corti, la sua canottiera era cosparsa di quella che poteva essere polvere di Cheetos. Ma il suo viso rasato era bello, se ti piaceva il tipo supereroe dalla mascella quadrata. Maggie era attratta da quel tipo?

«Sì?»

«Kelsey Thatcher?»

Lui aggrottò la fronte, le rughe agli angoli dei suoi occhi azzurri si incresparono in un modo che lo faceva sembrare molto più vecchio. «Chi lo vuole sapere?»

Reid mostrò il suo distintivo. Kelsey deglutì a fatica e uscì nel corridoio. Dall'odore che proveniva dall'interno, il tipo era probabilmente preoccupato che fossero lì per arrestarlo per la marijuana - *spoiler, Kelsey, non ce ne frega niente.*

Reid fece un passo indietro per permettere a Kelsey di chiudere la porta, poi appoggiò la spalla al muro opposto. Nessun altro nel corridoio, il prossimo appartamento a una buona decina di metri di distanza. Tristan si posizionò in mezzo al corridoio, bloccando la fuga di Kelsey se fosse stato necessario. E sperava davvero che Kelsey fosse un assassino - che avessero finito di inseguire. Che fosse finita.

Ma non credeva che sarebbe stato così semplice.

Quando Kelsey ebbe chiuso la porta alle sue spalle, Reid disse: «Pensavo che l'avremmo vista in ospedale».

«In ospedale?» Gli occhi di Kelsey si strinsero. «E perché?»

«La Sua fidanzata, Alex Dahlgren, è stata aggredita questa sera. Qualcuno l'ha gettata dal ponte di Fernborn».

Gli occhi azzurri di Kelsey si spalancarono - iniettati di sangue. La sua mascella cadde. «Sta bene?»

«È viva. Il che è una brutta notizia per la persona che ha cercato di ucciderla».

«Quindi, voi...» Kelsey si irrigidì. «Voglio dire, non sono stato io, amico. Sono stato qui tutta la notte».

«C'è qualcuno che può confermarlo?»

«Beh... no. Ma se fossi colpevole, non avrei un alibi migliore?» Sorrise come se questo provasse qualcosa - faceva sul serio?

«Il fatto è che Alex è stata attirata su quel ponte. La chiamata proveniva dal Suo cellulare. Quindi può capire perché potremmo avere alcune domande».

Gli occhi di Kelsey saettarono da Reid a Tristan. «Aspettate... no, avete capito tutto male...»

Reid si staccò dal muro, usando ogni centimetro della sua altezza per incombere sul deejay. «Se ha fatto quella chiamata per qualcun altro, magari qualcuno l'ha addirittura pagata per farla... capiremmo».

«Fare il deejay è un lavoro difficile», concordò Tristan. «Ma l'omicidio comporta una pena molto più lunga dello spaccio di droga».

Reid riuscì a evitare di sussultare; non era pronto a rivelare a Kelsey tutto ciò che sapevano su di lui. Avrebbe dovuto dire a Tristan di tenere la bocca chiusa.

Kelsey scosse la testa così violentemente che i suoi capelli ondeggiarono avanti e indietro. «Questa chiamata era di oggi?» Il suo petto si alzava e abbassava rapidamente, le sue mani tremavano. «Ho perso il mio cellulare due giorni fa, amico. Ne ho comprato uno nuovo ieri. Potete controllarlo - giuro che non ho chiamato Alex».

«Dov'è l'ultimo posto in cui ha visto il cellulare?» chiese Tristan.

«Ce l'avevo... al lavoro?» Incrociò le braccia, un po' più dritto, più sicuro. Sincero. Incontrò gli occhi di Reid, anche se era stato Tristan a rivolgersi a lui, probabilmente perché Reid era quello con il distintivo. «Avevo un ingaggio. Ho pensato che si fosse perso nel trambusto, impacchettando l'attrezzatura e cose del genere».

Un ingaggio, una festa... era un posto facile per rubare un cellulare senza essere notati. E un cellulare prepagato sarebbe stato facile da usare - nessuna compagnia che lo disattivi.

«Avrò bisogno dell'indirizzo di quell'ingaggio prima che ce ne andiamo», disse Reid. Avrebbe fatto controllare a Tristan le riprese video, esaminare le telecamere del traffico. Se avevano imparato qualcosa su Dylan finora, era che non avrebbero trovato molto di utile - il bastardo era attento. Ma dovevano provarci.

«Conosce bene le amiche di Alex?» chiese Reid.

«Non proprio. Ho incontrato Sam una volta. E l'ho vista parlare con una rossa nel parcheggio qualche mese fa».

Una rossa? «E cosa ne pensa della rossa? Maggie Connolly?»

Lui scrollò le spalle, noncurante. Troppo noncurante per un uomo ossessionato. «Non so. Attraente, ma rigida?»

Tristan aggrottò la fronte. Le narici di Reid si dilatarono, il petto gli si riscaldò. *Stronzo.* Ma non avevano trovato il loro uomo, solo un altro collegamento. Un'altra persona che era stata manipolata. Dylan aveva usato questo tizio come capro espiatorio, o aveva guidato la polizia qui di proposito. Ma perché?

«Alex ha mai menzionato suo fratello?» chiese Reid.

Kelsey annuì. «Una volta aveva degli incubi su di lui. Diceva che era stato lui a tagliarle il seno». Fece una smorfia. «Hanno fatto un buon lavoro con la ricostruzione comunque. Non era come... una situazione alla *Frankenstein*».

Reid sbatté le palpebre. *Frankenstein?* Questo tipo era davvero uno stronzo. Anche la bocca di Tristan si era incurvata verso il basso.

«Perché mi state chiedendo di suo fratello?» disse Kelsey. «Non l'ho mai incontrato o altro, se è per questo che voi...»

«Pensiamo che Lei possa essere lui», disse Tristan, e Reid resistette all'impulso di sbatterlo contro il muro. *Sul serio, Tristan?*

La bocca di Kelsey si aprì in una piccola *o* scioccata. «Pensate che stessi cercando di scoparmi mia sorella? Siamo in Indiana, non nel profondo dell'Alabam...»

«Usa le lenti a contatto, signor Thatcher?» chiese Reid.

Lui annuì. «Sì, le uso». Le sue guance rimasero rosa, un velo di sudore gli imperlava le tempie.

«Possiamo vederle?»

Kelsey aggrottò le sopracciglia, ma scrollò le spalle, poi alzò le dita verso l'occhio sinistro e staccò il minuscolo pezzo di plastica dall'iride. Trasparente. I suoi occhi blu erano tutti suoi. Si poteva cambiare il viso, ma non si poteva cambiare il colore degli occhi.

«Un'altra prova», disse Reid.

Kelsey sbatté le palpebre, poi rimosse anche l'altra lente e le tenne mollemente nel palmo della mano. «Vuole anche i miei occhiali?»

«Voglio il tuo sangue».

Gli occhi di Kelsey si spalancarono, ma poi si appoggiò alla porta, comprendendo. Allungò una mano, quella che non teneva le lenti a contatto, con il dito puntato come se pensasse che Reid avesse un ago in tasca. «Se vuole il mio sangue per dimostrare che non sono il tipo che sta cercando, per dimostrare che non sono imparentato con la mia ex, è suo. Alex e io non abbiamo il migliore dei rapporti, ma non le ho fatto del male».

«Puoi venire in centrale? Vorrei mettere a verbale la tua dichiarazione e potremmo raccogliere il campione di DNA allo stesso tempo».

Scrollò una spalla. «Sì, va bene. Mi dica solo quando. Non ho nulla da nascondere».

Reid salì al volante del suo Bronco più turbato di quando erano arrivati. «Che ne pensi?»

Tristan si allacciò la cintura di sicurezza. «Ho letto il

profilo dell'assassino fatto da Maggie e... non è il nostro uomo».

«Dove l'hai letto?»

«Nei tuoi appunti. Il fascicolo».

Reid aggrottò le sopracciglia. Come aveva messo le mani sul fascicolo del caso? Ma importava davvero? Stessa squadra, e poi, aveva ragione. Se Dylan voleva Maggie, avrebbe cercato di trasformarsi in qualcuno che lei potesse considerare come partner. E Kelsey? Impossibile. Maggie non uscirebbe mai con un deejay che sopravvive con lavoretti saltuari e qualche occasionale vendita di erba. Non era stabile. «Non è nemmeno carino», disse Reid con cattiveria, avviando l'auto.

«Non come te, vero?»

«Sto solo dicendo che non è che sia snob, ma, per citare i filosofi della nostra generazione, non vuole uno sfigato. E il nostro killer lo sa». Reid si immise sulla strada principale, perso nei suoi pensieri. «Non sta solo cercando di portarsela a letto - potrebbe farlo al club, e forse l'ha già fatto. Vuole che lei lo... ami».

Era questa la parte che lo tormentava da quando Maggie l'aveva detto in ospedale. *Se ha deciso che vivremo una vita insieme, cercherebbe di dimostrarlo. Una lettera d'amore contorta.*

Ma ci voleva molto più di una lettera per conquistare una donna come Maggie.

Il ronzio degli pneumatici riempiva l'auto. Il silenzio si protrasse finché Tristan disse: «Quindi come si dimostra a una donna che si può essere il partner di cui ha bisogno?»

Reid fissò la strada. «Dylan avrebbe trascorso questo tempo lontano trasformandosi in una persona migliore, almeno sulla carta. Vorrebbe creare un personaggio a cui lei non potrebbe dire di no».

«I poliziotti sono buoni padri di famiglia, no?»

Le sopracciglia di Reid schizzarono verso l'alto. «Siamo

cresciuti insieme, quindi sono abbastanza sicuro che ti saresti accorto se qualcuno mi avesse sostituito».

«Intendevo McGuire. Ma è strano che non ti abbia ucciso». Tristan scrollò le spalle. «A meno che tu non sia una minaccia perché la tua avventura di una notte con la dottoressa non ha portato a nulla, e lui lo sa».

Reid si fermò dolcemente a un semaforo rosso e guardò male suo fratello. Non gli piaceva il modo in cui Tristan l'aveva detto - non gli piaceva che lo sapesse. Glielo aveva detto Maggie? L'aveva solo intuito? In ogni caso, sembrava così maledettamente sicuro che non fosse stato niente. Ma per Reid... quella notte era stata tutto fuorché niente. Il suo telefono vibrò nella tasca.

Tristan distolse lo sguardo per primo. «Il DNA di Dylan non è risultato nel database criminale, ma il fatto che abbia trovato una corrispondenza familiare con Alex mi ha dato un'idea. Non sono sicuro che funzionerà, ma potremmo essere fortunati».

«Speriamo». Il semaforo cambiò. Reid estrasse il cellulare dalla tasca, attivò il vivavoce, poi premette l'acceleratore.

«Detective?» Una voce bassa e roca - femminile.

Guardò l'ID del chiamante: l'ospedale.

«Sono Lydia. Mi ha detto di chiamarla se Alex si fosse svegliata».

Poteva immaginarsi l'infermiera nella sua testa dalla qualità della voce da un pacchetto al giorno: divisa verde brillante e una forcina viola. E Reid poteva capire dal tono teso della sua voce che non gli sarebbe piaciuto ciò che avrebbe detto dopo.

«Sta bene?» chiese Reid lentamente, non sicuro di voler conoscere la risposta. Non voleva dover dire a Maggie che un'altra persona a cui teneva era morta.

«Beh... è sveglia».

Le sue spalle si rilassarono. Tristan si afflosciò contro il sedile, sorridendo. «Lo è?» Azionò l'indicatore di direzione e si spostò nella corsia di sinistra - sarebbero tornati in ospedale. Se Alex era sveglia, sperabilmente avrebbe potuto rispondere ad alcune domande.

«Beh, non è esattamente questo che l'ho chiamato per dirle». L'infermiera fece una pausa. «È sparita».

CAPITOLO 28

l detective Clark Lavigne, uno degli amici più cari di Reid e apparentemente l'unico di cui si fidava al momento, riportò Maggie e Owen a casa in auto. Tenendoli in una volante della polizia, nessuno dei due poteva allontanarsi dalla scorta di sicurezza... di nuovo. Inoltre, Owen stesso aveva praticamente implorato tutti gli agenti che potevano risparmiare, e nessuno avrebbe potuto obiettare.

Lui e Alex erano gli unici ad aver visto l'assassino. Si sperava che quando Alex si fosse svegliata - se si fosse svegliata - avrebbe potuto fornire una descrizione migliore. Owen aveva fatto del suo meglio, ma il sospettato lo aveva colpito alle spalle. Non ricordava nemmeno di essere uscito sul retro. La sua migliore ipotesi era che avessero sentito qualcosa fuori, ma non poteva esserne certo - se l'agente McGuire fosse stato Dylan, sarebbe stato facile per lui portare Owen in giardino.

L'ultima cosa che Owen ricordava era di essere entrato nella stanza di Alex dove teneva il suo laptop. L'aveva trovato accanto al letto, non abbandonato fuori dalla porta come un gatto morto. Reid lo aveva ancora in suo possesso. Ma l'assassino lo aveva menzionato, aveva chiesto a Owen di prenderlo, il che significava che era quasi certamente inutile per le autorità.

Alex aveva ragione. Dylan era intelligente.

Le mancava la sua amica. Le mancava *davvero* la sua amica.

Owen rimase in silenzio per tutto il tragitto verso casa sua, con Gillian stretta al suo fianco nel sedile posteriore, Rachel in grembo, e Maggie premuta contro la porta opposta. Gillian in particolare non sembrava entusiasta della presenza di Maggie, lanciandole occhiate di tanto in tanto, ma la ragazza avrebbe dovuto farsene una ragione. Maggie sarebbe rimasta, soprattutto ora che Katie non c'era più. Owen era sempre stato un po' ai margini del gruppo, non si era mai integrato completamente con i suoi amici d'infanzia - un po' troppo rigido per il loro modo di scherzare. Ma ci si sarebbe abituato.

Aveva bisogno di loro. Aveva bisogno di lei. E lei non lo avrebbe deluso.

Il suo cuore si strinse. Quelle povere, povere ragazze. Ma erano sopravvissute. Proprio come il loro padre.

A meno che non prendano dalla madre. Maggie scacciò quel pensiero.

Entrarono nel vialetto di Owen accanto a un'auto civetta della polizia. Owen passò le chiavi di casa a un agente in borghese sul vialetto e si grattò il nastro intorno alla gola - doveva far male. Non c'era da meravigliarsi che non parlasse molto.

Clark rimase seduto, stoico, con le mani strette sul volante. Gli altri osservarono dal sedile posteriore mentre tre agenti entravano in casa e trascorrevano quella che sembrò un'eternità a perlustrare le stanze. Quando finalmente riemersero e fecero un cenno a Clark, il suo ginocchio tremava freneticamente, ma avrebbe trascorso ore in macchina se ciò avesse significato che sarebbero stati al sicuro tra quelle mura.

Clark li scortò attraverso il prato fino al portico con l'energia da pit-bull di un buttafuori. «Sarò proprio fuori da questa porta», disse, facendoli entrare in soggiorno. «Phoebe e il suo partner saranno sul retro. Se avete bisogno di qualcosa...»

Lei gli strinse la mano - un po' audace, ma era meno imbarazzante che abbracciarlo per gratitudine. «Grazie mille. Reid è fortunato ad avere un amico come te. E lo sono anch'io».

Clark sorrise, con i bordi tesi. «Qui siete al sicuro - nessuno entrerà senza che ce ne accorgiamo. Andrà tutto bene».

Maggie osservò finché non chiuse la porta dietro di sé. Le sue spalle si erano rilassate in presenza di Clark, ma nel momento in cui girò il chiavistello, sentì il silenzio nel midollo, denso e viscoso - pesante. Owen andò a mettere a letto le ragazze. Probabilmente ci sarebbero volute ore.

Si mise a lavare i pochi piatti nel lavandino - come avrebbe dovuto fare a casa sua, *grazie tante*. Maggie mise a scaldare l'acqua per il tè, supponendo che avrebbe dovuto prepararne un'altra teiera prima che lui avesse finito con le ragazze. Ma quando il bollitore fischiò, Owen era tornato in cucina con lei.

«Come stanno?»

Owen si palpò il cuoio capelluto, poi la benda sul collo. Fece una smorfia. «Bene come ci si potrebbe aspettare. Le ho sistemate entrambe nella stanza di Gillian; volevano dormire insieme». La sua voce era rauca - un sussurro. Lanciò un'occhiata alla finestra laterale, e Maggie colse il movimento con la coda dell'occhio: un agente che pattugliava il perimetro.

«Hai sempre odiato che lavorassi con la polizia, e ora eccoci qui, circondati da loro. Mi dispiace che la tua socia in affari sia una pazza con una vita pazza». *Mi dispiace che la madre dei tuoi figli sia morta*. Prese una seconda tazza dalla credenza con mani tremanti e la mise davanti a lui, poi versò l'acqua e prese un'altra bustina di tè dalla scatola sul bancone. «La camomilla sembrava la scelta migliore date le circostanze. Non che il tè possa davvero risolvere qualcosa».

Owen fissò la tazza fumante, poi disse: «Pensi che Alex... starà bene? Non volevo parlarne in macchina con i bambini presenti, ma non riesco a smettere di pensare a lei. Non riesco a smettere di pensare che è stata colpita allo stesso modo in cui sono stato colpito io, nel modo in cui Katie è stata...» La sua voce si incrinò sull'ultima parola.

La sua gola si strinse. «Mi dispiace tanto per Katie. Per tutto questo». Avvolse le dita intorno alla tazza di tè come se il calore potesse alleviare la pressione che ora emanava da lui, la tensione pungente che le faceva rizzare i peli sulla schiena. I suoi occhi bruciavano più dei palmi contro la tazza.

«È proprio questo», disse lui. «Dovrei sentirmi molto peggio, ma sono...» Incontrò il suo sguardo. Il ticchettio dell'orologio a pendolo si mescolava con il basso mormorio degli agenti in giardino. «Mi sento una persona terribile».

«Oh, Owen». Posò la tazza sul bancone. Katie gli stava rendendo la vita un inferno - aveva praticamente perso i suoi figli. E ora... non poteva più fargli del male. «Abbiamo entrambi trattato persone che attraversavano divorzi conflittuali. Avere sentimenti contrastanti, persino sperare che accada qualcosa di brutto al partner estraniato... è normale. Lo sai. Sei uno psicologo, per l'amor di Scooby».

Lui alzò un sopracciglio, poi fece una smorfia come se

l'azione gli avesse fatto male alla testa, e probabilmente era così. «Per... l'amor di Scooby?»

Lei scrollò le spalle. «Non so. Sembrava appropriato. Con tutto questo mistero che dovremmo risolvere».

Lui la fissò. Owen chinò la testa.

Maggie si avvicinò a lui. Owen rimase in piedi dove si trovava, rivolto verso il bancone mentre lei circondava le sue larghe spalle con le sue braccia sottili, la guancia contro il suo bicipite. «Hai passato così tanto ultimamente. Niente di tutto questo è colpa tua».

«Non lo è?» mormorò. «Ero *proprio lì* quando Katie è stata colpita. Quando lui le ha affondato quel ramo nella gola».

Lei si irrigidì. «Pensavo che ti fossi svegliato solo dopo. Dopo che era morta».

«Non ho visto chi mi ha colpito. Ma ora mi stanno tornando in mente alcuni frammenti, e so che non sono... intervenuto».

Maggie rimase immobile, le braccia strette intorno a lui. La sua voce suonava strana. La mancanza di tristezza poteva essere comprensibile, persino l'assenza di senso di colpa dopo tutto quello che Katie gli aveva fatto passare. Ma c'era qualcos'altro nel timbro che non andava. Forse troppo acuto, con un'esitazione appena percettibile, ma che lei aveva sentito abbastanza spesso durante le sedute. Come se stesse... mentendo. Parlando per mezze verità.

Lui rabbrividì, poi si girò per ricambiare l'abbraccio, le mani fredde e asciutte. Le accarezzò le spalle con i pollici, facendole venire la pelle d'oca lungo la schiena. «Sapevo che avresti capito. Tu capisci sempre». Questo, almeno, suonava genuino. «Sono solo contento che finalmente siamo soli. Avevo davvero bisogno di elaborare tutto questo, e finora c'era sempre qualcosa che ci impediva di avere una conversazione... una vera conversazione».

Maggie sembrava non riuscire a muoversi. No, questo non era giusto. *Lui* non era giusto. Era forse il colpo alla testa che gli aveva cambiato la personalità, anche se temporaneamente? «Owen, noi parliamo sempre».

«Non delle cose che contano. Ho sempre la sensazione che tu ti trattenga. E, a dire il vero, anch'io mi sono trattenuto». La strinse più forte, le sue dita le facevano rabbrividire la pelle. «Siamo stati partner per così tanto tempo, amici da ancora più tempo. Dal college. Ci siamo stati l'uno per l'altra attraverso traumi, delusioni, dolore. E penso che sia ora di ammettere cosa significhiamo l'uno per l'altra».

Cosa stava dicendo? Stava... flirtando con lei, giusto? Ma la notte di un trauma non era il momento di prendere decisioni importanti. Non era il momento di andare a letto con un vecchio amico o di chiamare ubriachi il proprio ex. Eppure la gente lo faceva. Continuamente.

Per distrarsi.

«Owen, io-»

Sobbalzò a un tonfo proveniente dalla parte anteriore della casa: la porta d'ingresso che si apriva? Ma quella porta era chiusa a chiave. Maggie si voltò, liberandosi dalla stretta di Owen, ma... no, si sbagliava. La porta d'ingresso rimaneva chiusa. Anche la porta sul retro: poteva vederla attraverso la lavanderia dall'altra parte della cucina.

Quel suono non proveniva da una delle uscite. Era una porta interna che si chiudeva. E non era arrivato dalla direzione delle camere dei bambini.

Maggie fissò il corridoio sul retro, quello che portava all'ufficio di Owen. Quella stanza aveva una porta che dava sull'esterno? Non riusciva a ricordarlo, ma non c'era da sbagliarsi sul cigolìo dell'asse del pavimento.

Doveva essere impossibile: c'erano poliziotti ovunque.

Ma qualcun altro era in casa con loro.

CAPITOLO 29
REID

l calore nel petto di Reid sembrava una scottatura solare. Le sue viscere prudevano, in profondità in un punto che non poteva grattare. Aveva già predisposto un perimetro intorno all'ospedale, chiamato i rinforzi, ma le telecamere di sicurezza gli avrebbero finalmente permesso di vedere il loro assassino?

Attraversò a grandi passi l'ingresso del pronto soccorso, ascoltando il digrignare dei suoi molari poiché suo fratello non era lì a riempirgli le orecchie di chiacchiere. Tristan aveva ricevuto una chiamata mentre Reid stava parcheggiando, e Reid non era incline ad aspettarlo nel parcheggio. Questa volta non si dirigeva verso la stanza di Alex, ma verso l'ufficio di sicurezza al piano terra. Perché Alex non era più *nella* sua stanza.

Scomparsa.

Marciò attraverso l'ospedale, registrando a malapena ciò che lo circondava. Dove diavolo era Alex? Come era potuto succedere? C'erano due guardie di posta nel corridoio. Non riusciva a immaginare che Dylan fosse entrato e avesse portato via Alex, ma se fosse stato un poliziotto...

Billy-Dylan era tornato, ancora in uniforme? Reid spinse la porta in acciaio inossidabile, con la parola SICU-REZZA incisa sulla targa in caratteri sorprendentemente minuscoli.

L'ufficio di sicurezza dell'ospedale era più elegante di quanto Reid avesse potuto immaginare, con un lungo divano trapuntato lungo la parete posteriore e la parete frontale contenente decine di monitor a schermo piatto. Non era nulla come la configurazione di Tristan nella sua casa moderna e squadrata, ma sarebbe andato bene. Doveva funzionare.

L'infermiera del reparto - divisa verde, fermacapelli viola, voce da fumatrice - alzò lo sguardo quando Reid entrò, con gli occhi tesi, poi indicò un monitor al centro della parete. Reid non riusciva a vederlo dalla sua posizione vicino alla porta; non riusciva a vedere attraverso la testa quadrata della guardia di sicurezza. Ma la guardia fece scorrere all'indietro la sua sedia con le ruote quando Reid si avvicinò alla scrivania.

«Eccola qui», disse la guardia. «Ovviamente non ci sono telecamere all'interno delle stanze, ma l'abbiamo ripresa mentre usciva qui».

Reid guardò lo schermo con gli occhi socchiusi, poi aggrottò la fronte quando la testa di Alex spuntò nel corridoio. «*È* sveglia». Aveva pensato che l'assassino fosse entrato e l'avesse presa, ma... stavano dicendo che era uscita camminando?

L'infermiera aggrottò le sopracciglia. «Beh, sì, come ho detto al telefono: sveglia e scomparsa».

«Dov'è l'agente?» chiese Reid.

L'infermiera indicò un punto in fondo al corridoio, un cartello vicino al soffitto. Bagno.

«Sul serio?»

«L'altro agente è ancora di guardia sul lato opposto del

corridoio... il vostro uomo non andava in bagno da quattro ore», disse l'infermiera. «Ma guardi».

«La porta è rimasta socchiusa per parecchio tempo», interruppe la guardia di sicurezza, e Reid finalmente lo guardò. La sua testa quadrata non era poi così quadrata di fronte, la fossetta sul mento era asimmetrica, una profonda cicatrice gli attraversava la guancia. Per un momento, Reid lo fissò: la sua guancia. Era così che appariva Dylan dopo che Maggie lo aveva tagliato? Poteva essere *lui* Dylan?

Ma poi indicò la porta con un cenno della mano, mancante di tre dita. Ferite da schegge sul dorso del polso. Dylan non avrebbe mai prestato servizio militare; narcisista, troppo preoccupato della propria pelle.

La guardia, scambiando l'attenzione di Reid per interesse nella sua opinione, continuò: «Sembra che abbia socchiuso la porta e osservato per mezz'ora finché la guardia non si è allontanata. Il vostro uomo è stato via meno di due minuti. Inoltre, c'è un altro tizio di stanza qui vicino agli ascensori; avrebbe visto qualcuno portarla fuori». Indicò l'estremità opposta del corridoio. «Cercavano un personaggio sospetto, non la ragazza stessa che cercava di scappare».

Giusto. Gli agenti pensavano che Alex fosse incosciente: perché avrebbero dovuto fissare la sua porta quando la minaccia sarebbe dovuta venire dall'esterno?

«Le bastavano dieci secondi», concluse l'uomo.

Tutti osservarono Alex uscire lentamente dalla stanza. Ma la guardia si sbagliava; le ci vollero solo cinque secondi per coprire la distanza tra sé e una porta non contrassegnata più avanti nel corridoio, una oltre il bagno. Vi scivolò dentro. L'agente uscì dal bagno e prese posizione davanti alla sua porta, dando le spalle alla stanza in cui Alex era scomparsa.

«Cos'è quello?» chiese Reid.

«Ripostiglio del custode».

«Hmm».

Alex emerse pochi istanti dopo con una giacca marrone avvolta sulle spalle, il cappuccio fatto di materiale grigio da felpa. Divisa ospedaliera di due taglie più grande. Ripeté la stessa routine: sbirciare, scrutare, affrettarsi. Instabile sulle gambe, ma ancora abbastanza veloce.

«Prosegue lungo il corridoio lì e riesce ad arrivare alle scale senza che nessuno nel reparto se ne accorga». La guardia di sicurezza mise in pausa la scena del corridoio e fece apparire un'altra ripresa sul monitor accanto: il piano terra. Tutti osservarono Alex attraversare il pronto soccorso e uscire nella notte.

«Questo non ha senso». La voce di Reid era vuota. «È... uscita camminando? Non sapevo nemmeno che sarebbe stata in grado di camminare una volta ripresa conoscenza». Di nuovo: era fuggita dalla custodia protettiva *di nuovo*. La terza volta in un giorno. Che diavolo c'era che non andava in questa ragazza?

«Avrà difficoltà», disse l'infermiera, con il viso grave. «Mal di testa, vertigini, svenimenti, vomito. Deve tornare qui per essere tenuta sotto osservazione. Potrebbe morire se quella frattura cranica causasse un'emorragia cerebrale, e correre in giro così...»

«Deve sapere di non essere in buone condizioni», disse Reid, indicando lo schermo dove la guardia aveva messo in pausa il video a metà passo. «Avete visto come camminava? Il suo equilibrio è compromesso».

«Ma ha avuto la presenza di spirito di rubare quella giacca e un paio di divise», disse l'infermiera. «Potrebbe essere confusa, ma non *così* confusa». La sua voce roca suonava quasi impressionata. Preoccupata, ma impressionata.

Anche Reid lo era, con l'accento sulla preoccupazione.

I movimenti di Alex erano stati ben studiati. Intenzionali. E rischiare la sua salute, lasciare l'ospedale senza sicurezza, sapendo di essere in pericolo... aveva un motivo.

La porta si chiuse con un tonfo. Tutti si voltarono mentre Tristan entrava, ma Reid stava già concludendo il suo pensiero ad alta voce: «Sa chi è l'assassino. Sa esattamente chi l'ha gettata da quel ponte». E stava andando a prenderlo. Aveva intenzione di finire questa storia stanotte.

«Anch'io lo so», disse Tristan, le parole uscirono di getto. «Ho trovato una corrispondenza con il DNA».

Reid fece un cenno alla infermiera, i cui occhi si erano spalancati, poi alla guardia. «Chiamerò se avrò altre domande».

Si diresse verso la porta, facendo cenno a suo fratello di seguirlo. «Sputa il rospo, amico», disse mentre si precipitavano nel corridoio, nel frastuono delle barelle, il bip dei monitor, il trambusto degli operatori ospedalieri che non aveva notato all'entrata. «Sono passate solo poche ore. Come sei riuscito a ottenere una corrispondenza del DNA, anche se solo "più o meno"?»

«Perché non ho avuto bisogno di eseguire un nuovo profilo», disse Tristan, affrettandosi dietro di lui. «Ad alcuni ragazzi li fanno a scuola. Impronte digitali, campioni di DNA, tutta la procedura».

Giusto. Una volta era per prevenire i rapimenti, ma ora era diventato comune a causa delle sparatorie nelle scuole - utile per identificare i corpi quando un'arma obliterava l'intero viso. «È Billy McGuire?»

«È morto. Hanno trovato il suo corpo in un capanno degli attrezzi tre case più in là di quella di Alex».

Quella pista era sfumata. «Dobbiamo-»

Tristan gli afferrò il braccio così forte che Reid si fermò di colpo, le sue scarpe stridettero sul linoleum. «Reid!

Ascolta, cazzo! I figli di Owen... hanno una corrispondenza familiare con Alex».

Il rumore nel corridoio si arrestò. L'ossigeno era svanito, ma poi il cuore di Reid riprese a battere furiosamente, e riuscì a dire: «Mi stai dicendo che-»

«Owen è il fratello di Alex. Non so come, ma è stato qui tutto il tempo. La osserva fin dai tempi del college. Si è trasformato nel suo uomo perfetto, e ora è stanco di aspettare. Sta eliminando tutto ciò che si frappone tra loro».

E... merda. Maggie era sola con lui in questo momento.

Reid incrociò il suo sguardo. «Cosa succederà quando si renderà conto che è stato tutto inutile?» La sua voce era tesa, roca nella gola. «Quando lei lo rifiuterà?»

Tristan non rispose. Entrambi conoscevano la risposta.

Nel momento in cui Owen si fosse reso conto che Maggie non sarebbe stata sua, lei sarebbe stata praticamente morta.

CAPITOLO 30

«C he cazzo è stato?» chiese Owen bruscamente. Maggie fissava il soggiorno, ma il suo cuore si era fermato. Non era solo il fatto che ci fosse qualcuno di inaspettato in casa; aveva mai sentito Owen imprecare? Ma era stata una notte eccezionalmente emotiva. Nessuno dovrebbe vedere la propria ex moglie dissanguarsi al proprio fianco e comportarsi in modo completamente normale.

«Io... non ne sono sicura,» rispose lentamente, facendo un passo verso la fonte del rumore, ma Owen le avvolse la mano intorno al braccio. «Maggie, e se fosse l'assassino?»

L'assassino - l'assassino è qui. Il panico le percorse la schiena, acuto e rabbioso. La tensione gocciolava dalle pareti, vibrando dal punto in cui le sue dita le toccavano il polso. Ma non poteva concentrarsi su quello. Riusciva a malapena a vedere. La sua testa era un groviglio di pensieri frenetici.

Owen non era innamorato di lei - era questo che intendeva con tutto quel discorso sul "ne abbiamo passate tante"? Stava pensando troppo? Si stava semplicemente sbagliando? E come poteva anche solo considerare questo in quel momento? C'era qualcun altro in casa. *L'assassino è in casa!*

Lanciò un'occhiata oltre la spalla a Owen, ma lui non la stava guardando - il suo sguardo era fisso sulla parte della casa da cui proveniva il rumore, la mascella serrata, i muscoli tesi, in tutto e per tutto l'amico solido e stabile che aveva imparato ad amare nel corso degli anni. Finalmente si voltò verso di lei, ma la familiarità nel suo viso, nella sua postura, non rallentò il battito frenetico del suo cuore. Non erano soli. Erano in pericolo.

«Stai dietro di me,» disse. «Non voglio che ti faccia male. Non potrei sopportare se ti succedesse qualcosa.»

Le sue spalle si rilassarono leggermente. Owen l'aveva sempre protetta. Era sempre stato lì per lei, anche quando lei lo allontanava.

Le lasciò il braccio e si infilò davanti a lei nel soggiorno, ma non andò lontano. Alex uscì dal corridoio sul retro e si fermò sul tappeto. I suoi pantaloni erano di tre taglie più grandi, e indossava... la maglietta di Owen?

Maggie trattenne il respiro, cercando di mettere insieme quello che vedeva, e finalmente capì. La tensione nella sua schiena svanì, sostituita da un caldo senso di sollievo. «Alex...» Si allontanò da Owen, ma lui la seguì, rimanendole accanto, ancora protettivo, forse non ancora convinto che fossero al sicuro. «Ti sei svegliata! Stai bene!»

«A malapena.» I piedi di Alex erano sporchi, lo smalto delle unghie scheggiato. «Ho chiuso a chiave la porta della stanza dei bambini. Ho legato la maniglia a quella dall'altra parte del corridoio.»

Legato... in modo che non potessero uscire? «Perché?» Maggie cominciò - *perché chiudere i bambini, perché sei a piedi nudi, perché indossi la maglietta di Owen?* - ma Owen stava parlando anche lui: «Come sei entrata qui?»

Era una domanda valida, ma pronunciata senza traccia di sollievo. Solo... irritazione? Era preoccupato che potesse svegliare le ragazze? Infastidito che le avesse chiuse in camera? Quello era certamente strano. Forse il trauma alla testa di Alex stava compromettendo il suo giudizio.

Alex non si scompose al suo tono. «La polizia dovrebbe proteggere anche me - erano contenti di averci tutti in un unico posto. Ho anche avuto la possibilità di scusarmi per essere scappata dal convoglio.»

Alex era semplicemente... entrata dalla porta dell'ufficio? Dalla porta sul retro? Ma ovviamente la polizia l'aveva fatta entrare. Averli tutti insieme era il piano originale.

Alex non distolse l'attenzione da Owen, osservandolo nello stesso modo in cui lui la osservava. Che succedeva a questi due? Era snervante essere l'unica nella stanza con il cranio intatto.

«Dylan mi ha chiamata mentre andavo da Sammy,» disse Alex. «Mi ha detto che se volevo vederti viva, dovevo venire da sola.» Il suo sguardo scivolò su Maggie. «Pensavo che noi due potessimo affrontarlo. Come una manovra robo-distruttiva. Ma tu non eri...» Sbatté le palpebre, la sua postura vacillò. Frastornata - ferita. *Merda.* Dovevano riportarla in ospedale. «Non c'eri,» concluse Alex.

Perché Maggie era al club, sotto copertura. Nel club di cui non aveva mai parlato ad Alex.

Maggie fece un altro passo avanti, e di nuovo, Owen la seguì come per proteggerla da Alex. *Andiamo, amico.* Alex era ferita, spaventata, ma non era l'assassina... anche se aveva ucciso Aiden. «Se Dylan ti ha chiamata, forse la polizia può rintracciare la chiamata. Gliel'hai detto?»

Alex sbatté le palpebre. «Non ho bisogno che la rintraccino. So esattamente dov'è Dylan.» Ma non stava più guardando Maggie. Stava fissando... Owen.

Maggie aggrottò le sopracciglia. *Aspetta... cosa sta*

dicendo? Non riusciva a mettere a fuoco lo sguardo. Le pareti erano più vicine di quanto fossero stati solo pochi istanti prima. Il pavimento si stava muovendo?

Owen scosse la testa - *aveva appena alzato gli occhi al cielo?* «Maggie, è ovviamente confusa. Forse è il trauma alla testa.»

Aveva pensato la stessa cosa pochi istanti prima, ma non suonava giusto sentirlo da lui - troppo calmo. Non sembrava scioccato. O nervoso. Il suo stomaco era un nodo solido d'acciaio, il sangue le vibrava, le mani tremavano, ma lui non sembrava... niente.

«Come avrei fatto a buttare Alex giù da un ponte con una scorta della polizia?»

Ma tutto quello che doveva fare era perdere le guardie dopo essersi allontanato dal convoglio... e l'aveva fatto. Reid aveva detto che aveva dovuto fermarsi per permettere agli agenti di raggiungerlo. Il ponte era sulla strada per l'aeroporto. Gli bastavano due minuti per gettare Alex nel fiume. E quindici minuti dopo, la nuova pattuglia era con lui, e sembrava perfettamente innocente. Un po' di pianificazione, tempismo meticoloso, ed era a posto.

Ma... no, cosa stava pensando? Era impossibile. Ridicolo.

Non poteva essere Owen. Lo conosceva da sempre, era andata a scuola con lui. Non c'era modo che fosse un assassino. Aveva più senso che Alex fosse confusa. Era logico.

Allora perché la sua schiena era un pasticcio appiccicoso di pelle d'oca? Perché non riusciva a trovare l'aria?

«So di non essere mai stata la tua persona preferita,» disse Owen ad Alex. «Vuoi Maggie tutta per te. Ma lanciare accuse non è il modo di gestire la tua paura che io possa sostituirti.»

Quella frase la colpì al petto, strappandola dal suo stupore. «Nessuno potrebbe sostituire Alex», disse Maggie con fatica, ed era vero. Non importava cosa avesse fatto Alex, l'avrebbe sempre amata. Aver ucciso accidentalmente suo fratello era doloroso, orribile, traumatico, ma era la bugia che faceva male. Che Alex non si fosse fidata abbastanza di lei da raccontarle dell'incidente.

L'incidente. Ecco cos'era stato: un *incidente*.

Gli occhi di Alex erano lucidi. «Maggie, devi credermi», disse piano. «Anche se non puoi perdonarmi, anche se non mi parlerai mai più dopo stasera, ho bisogno che tu mi creda ora. Che ti fidi di me. Non sono pazza. Verrà di nuovo a prendermi, a prendere te. Non si fermerà mai».

Maggie spostò lo sguardo su Owen. Era in piedi, impassibile, con la testa leggermente inclinata. Se fosse stato lui l'assassino, perché avrebbe chiesto più agenti? Li aveva praticamente supplicati di mettere ogni uomo disponibile alla porta.

Perché ciò che vuole è... qui dentro.

Pugnali di ghiaccio le trafissero le vene. Era pazza? Le sembrava di esserlo.

Ma mentre l'idea che la ferita alla testa di Alex avesse portato a un'accusa falsa aveva senso, non *sembrava giusta*. Lo sguardo di Owen era fin troppo calmo. Owen, stabile e affidabile, non si preoccupava del fatto che Alex avesse rinchiuso i suoi figli, non era preoccupato per la salute di Alex. Non era turbato per Katie, ma aveva abbastanza competenze psicologiche per capire come fosse *opportuno* comportarsi.

Sembrava impossibile, ridicolo, ma non era mai stata più certa di qualcosa in vita sua.

È lui. Owen *era* Dylan.

Il suo profilo corrispondeva. La sua statura fisica corrispondeva: la nascondeva con camicie abbottonate e tweed da nerd, ma poteva benissimo essere l'uomo con cui aveva fatto sesso in quel club. Era un dottore in psicologia, ma forse sentiva che anche questo era al di sotto di lui. Voleva essere il padrone dell'universo. Il padrone di... Maggie stessa.

«Mi hai tagliata a metà», disse Alex.

Owen scosse di nuovo la testa. «Sono un uomo migliore di così. Un padre. Un dottore. Un cittadino onesto».

Un dottore. Perché lei stava studiando psicologia quando si erano conosciuti. Se Maggie fosse andata a ingegneria, avrebbe cambiato facoltà? Probabilmente. Ogni decisione che aveva preso era stata per lei.

La sua pelle si accapponò.

«Non mi interessa quello che dici», disse Alex, con la voce tremante. «Non sei un cittadino onesto. Sei un assassino stronzo».

Owen guardò Alex e poi tornò a Maggie. «Le persone possono cambiare», disse piano. «Qualsiasi psicologo lo sa».

Il cuore di Maggie si fermò. L'aveva appena ammesso? Non esattamente, non in un modo che avrebbe retto in tribunale. Ma il tribunale era davvero l'obiettivo? Alex sapeva chi era, eppure non l'aveva detto alla polizia mentre entrava.

Non lo vuole in prigione. Lo vuole morto.

L'aria era tagliente di calore, aghi nei polmoni. *Maggie, cosa stai pensando?* Non poteva dare voce all'idea che stava mettendo radici nel suo cervello: era puro istinto. Per una volta nella sua vita, la sua mente era completamente vuota. Poteva solo sentire.

La polvere acre dell'edificio le solleticava il naso.

Il dolore acuto dei suoi denti le lacerava il cranio.

Il respiro le mancava, forzato fuori dai polmoni dal suo ginocchio sulla schiena: pressione e terrore mentre la inchiodava al pavimento.

I suoi capelli erano bagnati del suo sangue. Poteva sentirne l'odore, il sapore metallico come monete in gola.

Maggie distolse lo sguardo dall'uomo al suo fianco. Il suo cervello le urlava: *Non voltare le spalle a un assassino! Sei pazza?* Ma stava ansimando. Il petto era stretto in una morsa. Non riusciva a respirare quando i suoi occhi erano fissi nei suoi. Non l'aveva mai riconosciuto prima, ma *conosceva quegli occhi.*

«Non puoi cambiare», disse Alex. «Non cambierai mai. Sei un fottuto psicopatico». Alex guardò il tavolino, così brevemente che Maggie quasi non se ne accorse. Ma l'aveva fatto. Maggie aveva anche notato il modo instabile in cui Alex stava in piedi. Non solo per la ferita alla testa. Una mano contro la coscia destra, il palmo piatto. Conosceva Alex dalle medie e non aveva mai visto le sue mani così ferme. Anche nel suo momento più calmo, Alex era irrequieta.

Si fidava di Alex? Sì. La fiducia non era mai stato il problema: qualsiasi frattura tra loro era stata causata dalla paura. Paura dell'uomo accanto a lei.

Non avrebbe mai dovuto essere Aiden.

Avrebbe dovuto essere *lui.*

La spina dorsale di Maggie si irrigidì, una singola barra forgiata nel ferro. Le sue dita erano artigli contro le cosce.

Owen sbuffò. «Non stai ingannando nessuno», disse ad Alex, con voce bassa e calma. Insensibile. «Maggie sa meglio: *sa* che sono un brav'uomo. Lei ed io siamo amici da più di un decennio». Avrebbe dovuto essere spaventato, preoccupato, confuso, ma tutto ciò che vedeva nel suo sguardo blu vivace era un lampeggiante mix di rabbia e odio, accenni della bestia che si nascondeva dentro di lui: affamata, con denti affilati e artigli feroci.

Alex si spostò in avanti, un singolo passo. Il tavolino era proprio lì. «Fidati di me», disse Alex. «Per favore,

Maggie, *fidati di me*». Stava supplicando: stava implorando.

«Alex ed io siamo amiche da più tempo». Le parole suonavano piatte, prive di emozione, ma non riusciva a pensare a nient'altro da dire.

Owen finalmente si voltò verso di lei: tutto il corpo, non solo la testa. «Eppure, non stai chiamando la polizia. Perché è lei che ha ucciso tuo fratello. Non io. Sono io quello che si prende cura di te quando lei ti frega. Sarò sempre quello che si prende cura di te. Ti vedo per quella che sei: chi sei veramente. E anche tu mi vedi».

Vedimi. Era per questo che prendeva le loro palpebre?

Un lento sorriso si allargò sul suo viso. Alzò la mano al suo occhio sinistro e si tolse la lente a contatto colorata. Sotto... verde.

La bocca di Maggie era imbottita di cotone. Sì, ricordava quegli occhi. Owen non aveva mai mostrato nemmeno un accenno dell'uomo che aveva incontrato in quell'edificio abbandonato, ma, oh, ora poteva vederlo. Poteva vedere il mostro che si era nascosto dentro di lui per tutto questo tempo. Nascosto in bella vista.

«Sapevo che non mi avresti denunciato» sorrise. «Sapevo che avresti scelto me invece di lei».

«Non importa cosa voglio io» disse Maggie lentamente, molto più calma di quanto si sentisse. «La polizia ha il tuo DNA dal morso su Joel».

Lui scrollò le spalle come se fosse irrilevante. «Tutto ciò che vuoi, qualsiasi cosa ti possa servire, io ce l'ho. So dov'è tua madre - possiamo andare lì. Nessuna estradizione. Possiamo vivere il resto delle nostre vite in pace».

In pace? Vivere con un assassino sembrava più un dormire con un occhio aperto. «E mio padre?»

«Possiamo fare degli accordi per lui. Troverò un modo».

«E le bambine?» Bambini - lui ha dei *bambini*.

«Ho visto come sei con i figli di Sammy. Sono sicuro che andrà bene».

Bene? Lei non voleva figli - non li aveva mai voluti. Ma improvvisamente si convinse che se lo avesse detto ad alta voce, lui sarebbe entrato lì e avrebbe tagliato la gola alle sue figlie senza pensarci due volte. Le bambine erano state un mezzo per raggiungere un fine, nate non per amore ma per necessità. Erano semplicemente un modo per tenere Katie intorno finché gli fosse stata utile. Un modo per mostrare a Maggie che lui era un brav'uomo, un uomo di famiglia - un uomo che lei poteva... amare?

Impossibile, è impossibile. Ma quando tutte le soluzioni probabili erano sbagliate, l'impossibile, per quanto improbabile, doveva essere vero.

«Hai ucciso tu Harry?» chiese.

«Harry si è suicidato». Ma i suoi occhi brillavano - selvaggi. Le sue spalle si raddrizzarono. Era... orgoglioso di sé.

A Maggie si gelò il sangue. Owen lo aveva convinto. In qualche modo, Owen - *Dylan* - era responsabile per Harry, si era comprato un giorno in più con il sangue di Harry. La manipolazione era la sua vera arma preferita. Se si capiva la mente umana - se si capiva davvero cosa spingeva le persone come faceva Owen - la lingua era letale quanto una lama.

E non si sarebbe mai fermato. Se la polizia fosse arrivata qui, con le armi spianate, lo avrebbero preso. Ma Owen era più intelligente di loro, più intelligente di tutti - avrebbe trovato un modo per uscire da qualsiasi prigione. E non avrebbe mai smesso di cercarla. Finché Dylan fosse stato vivo, questa storia non sarebbe finita.

Maggie fissò il suo socio in affari, cercando di convincersi che si sbagliava, che era impossibile, che era tutto un brutto sogno, ma la stanza pulsava, sfocata ai bordi, il suo sguardo concentrato sull'uomo di fronte a lei. Ma lui non era più quell'uomo, non più. Erano di nuovo adolescenti, e quella fame scintillante nel suo sguardo non era affetto o ossessione - non voleva proteggerla.

Voleva ucciderla.

Voleva mangiarla viva.

L'avrebbe mangiata viva se lei non lo avesse fermato. Ma non aveva nessun frammento di vetro tagliente con cui proteggersi. Aveva solo... Alex.

Cosa stai facendo, Maggie? Non lo sapeva. Non doveva saperlo, non ora. Ancora una volta, poteva sentire il sapore del rame in gola. Poteva sentire l'odore della polvere nel naso. La cicatrice sulla testa pulsava, pulsava, pulsava, acuta e arrabbiata.

I suoi polmoni si espansero. Il suo campo visivo si schiarì.

«Questo non funzionerà, Dylan». Il suo vecchio nome. Non quello nuovo. Sbatté le palpebre guardandolo, osservando Alex con la coda dell'occhio, e alzò la mano sinistra alla sua tempia. Il gesto era romantico, gentile, ma serviva anche a bloccare Alex dal suo sguardo multicolore. Nessuna traccia della cicatrice sulla guancia. Solo la garza intorno alla gola. La benda sulla testa.

Le sue narici si dilatarono. «Non lo pensi davvero. Tutto questo, l'ho fatto per te. Possiamo essere felici, Maggie. Non volevo che lo scoprissi esattamente in questo modo, ma siamo fatti per stare insieme».

«Hai ucciso Kevin» sibilò. «Come posso perdonartelo?»

Un angolo del suo labbro si sollevò, ma c'era una follia sincera nel suo sguardo. Pensava davvero di aver fatto la cosa giusta. «Era un tossicodipendente, e ti stava trascinando giù con lui. Ma io ti renderò più felice di quanto Kevin avrebbe mai potuto».

No, non l'avrebbe fatto. Nella sua mente, vide Joel, quel lembo di pelle strappato dal suo bicipite. Il volto di Cara, il buco spalancato sulla sua guancia dove l'aveva squarciata. Katie, la madre dei suoi figli, la gola una seconda bocca spalancata. E le sue figlie... avrebbe distrutto quelle bambine prima o poi. Per quanto fosse in grado di fingere in pubblico, la vita privata di uno psicopatico non era mai idilliaca come sembrava. Non c'era da stupirsi che avesse tenuto Maggie lontana da loro.

E Aiden... povero Aiden. Povero Kevin. Non avevano mai avuto una possibilità.

Ma lei sì.

La rabbia bruciava come carboni ardenti nel suo ventre. Alex si mosse. Maggie piantò i piedi sul pavimento e sussurrò: «Non puoi rendermi felice, Dylan. Non sarai mai bravo come Kevin».

Cosa stai dicendo? Chiama la polizia, non fidarti dell'aiuto di Alex, è già ferita, è stupido, è così fottutamente-

Il volto di Dylan cambiò in un istante. Le sue labbra si ritrassero scoprendo i denti, gli occhi acuti, uno verde e uno blu. Non dovette quasi slanciarsi. I suoi denti affondarono nell'avambraccio di lei.

Il dolore era così caldo e acuto che si morse la lingua per non urlare. Maggie ruotò verso di lui, angolando il corpo verso Alex, e Dylan afferrò il tavolino per sostenersi, tenendola con i denti. Strinse più forte, la mano destra sul suo braccio, l'altra mano che teneva il mobile, sostenendosi - frenetico. Così perso nella sua fantasia da non vedere Alex lanciare il tagliacarte dal tavolino.

Maggie lo afferrò sopra la testa di Dylan, alzò la lama e si chinò sul suo braccio ferito, sanguinante, appiccicoso. Conficcò il tagliacarte attraverso la mano di lui, inchiodandolo al tavolo. *Lascia andare - lascia andare, stronzo!*

Owen-*Dylan*-grugnì, e Maggie spinse il suo corpo contro di lui, il suo braccio più in profondità nella sua bocca, smorzando il suono. Non riusciva a pensare, non riusciva a respirare, aveva sangue in bocca, la testa che pulsava in acuti battiti di sofferenza. Owen si mosse, cercando di strappare il tagliacarte dal tavolo, cercando di liberarsi, ma Maggie appoggiò il suo peso contro la lama, contro di lui. Lui scuoteva la testa da un lato all'altro, una danza agonizzante di pelle e canini. I muscoli del suo braccio urlavano di dolore, una pressione profonda e torturante, i suoi denti che laceravano la sua carne. Lei strinse i molari, cercando di soffocare le sue stesse urla, emettendo un sottile gemito ansimante.

Fidati di me, aveva detto Alex. Maggie lo faceva, *oh*, lo faceva, ma il suo braccio era in fiamme, i muscoli e i tendini sempre più straziati con ogni secondo che passava. Cosa stava facendo? Dov'era Ale-

Maggie non vide Alex alzare il coltello, non era nemmeno sicura di dove l'avesse preso, ma lo vide scendere, dritto verso la parte posteriore della testa di Owen, tagliando attraverso la sciarpa di bende sul retro del suo collo, incontrando resistenza alla sua spina dorsale. Ma Maggie non riusciva a elaborare completamente cosa stesse succedendo. Sbatté le palpebre, e invece della lama nel collo, Maggie vide vetro frastagliato sporgere dalla sua guancia - vide la ferita che lei gli aveva inflitto, scintillante nella luce fioca dalle finestre dell'ufficio. L'aveva fatto lei? L'aveva pugnalato?

Sì. Perché lui stava cercando di ucciderla. Stava cercando di ucciderli tutti.

Owen grugnì. Il dolore nel braccio di Maggie le attraversò il cervello come un fulmine. Maggie sbatté di nuovo le palpebre, e la stanza - la casa di Owen, non l'edificio abbandonato - tornò a pulsare mentre Alex scuoteva l'arma da una parte, la faceva oscillare dall'altra, avanti e indietro, recidendo spina dorsale e nervi. Così veloce. Così veloce. Doveva essere veloce. Non appena qualcuno avesse guardato dalla finestra...

I muscoli di Owen si rilassarono.

La sua mascella si allentò.

Il dolore bruciante nel suo braccio era ancora lì, ancora pungente, ma con meno pressione. Le mascelle intorno al suo avambraccio si allentarono. Maggie lasciò andare il tagliacarte e barcollò all'indietro, stringendo il braccio ferito mentre Owen-*Dylan*-scivolava a terra, la sua mano ancora inchiodata al tradizionale tavolino di legno che probabilmente pensava lo facesse sembrare una persona tradizionale.

Alex inciampò davanti al corpo di Dylan - non si muoveva. Alex non sembrava notarlo. Tirò indietro il piede e martellò il tacco sul suo viso. Ancora e ancora, la stanza piena di ansimi e singhiozzi, il colpo bagnato di pelle contro pelle, lo schiocco crepitante delle ossa nasali. Quando finalmente si fermò e barcollò all'indietro, fu tra le braccia di Maggie.

Alex cadde come una bambola di pezza contro il petto di Maggie, soffocando e balbettando. Maggie la tenne, il sangue dal suo braccio che macchiava la maglietta di Owen, spargendosi sul seno ricostruito di Alex. L'intera colluttazione era durata meno di due minuti. Sembrava fossero passati vent'anni.

Rimasero in piedi sopra il fratello di Alex, l'amico di Maggie. L'aria odorava di ferro. Alex finalmente si raddrizzò - tremando. Si girò a guardare Maggie, le sopracciglia alzate.

Doveva fare qualcosa? Sì.

Maggie si avvicinò e si accovacciò accanto al corpo in uno stato confusionale. Premette le dita nell'incavo della sua gola, appena sopra la benda zuppa. Niente. Dylan non sarebbe tornato dalla morte questa volta. Annuì.

Alex ricambiò il cenno. Barcollò verso la porta, le mani insanguinate sopra la testa, ma non riuscì nemmeno ad arrivare all'ingresso. La porta già oscillava, schegge che volavano, agenti che irrompevano, armi spianate.

Maggie scivolò sul pavimento, le ginocchia contro il petto. Le lacrime le uscivano dagli occhi, purificandole il viso.

Le mancava un pezzo di braccio, un pezzo di testa, ma non si era mai sentita più completa.

CAPITOLO 31

l bosco brillava di luce filtrata dell'alba, la nebbiosa luminosità si insinuava appena attraverso la volta sopra di loro. Si erano disposti in semicerchio intorno al bordo di pietra del pozzo: Imani all'estremità, poi Sammy, poi Alex, e infine Maggie stessa. Fissavano lo spazio vuoto di fronte alla foresta. Lasciando che le cose non dette filtrassero giù nell'abisso.

Alex teneva l'urna con entrambe le mani, il più lontano possibile dal suo corpo. Sembrava che stesse portando un neonato avvolto in fasce disperatamente bisognoso di un cambio di pannolino. Aveva programmato di comprare la più economica che potesse trovare, ma alla fine avevano scoperto un vaso con coperchio a casa di Owen. Maggie ricordava quando l'aveva comprato a una fiera d'arte locale, il tipo di evento che uno psicopatico non ci si aspetterebbe mai di frequentare. Che era, ovviamente, il motivo per cui l'aveva fatto. Gli psicopatici intelligenti erano una cosa, ma un uomo così ossessionato da andare a scuola con Maggie, un uomo così intelligente da poter non solo passare per un essere umano ma anche per un amico... era inquietante. La faceva sentire come se chiunque potesse essere un mostro.

E potevano esserlo, naturalmente. Chiunque proprio.

«Grazie ragazzi per essere venuti» disse Alex.

Avevano deciso il luogo di riposo finale di Owen - Dylan - una notte dopo una lunga partita di Threes Wild e una sessione ancora più lunga di abbuffata di tacos e gelato. Questo era il luogo dove tutto era iniziato - con Aiden. Era appropriato che fosse qui dove doveva finire.

«Perché stiamo facendo questo di nuovo?» chiese Sammy. Indossava jeans e una maglietta che diceva "Nutri un gatto randagio", un sentimento che era convinto fosse stato parte del dialogo interiore di Owen.

Imani gli diede una gomitata. Lei indossava tutto nero, come Maggie.

«Così possiamo sputare sulla sua tomba» disse Alex, con gli occhi arrossati e lo sguardo affilato.

«Oh» Sammy annuì. «Giusto. E io voglio farci la pipì sopra».

Alex tirò su col naso, facendo una smorfia al pensiero, ma sorrise. Lo stava facendo più spesso ultimamente, sorridere, ora che Dylan era morto. Ora che stavano tutti guarendo - ora che erano tutti in rapporti amichevoli. La loro relazione non era perfetta, ci sarebbe voluto tempo, ma c'era qualcosa nell'uccidere uno psicopatico insieme che ti faceva sentire vicino a una persona. Avrebbero dovuto ricordarselo la prossima volta che avessero litigato. Omicidio: sesso di riconciliazione per i rapporti platonici.

O avrebbero potuto parlarne come persone normali. Patata, patata.

Maggie annuì. «Penso che tutti vogliamo fare la pipì su quello stronzo». Ancora non poteva credere di essere stata sua amica sin dai tempi dell'università. L'uomo che aveva visto come l'anima più gentile e dolce che avesse mai incontrato, ed era un assassino. Era stata tutta una recita.

Era lei un'incompetente? Terribilmente pessima nel suo lavoro? Forse.

Ma chi l'avrebbe mai immaginato? Scooby-Doo avrebbe emesso un sorpreso "Ruh-roh" se si fosse scoperto che Shaggy era stato il malvagio mascherato per tutto il tempo. Sarebbe rimasto a fissare stupidamente, per poi sgattaiolare nell'ombra, solo un altro alano - solo un altro cane abbastanza buono.

Era tutto ciò che voleva ora: essere abbastanza brava.

Sopravvivere.

E che tornasse o meno a lavorare come psichiatra, che si prendesse il prossimo anno di pausa per prendersi cura di suo padre, che cambiasse completamente carriera e diventasse un'artista o una musicista o persino un'avvocata come Sammy... sarebbe *sopravvissuta*. Ne era sicura.

Era anche sicura che nessuno di loro fosse più lo stesso.

Alex era una mamma ora, l'unico parente sopravvissuto di Gillian e Rachel, a parte il padre incarcerato di Alex. Maggie era rimasta scioccata quando l'aveva saputo, ma aveva un senso in modo strano. Alex era assolutamente dedita a quelle ragazze, ad aiutare i bambini a guarire. Voleva soffocare l'odio di Dylan con l'affetto, con la cura. Voleva lasciarsi il passato alle spalle.

E Maggie avrebbe lasciato che si lasciasse tutto alle spalle, persino la morte di Aiden. Questo mondo non aveva bisogno di altro dolore. Aveva bisogno di più risate, più brillantezza, più raggi di sole che filtrassero attraverso l'oscurità.

Sì, chiunque poteva essere un mostro. Ma dovevano fidarsi l'uno dell'altro comunque - dovevano amare. È ciò che li rendeva umani.

Era l'unico modo in cui sarebbero usciti da questa situazione veramente, genuinamente *vivi*.

Alex tirò su col naso. «Addio, Dylan». Le lacrime le gocciolavano dal mento, ma non erano lacrime di tristezza, non con la mascella così serrata. Maggie mise una mano sulla schiena di Alex, e la sua amica incrociò il suo sguardo per un battito di cuore, poi due. Tre.

Alex lasciò andare il vaso. Si fecero tutti avanti per guardare.

L'urna precipitò giù, giù, giù, rimbalzando una volta contro il lato di pietra del pozzo con un sonoro *clunk*. Colpì il fondo e collassò su se stessa, una nuvola di cenere e odio si sollevò come se Dylan stesse cercando di raggiungerli dall'oltre tomba. Ma non poteva più toccarli, non ora. Anche la polvere poteva solo fluttuare senza cerimonie intorno al fondo del pozzo prima di depositarsi in una pasta nebbiosa mentre incontrava l'umidità della terra.

Non sembrava un funerale. Ma sembrava familiare.

E quando gli uccelli sugli alberi presero il volo, Maggie capì perché - gli uccelli sembravano come se avessero liberato delle colombe a una cerimonia di matrimonio. Non era una fine solenne. Era un nuovo inizio. Una nuova vita per tutti loro.

Maggie cercò le dita di Alex. Alex stava già tenendo la mano di Sammy. Imani stringeva quella di suo marito. Tutti osservarono il buco finché la polvere non si posò.

«Addio, bastardo vestito di tweed» mormorò Sammy. «A proposito, facevi schifo a Three's Wild».

Era tutto ciò che doveva essere detto. Tranne che non lo era.

«Andavo in un club per scambisti», sbottò Maggie. «Credo di essermi scopata Dylan. Ma non sapevo che fosse lui».

Alex girò di scatto la testa verso Maggie, facendo una smorfia. «*Che schifo*», disse Alex.

«Non è stata la scelta peggiore di sempre», Sammy scrollò le spalle. «Era piuttosto in forma. Almeno non hai cercato di farti un *deejay*».

Alex trasalì.

«C'è da dire questo», disse Imani annuendo. «Ora... dov'è questo club?»

La foschia sopra di loro si schiarì. Maggie fissò il pozzo. Qualunque cosa fosse successa l'indomani sarebbe dipesa da loro. Ma almeno l'avrebbero affrontata insieme.

Presto il cielo si sarebbe schiarito. Striature di sole bianco e giallo avrebbero brillato sull'erba ai loro piedi, dissipando la foschia, chiarificando i luoghi profondi dentro di loro dove una volta risiedeva il dolore. Si sarebbe sentita meglio una volta sentito il calore sulla pelle, ma sapeva che il perdono non era magico.

A volte, bisognava lavorare per trovare la luce.

Ti è piaciuto *I Morti Non Si Preoccupano*? Ci sono tanti altri thriller tra cui scegliere!

Per salvarsi, dovrà affrontare il serial killer più spietato del mondo. Lei lo chiama semplicemente «Papà».

«Un viaggio da brivido che ti terrà con il fiato sospeso. O'Flynn è un maestro narratore.» *(Autore bestseller di USA Today, Paul Austin Ardoin)* Quando Poppy Pratt parte per un viaggio nelle montagne del Tennessee con suo padre, un serial killer, è semplicemente felice di sfuggire alla loro farsa quotidiana. Ma, dopo una serie di sfortunate circostanze che li portano alla casa isolata di una coppia, scopre che sono molto più simili a suo padre di quanto avrebbe mai voluto… Perfetto per i fan di Gillian Flynn.

Filo Malvagio è il libro 1 della serie _Nato Cattivo_.

Filo Malvagio
CAPITOLO 1

POPPY, ADESSO

Ho un disegno che tengo nascosto in una vecchia casa per bambole - beh, una casa per fate. Mio padre ha sempre insistito sul fantasioso, anche se in piccole dosi. Sono piccole stranezze come questa che ti rendono reale per le persone. Che ti rendono sicuro. Tutti hanno qualcosa di strano a cui si aggrappano nei momenti di stress, che sia ascoltare una canzone preferita o rannicchiarsi in una coperta confortevole, o parlare al cielo come se potesse rispondere. Io avevo le fate.

E quella piccola casa delle fate, ora annerita dalla fuliggine e dalle fiamme, è un posto buono come un altro per conservare le cose che dovrebbero essere scomparse. Non ho guardato il disegno dal giorno in cui l'ho portato a casa, non riesco nemmeno a ricordare di averlo rubato, ma posso descrivere ogni linea frastagliata a memoria.

I rozzi tratti neri che formano le braccia dell'omino stilizzato, la pagina strappata dove le linee scarabocchiate si incontrano - lacerate dalla pressione della punta del pastello. La tristezza della figura più piccola. Il sorriso orribile e mostruoso del padre, al centro esatto della pagina.

Ripensandoci, avrebbe dovuto essere un avvertimento - avrei dovuto capire, avrei dovuto scappare. Il bambino che l'aveva disegnato non c'era più per raccontarmi cosa fosse successo quando sono inciampata in quella casa. Il ragazzo sapeva troppo; era ovvio dal disegno.

I bambini hanno un modo di sapere cose che gli adulti non sanno - un senso di autoconservazione accentuato che perdiamo lentamente nel tempo mentre ci convinciamo che il formicolio lungo la nuca non sia nulla di cui preoccuparsi. I bambini sono troppo vulnerabili per non essere governati dalle emozioni - sono programmati per identificare le minacce con precisione chirurgica. Sfortunatamente, hanno una capacità limitata di descrivere i pericoli che scoprono. Non possono spiegare perché il loro insegnante fa paura o cosa li spinge a rifugiarsi in casa se vedono il vicino che li spia da dietro le persiane. Piangono. Si bagnano i pantaloni.

Disegnano immagini di mostri sotto il letto per elaborare ciò che non riescono ad articolare.

Fortunatamente, la maggior parte dei bambini non scopre mai che i mostri sotto il loro letto sono reali.

Io non ho mai avuto questo lusso. Ma anche da bambina, mi confortava il fatto che mio padre fosse un mostro più grande e più forte di qualsiasi cosa all'esterno potesse mai essere. Mi avrebbe protetto. Lo sapevo come un fatto certo, come altre persone sanno che il cielo è blu o che lo zio Earl razzista rovinerà il Ringraziamento. Mostro o no, lui era il mio mondo. E lo adoravo nel modo in cui solo una figlia può fare.

So che è strano da dire - amare un uomo anche se vedi i terrori che si nascondono sotto. La mia terapeuta dice che è normale, ma lei tende a indorare la pillola. O forse è così brava nel pensiero positivo che è diventata cieca al vero male.

Non sono sicura di cosa direbbe del disegno nella casa delle fate. Non sono sicura di cosa penserebbe di me se le dicessi che capisco perché mio padre ha fatto quello che ha fatto, non perché pensassi che fosse giustificato, ma perché lo capivo. Sono un'esperta quando si tratta delle motivazioni delle creature sotto il letto.

Ed è per questo, suppongo, che vivo dove vivo, nascosta nella natura selvaggia del New Hampshire, come se potessi tenere ogni frammento del passato oltre il confine della proprietà, come se una recinzione potesse impedire all'oscurità in agguato di insinuarsi attraverso le crepe. E ci sono sempre crepe, non importa quanto duramente si cerchi di tapparle. L'umanità è una condizione perigliosa, piena di tormenti autoindotti e vulnerabilità psicologiche, i "cosa se" e i "forse" contenuti solo da una pelle sottile come la carta, ogni centimetro della quale è abbastanza morbido da perforare se la tua lama è affilata.

Lo sapevo già prima di trovare il disegno, ovviamente, ma qualcosa in quelle linee frastagliate di pastello lo ha confermato, o forse lo ha fatto penetrare un po' più a fondo. Qualcosa è cambiato quella settimana in montagna. Qualcosa di fondamentale, forse il primo barlume di certezza che un giorno avrei avuto bisogno di un piano di fuga. Ma sebbene mi piaccia pensare che stessi cercando di salvarmi fin dal primo giorno, è difficile dirlo attraverso la nebbia dei ricordi. Ci sono sempre buchi. Crepe.

Non passo molto tempo a rimuginare; non sono particolarmente nostalgica. Penso di aver perso per prima quella piccola parte di me stessa. Ma non dimenticherò mai il modo in cui il cielo ribolliva di elettricità, la sfumatura verdastra che si intrecciava tra le nuvole e sembrava scivolare giù per la mia gola e nei miei polmoni. Posso sentire la vibrazione nell'aria degli uccelli che si alzavano in volo con ali che battevano freneticamente. L'odore di terra umida e pino marcescente non mi lascerà mai.

Sì, fu la tempesta a renderlo memorabile; furono le montagne.

Fu la donna.

Fu il sangue.

Trova *Filo Malvagio* qui:
https://meghanoflynn.com

Il paziente silenzioso **incontra *Tu*:** *Ogni persona sull'Isola di Ghiaccio ha un'agenda—alcuni comprensibili, altri complicati, alcuni decisamente sadici. Evelyn Hawthorn è un esempio. Vi parlerò di tutti loro più tardi... se resisteremo tanto.*

Matti Rotti Freddi
CAPITOLO 1

Negli ospedali psichiatrici esiste uno strumento di categorizzazione non ufficiale, sussurrato tra gli strizzacervelli: Matti, Rotti, Freddi. Se gli estranei lo sapessero, digrignerebbero i denti e inveirebbero contro la scorrettezza politica di tutto ciò, ma non si sono mai circondati intenzionalmente di persone che vorrebbero cavargli gli occhi. Certo, tutti abbiamo incontrato almeno una persona che ha considerato come la nostra pelle potrebbe apparire tesa su una poltrona alla moda, ma questo è irrilevante. Storie come questa non possono procedere senza trasparenza.

Quindi... Matti, Rotti, Freddi.

I *Matti*, così chiamati per il Cappellaio Matto. Le condizioni gravi e persistenti non rispondono al tipo di terapia a cui i ventenni fanno riferimento sui social media con battute che iniziano con «OMFG, il mio terapista ha detto». I *Matti* richiedono farmaci e monitoraggio, mentre la demenza o la schizofrenia divorano buchi nella loro materia grigia. Lasceranno questo mondo folli come il giorno in cui sono stati ammessi a Isola di Ghiaccio - precedentemente Tenuta Iverson, poi Sanatorio Iverson, più recentemente Ospedale Psichiatrico Iverson, anche se potrebbero anche chiamarlo "Maniero del Nulla da Perdere". Benvenuti a casa, malati.

Ma divago, come mio padre mi avvertiva che ho la tendenza a fare. Questa è solo una delle ragioni per cui ho trascorso gran parte della mia infanzia rinchiuso, dove lui non aveva bisogno di ascoltare il tono fastidioso della mia voce o sopportare le mie lunghe sciocchezze.

A proposito, preferirei non dargli ragione.

Andiamo avanti.

I *Rotti*, nonostante il soprannome, non hanno nulla a che fare con il denaro. Il trauma ha separato i *Rotti* dalla loro vecchia vita, lasciandoli a graffiare le pareti come se potessero disseppellire chi erano prima che "succedesse". C'è aiuto per i *Rotti* - i *Distrutti* se vuoi essere pedante. Farmaci, terapia, EMDR, elettroshock, oh sì, c'è speranza per i *Rotti*.

Naturalmente, finché c'è speranza, è facile credere che il problema sia *tu*. Ho sempre pensato che se avessi lavorato più duramente, avrei potuto capire cosa stavo facendo di sbagliato - che avrei potuto scacciare i miei demoni ed essere come la "gente normale" che ostenta le loro "vite normali" come un'interminabile sfilata dei miei fallimenti.

Ma i demoni non se ne vanno facilmente. Si annidano nella tua anima e resistono violentemente all'esorcismo. Finché hai speranza, hai dolore. Ho imparato a far fronte nel corso degli anni - sono un po' stronzo, ma piuttosto equilibrato, persino simpatico, se posso dirlo io stesso - ma la maggior parte non è così fortunata. Sono giunto a credere che la speranza non corrisposta, o la speranza di una impossibile vita "normale", sia un destino peggiore della morte. Specialmente per quelli rinchiusi qui.

Su Isola di Ghiaccio, *Matti* e *Rotti* significano lo stesso che negli ospedali della terraferma.

I *Freddi* sono un'altra questione.

Sulla terraferma, i *Freddi* cercano "tre pasti caldi e una branda" - ricoveri psichiatrici che raggiungono il picco all'inizio di febbraio prima che il terreno si scongeli. Sono le persone che nessuno nota per strada se non per evitare i loro palmi tesi. Veterani, inutili per il governo una volta che hanno sacrificato un arto alla causa; quelli senza accesso a farmaci o terapie finché non si aprono i polsi e forzano un trattamento d'emergenza troppo breve; tipi solitari senza cari che notino quando perdono il contatto con la realtà. Ma perdere la presa sulla realtà non rende necessariamente pericolosi.

Parola chiave: *necessariamente*.

Dovrei chiarire subito questo punto: «psicopatico» non equivale a «assassino». Il disturbo antisociale di personalità aumenta le probabilità di omicidio, il gene del guerriero porta le tendenze aggressive all'eccesso, ma è il trauma infantile che attiva - perdonatemi - l'«interruttore dell'uccidere». Sia i *Pazzi*, i *Spezzati* o i *Freddi* potrebbero essere spinti a bagnarsi nel vostro sangue. Convinci una persona qualsiasi che non può sopravvivere a meno che non faccia cose terribili, e impugnerà una lama. Se sei fortunato, la userà su se stessa.

Se non sei così fortunato? Beh.

Nessuno sull'Isola di Ghiaccio è letteralmente freddo, e questo è per il bene superiore. I *Freddi* vogliono la tua pelle tesa su quella poltrona, le tue viscere intrecciate in un delicato cordone, il tuo grasso usato per alimentare il fuoco nel loro focolare. In mancanza di ciò, sei inutile per loro quanto i senzatetto lo sono per te - quelli che ignori perché «potrebbe spenderli in alcol» o qualsiasi altra giustificazione morale ti aiuti a dormire. I *Freddi* hanno giustificazioni simili per le cose che vorrebbero farti, e nessuno dei due ha più ragione - o torto - dell'altro. La prospettiva è una cosa curiosa, non è vero?

Comunque.

Se incontri involontariamente qualcuno di *Freddo* sulla terraferma, potresti cavartela. Tutti conosciamo almeno una persona che chiameremmo «psicopatica», e probabilmente metà di noi ha ragione. Ma sulla terraferma, la maggior parte dei *Freddi* ha imparato a comportarsi. Possono disattivare il loro «interruttore dell'uccidere»; si preoccupano delle conseguenze. Hanno ancora qualcosa da perdere.

Ma a differenza di te, che arranci per la strada con i tuoi scarponi da neve, fingendo che nessun altro esista, i *Freddi* sull'Isola di Ghiaccio non evitano le mani tese. Ti afferreranno la mano, ti trascineranno in qualsiasi inferno ritengano opportuno. Non li vedrai mai arrivare - e non li vedrai nemmeno andare via, a meno che non commettano un errore.

Ecco perché sono qui.

Non fatevi illusioni: nonostante qualsiasi errore li abbia fatti catturare, quelli rinchiusi sull'Isola di Ghiaccio sono ferocemente intelligenti. Così intelligenti che i poteri costituiti si rifiutano di rinchiuderli nelle prigioni a causa dei rischi per gli altri assassini, si rifiutano di metterli ovunque potrebbero fuggire. E un'isola al largo della costa dell'Alaska è quanto di più vicino ci sia all'inespugnabile, come è stata progettata per essere - come la famiglia di Alcott Iverson ha garantito che fosse.

Ma il caro Alcott è una storia per un'altra volta, così come lo sono le storie dei pazienti che risiedono qui. I loro fascicoli, le loro storie, i rapporti di polizia, le cartelle cliniche - li ho tutti. Li trascriverò per voi, parola per parola, man mano che diventano rilevanti. È roba interessante, ve l'assicuro, senza una singola esagerazione. Ogni persona in questa struttura ha un'agenda, alcune comprensibili, alcune commoventi, alcune contorte, alcune decisamente sadiche. Ve ne parlerò più tardi...

Se arriviamo così lontano.

Trova *Matti Rotti Freddi* qui:
https://meghanoflynn.com

Ami i romanzi criminali intensi? *Salvezza* è il libro 1 della serie *Ash Park*.

Salvezza
CAPITOLO 1

Che cazzo vuoi essere, ragazzo?

La voce del sergente istruttore risuonava nella testa di Edward Petrosky, sebbene fossero passati due anni da quando aveva lasciato l'esercito e sei da quando gli era stata urlata quella domanda. All'epoca, la risposta era stata diversa. Anche un anno fa, avrebbe detto «un poliziotto», ma era più perché sembrava una via di fuga dall'esercito, proprio come la Guerra del Golfo era stata una fuga dal silenzio carico di tensione della casa dei suoi genitori. Ma l'impulso di scappare era passato. Ora avrebbe risposto «Felice, signore», senza la minima traccia di ironia. Il futuro si prospettava buono; decisamente migliore dei primi anni novanta o degli anni ottanta.

Grazie a *lei*.

Ed aveva conosciuto Heather sei mesi prima, nella primavera che precedeva il suo venticinquesimo compleanno, quando l'aria ad Ash Park odorava ancora di morte terrena. Ora si girò sulle lenzuola color «prugna», come le aveva chiamate lei, e le avvolse un braccio intorno alle spalle, lo sguardo fisso sul soffitto a buccia d'arancia. Un minuscolo mezzo sorriso le aleggiava sul viso con uno strano tic all'angolo della bocca, quasi uno spasmo, come se le sue labbra non fossero sicure se sorridere o corrucciarsi. Ma gli angoli dei suoi occhi ancora chiusi erano increspati: decisamente un sorriso. *Al diavolo la corsa.* La notte in cui l'aveva incontrata, aveva sorriso così. C'erano a malapena cinque gradi fuori e lei si stava togliendo il giubbotto di pelle; quando lui si era fermato, lei aveva già avvolto la giacca intorno alla donna senzatetto seduta sul marciapiede. La sua ultima ragazza era solita infilare il pane all'aglio extra nella sua borsa quando andavano a mangiare fuori, ma si rifiutava di dare anche solo venticinque centesimi agli affamati, citando la «mancanza di forza di volontà» di quei degenerati. Come se qualcuno scegliesse di morire di fame.

Heather non avrebbe mai detto una cosa del genere. Il suo respiro era caldo contro la sua spalla. Ai suoi genitori sarebbe piaciuta? Immaginò di guidare per i trenta minuti fino a Grosse Pointe per il Ringraziamento la settimana successiva, immaginò di sedersi al loro tavolo da pranzo antico, quello con la tovaglia di pizzo che copriva tutte le cicatrici. «Questa è Heather», avrebbe detto, e suo padre avrebbe annuito, impassibile, mentre sua madre avrebbe offerto rigidamente il caffè, i suoi occhi azzurro acciaio che giudicavano silenziosamente, le labbra serrate in una linea tesa e esangue. I suoi genitori avrebbero fatto domande velatamente indiscrete, sperando che Heather venisse da una famiglia benestante - non era così - sperando che sarebbe stata una brava casalinga o che avesse il sogno di diventare un'insegnante; ovviamente, solo fino a quando non gli avesse dato dei figli. Roba da Medioevo. I suoi genitori non amavano nemmeno Hendrix, e questo la diceva lunga. Si poteva capire tutto di una persona chiedendo la sua opinione su Jimi.

Ed progettava di dire ai suoi genitori che Heather era una libera professionista e di lasciar perdere il resto. Non avrebbe menzionato di averla incontrata durante un'operazione contro la prostituzione, o che il primo braccialetto che le aveva messo al polso era fatto di acciaio. Alcuni potrebbero sostenere che l'inizio di una grande storia d'amore non potesse assolutamente coinvolgere prostituzione e quasi ipotermia, ma si sbaglierebbero.

Inoltre, se non l'avesse messa lui nella sua volante, l'avrebbe fatto un'altra pattuglia. In un altro momento, con un'altra ragazza, avrebbe potuto reagire diversamente, ma lei stava tirando su col naso, piangendo così forte che poteva sentirle battere i denti. «Stai bene?» le aveva chiesto. «Hai bisogno di un po' d'acqua o di un fazzoletto?» Ma quando aveva dato un'occhiata nello specchietto retrovisore della volante, aveva visto le sue guance bagnate, le sue mani che si sfregavano freneticamente le braccia, e si era reso conto che il suo tremore era più che altro dovuto al freddo.

Ora Heather si stiracchiò con un rumore che era metà

gemito e metà miagolio, e si rannicchiò ancora di più sotto le coperte. Ed sorrise, lasciando vagare lo sguardo oltre la sua spalla fino alla sua uniforme sulla sedia nell'angolo. Ancora non poteva credere di averle tolto le manette nel parcheggio del supermercato e di averla lasciata seduta nell'auto riscaldata mentre lui entrava nel negozio da solo. Quando era tornato con un pesante cappotto giallo, gli occhi di lei si erano riempiti di lacrime, e gli aveva sorriso di nuovo in un modo che gli aveva fatto sentire il cuore quattro volte più grande, lo aveva fatto sentire più alto come se fosse un eroe e non l'uomo che aveva appena cercato di arrestarla. Avevano parlato per ore dopo, lei sussurrando all'inizio e guardando fuori dai finestrini come se potesse mettersi nei guai solo per aver parlato. Non gli aveva detto allora che odiava il giallo - l'aveva scoperto più tardi. Non che ci fossero state molte opzioni in quel supermercato fuori dall'autostrada, comunque.

Ed lasciò rilassare la vista, la sua uniforme nera sfocata contro la sedia. Heather gli aveva detto che non aveva mai parlato con nessuno in quel modo prima, così apertamente, così facilmente, come se si conoscessero da sempre. D'altra parte, aveva anche detto che era la prima volta che batteva il marciapiede; le probabilità che fosse vero erano scarse, ma a Ed non importava. Se il passato di una persona la definisse, allora lui sarebbe stato un assassino; uccidere qualcuno durante una guerra non rendeva quella persona meno morta. Lui e Heather stavano entrambi ricominciando da capo.

Heather gemette di nuovo dolcemente e si avvicinò a lui, i suoi occhi chiari socchiusi nella penombra. Le scostò il singolo ricciolo color mogano appiccicato alla fronte, impigliando accidentalmente il dito calloso nell'angolo del taccuino sotto il suo cuscino - doveva essere rimasta sveglia a scrivere di nuovo appunti sul matrimonio.

«Grazie per essere venuto con me ieri», sussurrò, la voce roca per il sonno.

«Nessun problema». Avevano portato suo padre, Donald, al supermercato, le dita nodose di Donald tremavano ogni volta che Ed guardava la sedia a rotelle. Insufficienza cardiaca congestizia, artrite - l'uomo era un disastro, non era stato in grado di camminare per più di pochi passi per oltre un decennio, e a detta di tutti, non dovrebbe essere vivo ora; di solito, l'insufficienza cardiaca congestizia si portava via le sue vittime entro cinque anni. Un motivo in più per uscire di casa e godersi ogni giorno, diceva sempre Heather. E ci avevano provato, avevano persino portato suo padre al parco per cani, dove il barboncino nano del vecchio aveva abbaiato e corso intorno alle caviglie di Ed finché Ed non lo aveva preso in braccio e grattato la sua testolina pelosa.

Si abbassò sul cuscino accanto a lei, e lei fece scorrere le dita sui muscoli duri del suo braccio e sul suo petto, poi annidò la testa nel suo collo. I suoi capelli avevano ancora l'odore dell'incenso della chiesa della sera prima: piccante e dolce con un sottofondo amaro di bruciato sopra lo shampoo alla gardenia che usava. Le funzioni in chiesa e il bingo settimanale di Donald erano le uniche uscite a cui Petrosky si sottraeva. C'era qualcosa in quella chiesa che infastidiva Ed. La sua famiglia non era particolarmente religiosa, ma non pensava che fosse quello il problema; forse era il modo in cui il papa indossava cappelli sfarzosi e mutande dorate, mentre persone meno fortunate morivano di fame. Almeno Padre Norman, il prete di Heather, dava tanto quanto riceveva. Due settimane prima, Petrosky e Heather avevano portato tre sacchi della spazzatura pieni di vestiti e scarpe che il padre aveva raccolto al rifugio per senzatetto dove Heather faceva volontariato. Poi avevano fatto l'amore nel sedile posteriore della sua auto, appena svuotato. Quale donna avrebbe potuto resistere a una vecchia Grand Am con i freni cigolanti e un interno che puzzava di gas di scarico?

Heather gli baciò il collo appena sotto l'orecchio e sospirò. «Papà ti vuole bene, lo sai», disse. La sua voce aveva la stessa qualità rauca dell'aria gelida autunnale che faceva frusciare i rami fuori.

«Eh, pensa solo che io sia un bravo ragazzo perché faccio volontariato al rifugio». Cosa che Ed non faceva. Ma settimane prima che Ed incontrasse l'uomo, Heather aveva detto a suo padre che lei ed Ed lavoravano insieme al rifugio, e anche dopo che lui e Donald erano stati presentati, non aveva detto a suo padre che si frequentavano. Poteva capirlo però - l'uomo era severo, specialmente con la sua unica figlia, un altro genitore dell'era "chi risparmia la verga, vizia il figlio". Come il padre di Ed.

Un ricciolo le cadde sull'occhio, e lei lo soffiò via. «Pensa che voi due abbiate molto in comune».

Donald ed Ed passavano la maggior parte del tempo insieme parlando dei loro incarichi rispettivamente in Vietnam e Kuwait, ma non avevano mai discusso esattamente di ciò che avevano fatto. Ed presumeva che questo fosse un altro motivo per cui Donald apprezzava Padre Norman; il prete era stato un soldato prima di unirsi alla chiesa, e nulla rendeva gli uomini fratelli come gli orrori del campo di battaglia. «Mi piace anche tuo padre. E l'offerta è ancora valida: se ha bisogno di un posto dove stare, possiamo occuparcene qui».

Lei spostò il peso, e il profumo di gardenia e incenso gli solleticò di nuovo le narici. «Lo so, e sei dolce ad offrirlo, ma non abbiamo bisogno di farlo».

Ma lo avrebbero fatto, alla fine. Un senso di disagio punzecchiò Ed nel profondo del cervello, un piccolo ghiacciolo di brina che si diffondeva fino al midollo della sua spina dorsale. Donald aveva lavorato all'ufficio postale dopo la guerra, durante la prima infanzia di Heather, e attraverso il suicidio di sua moglie, ma il suo cuore lo aveva messo fuori combattimento quando Heather era adolescente. L'uomo aveva messo da parte un po' di soldi, ma se Heather era stata così disperata da vendere il proprio corpo, il gruzzolo accuratamente accumulato da Donald doveva star per esaurirsi. «Heather, potremmo-»

«Starà bene. Ho risparmiato sin da quando è morta mia madre, giusto in caso. Ha più che abbastanza per mantenersi fino a quando... se ne andrà».

Se ha tutti questi soldi, perché andare per strada? «Ma-»

Lei gli coprì la bocca con la sua, e lui le mise una mano sulla parte bassa della schiena tirandola più stretta a sé. Vivere in un posto tutto suo era il modo di suo padre per mantenere l'indipendenza? O era di Heather? In ogni caso, l'intuito gli diceva di non insistere, e l'esercito gli aveva insegnato ad ascoltare il suo istinto. Suo padre era un argomento che Heather raramente affrontava. Probabilmente era per questo che Ed non sapeva che la sua relazione con Heather fosse un segreto... finché non gli era sfuggito. E il giorno dopo, era tornato dal lavoro, e le cose di Heather erano nella sua camera da letto. *È perfetto per noi, Ed. Posso restare?*

Per sempre, aveva detto lui. *Per sempre.*

Stavano andando troppo veloce? Non si stava lamentando, non voleva un corteggiamento lungo e prolungato, ma erano passati solo sei mesi, e non voleva mai che Heather gli rivolgesse lo stesso sguardo che sua madre rivolgeva sempre a suo padre: *Dio, perché sei ancora vivo? Vai avanti e muori così posso avere qualche anno felice da sola prima di tirare le cuoia.*

«Sei felice qui?» le chiese. «Con me?» Forse dovevano rallentare un po' le cose. Ma Heather sorrise in quel suo modo nervoso e spasmodico, e il suo petto si scaldò, il ghiacciolo nella sua spina dorsale si sciolse. Era sicuro. Il suo istinto diceva: «Per l'amor del cielo, sposala e basta».

«Più felice di quanto sia mai stata», disse lei.

Ed baciò la cima della sua testa, e mentre lei si inarcava contro di lui, sorrise nella tenue luce grigia dell'alba. Tutto aveva un profumo più dolce quando si avevano venticinque anni ed era finito il servizio attivo nel deserto, quando ogni strada era ancora tua da percorrere. Ne aveva viste di cose, lo sapeva bene, e ancora lo tormentavano di notte: l'orrore dei commilitoni uccisi al suo fianco, l'acre fumo della polvere da sparo nell'aria, il sapore del sangue. Ma tutto ciò sembrava così maledettamente lontano ormai, come se il ritorno a casa lo avesse trasformato in qualcun altro, qualcuno che non era mai stato un soldato - tutte quelle stronzate militari erano il bagaglio di qualcun altro.

Tracciò la dolce curva della schiena di Heather e lasciò che il bagliore porcellana della sua pelle nel mattino fosco cancellasse gli ultimi residui di memoria. Anche con le strade coperte di neve fradicia che ti gelava le dita dei piedi non appena uscivi, il suo sorriso - quel sorriso un po' strano - lo riscaldava sempre.

Sì, quest'anno sarebbe stato il migliore della vita di Ed. Lo sentiva.

Trova altri libri di Meghan O'Flynn qui:
https://meghanoflynn.com

L'AUTORE

Con libri definiti «viscerali, inquietanti e completamente coinvolgenti» (New York Times Bestseller Andra Watkins), Meghan O'Flynn ha lasciato il suo segno nel genere thriller. Meghan è una terapeuta clinica che trae ispirazione per i suoi personaggi dalla sua conoscenza della psiche umana. È l'autrice bestseller di romanzi polizieschi crudi e thriller su serial killer, tutti i quali portano i lettori in un viaggio oscuro, coinvolgente e impossibile da mettere giù, per cui Meghan è famosa. Scopri di più su https://meghanoflynn.com!

Vuoi sapere di più su Meghan?
https://meghanoflynn.com

9 798230 646778